JN323785

パーフェクト・ハンター

〔上〕

トム・ウッド

熊谷千寿訳

早川書房

6964

日本語版翻訳権独占
早　川　書　房

©2012 Hayakawa Publishing, Inc.

THE HUNTER
by
Tom Wood

Copyright © 2010 by
Tom Hinshelwood

Translated by
Chitoshi Kumagai
First published 2012 in Japan by
HAYAKAWA PUBLISHING, INC.
This book is published in Japan by
arrangement with
THOMAS HINSHELWOOD writing as 'Tom Wood'
c/o MARJACQ SCRIPTS LTD
through THE ENGLISH AGENCY (JAPAN) LTD.

私を心の底から信じてくれた
兄のサイモンを偲《しの》んで

この作品に登場する人物や事件は、明らかに公的なものを除き、すべて虚構であり、存命の方であれ故人であれ、実在の人物に似ているとしても、まったくの偶然である。

パーフェクト・ハンター〔上〕

登場人物

ヴィクター……………………………プロの暗殺者
レベッカ・サムナー…………………ヴィクターの仲介者
メレディス・チェンバーズ…………NCS（国家秘密局）の副局長
ローランド・プロクター……………同局長補佐
ウィリアム・ファーガスン…………CIAロシア部長
ケヴィン・サイクス…………………ファーガスンの補佐官
アルヴァレズ…………………………CIA局員
ジョン・ケナード……………………アルヴァレズの部下
ルフェーヴル…………………………フランスの警察の警部補
ミハイル・スヴャトスラフ
カール・マクラリー
ジェイムズ・スティーヴンスン……殺し屋
セバスチャン・ホイト………………スティーヴンスンの仲介者
リード…………………………………SIS配下の殺し屋
アンドリス・オゾルス………………ソ連・ロシア海軍の退役士官
アレクサンドル・ノリモフ…………ヴィクターの友人
プルドニコフ…………………………SVR（ロシア対外情報庁）長官
ゲンナジー・アニスコヴァチ………同大佐

1

フランス　パリ
月曜日
六時十九分　中央ヨーロッパ標準時

ターゲットは写真よりも老けて見えた。街灯の明かりのせいで、顔に刻まれた深いしわと病的なまでに青白い顔色が、よけいに目立っていた。緊張のあまりなのか、あるいはカフェインを摂《と》りすぎただけなのかもしれないが、ヴィクターには、焦《あせ》っているように見えた。しかし、どんな理由にせよ、いまから三十秒後にはどうでもよくなる。

資料ではアンドリス・オゾルスという名前だった。ラトヴィア国籍。五十八歳。身長五フィート九インチ。体重百六十ポンド。右利き。目立った傷跡はない。白髪の混じる髪は、口ひげと同様に短く刈りそろえられていた。目の色は青。近視のため眼鏡《めがね》をかけていた。粋な格好だった。落ち着いた色のスーツの上にコートを着て、磨《みが》き込まれた靴を履《は》いていた。小さな革張りのアタッシェケースを両手でしっかり抱きかかえていた。

路地の入口で、オゾルスが肩越しに振り返った。素人《しろうと》丸出しだ。そんなにあからさまな態度を取れば、尾行のミスなど目にはいらないし、目にはいってもミスだと気づかない。ほんの数ヤード先にいる男の姿も見えていない。オゾルスを殺すためにいる男の姿が。

ヴィクターはオゾルスが明るみから離れるのを待ってから、一定の力でなめらかに引き金を引いた。

サプレッサーで抑制された銃声が早朝の静けさを損なった。オゾルスは立て続けに二度、胸骨を撃たれた。銃弾はローパワーの五・七ミリ亜音速弾だが、口径の大きな弾で撃ったとしても、これ以上の致命傷にはならない。銅被甲した弾丸が皮膚、骨、心臓を突き抜け、脊《せき》椎《つい》のあいだに二発並んで止まった。オゾルスは腕を広げ、頭を片側に向けて、鈍い音とともに仰《あお》向《む》けに地面に倒れた。

ヴィクターは暗闇をするりと抜け、慎重に一歩まえに出た。FNファイヴ・セヴンの向きを変え、オゾルスのこめかみに一発撃ち込んだ。オゾルスはすでに息絶えていたが、ヴィクターにいわせれば、殺しすぎるということはなかった。

空薬莢《からやっきょう》が乾いた音とともに敷石に転がり、ナトリウム灯のオレンジ色の光が揺れる水たまりで止まった。オゾルスの胸にあいたふたつの穴から漏れる、空気の音しか聞こえなかった。わずかに膨《ふく》れた肺から、空気が抜け出ていた――吐き出す機会を逸した最期の息だ。

未明の空気は冷たく、暗く、迫り来る夜明けが東の空をほんのりと色づかせていた。ヴィクターはパリの心臓部にいた。狭い大通りや曲がりくねった脇道が交差する界隈《かいわい》だ。この路地は人目につきにくいが――上から見おろすような窓もなかった――ヴィクターは少し時間を割《さ》いて、だれにも殺人現場を目撃されていなかったかどうかを確かめた。音を聞いたものはいないはずだ。亜音速弾とサプレッサーなら、銃撃音は枝が折れるような軽い音になるが、よりにもよってこの場所で、膨れた膀胱《ぼうこう》に溜まっていたものを放出しようと思ったものがいなかったともかぎらない。

自分ひとりしかいないと確信すると、ヴィクターは犠牲者の直径四分の一インチほどの銃弾射出口から流れ出る血を踏まないように、死体のそばで屈んだ。左手でアタッシェケースをあけ、中身を確認した。それは予想どおりなかにあった。それ以外、アタッシェケースにはなにもなかった。ヴィクターはフラッシュメモリーを手に取り、上着のポケットに入れた。小さくて無害そうな見かけからすれば、人を殺す理由になるとはとても思えないが、なるのだ。どんな理由も理由にはちがいない、とヴィクターは自分にいい聞かせた。ものの見方のちがいにすぎない。人類が何千年にもわたって行なってきた殺人という技術を実践して、報酬を得ているだけだ。ヴィクターはそう考えるのが好きだった。自分はその進化の完成形にもっとも近い存在というだけのこと。

ヴィクターは死体を隅々《すみずみ》まで探り、知るべき情報はほかにないことを確認した。ポケットにはいっていそうな小物と財布しかなかった。財布をあけ、明かりにかざした。ありがちなものしかなかった。ラトヴィア人の名義のクレジット・カードと運転免許証、現金、若き日のオゾルスが妻子と写っている写真。善良そうな家族。健やかな家族。

ヴィクターは財布を戻し、立ちあがり、何発撃ったのかと頭のなかで再確認した。胸に二発、頭に一発。FNの弾倉には十七発残っている。単純な計算だが、鉄則は鉄則だ。数をまちがえれば、引き金を引いたときに、あの恐ろしい死を呼ぶ乾いた音を聞くはめになる。銃が相手の手にあったときに、その音を聞いたことがある。そのとき、あんな死に方だけはしない、と心に誓った。

人に見られてはいないかと、彼の鋭い視線があたりを走査したが、人も車も見当たらず、足音も聞こえなかった。ヴィクターはサプレッサーをはずし、コートのポケットにしまった。銃にサプレッサーをつけたままでは、しっかり隠すことはできないし、すばやく引き抜くこともできない。その場で体の向きを変え、広がる血だまりが押し寄せるまえに、三つの空薬莢を見つけて回収した。ふたつはまだ生暖かかったが、水たまりに落ちていたものは冷たかった。

半月が夜空に輝いていた。星々の彼方では大宇宙が永遠に続いていたが、ヴィクターから見える世界は小さく、時はあまりにも短かった。脈を計った。乱れもなく、ゆったりとした脈動だが、安静時の心拍数より一分間につき四拍多い。これほど多いとは意外だった。たばこが吸いたかった。近ごろはいつも吸いたくなる。

パリには一週間いて、許可を待っていた——仕事がほぼ終わり、ほっとした。あとは、今夜のうちにフラッシュメモリーを所定の場所に隠し、仲介者に隠し場所を教えればよかった。困難な仕事でもなく、危険な仕事ですらなかった。強いていえば、たやすくて、退屈だった。ありふれた暗殺と略取の仕事であり、ヴィクターの技能からすれば物足りないが、依頼人がどんな素人でもできるような仕事に法外な報酬を支払うというなら、こちらには断わるいわれはない。もっとも、脳裏の奥底では、簡単すぎるとなにかが訴えかけていた。

ヴィクターは路地を離れた。でこぼこの固い路面でも、靴音はほとんど響かせなかった。街に紛れるまえに、最後に一度だけ、自分が唐突に、そして冷徹に殺した男に目をやった。ほの暗い明かりのなかで、犠牲者の見ひらいた咎《とが》めるような目が、ヴィクターを見つめていた。出血ですでに白目が黒くなっていた。

2

八時二十四分　中央ヨーロッパ標準時

ふたりいた。

中肉中背、楽な服装、あまりに人目を引かないという点を除けば、人目を引くようなところはなにもない。オテル・ド・ポントはしゃれたフォーブール・サントノレ街にあった。そこに泊まるのは、金持ちの観光客や事業経営者であり、デザイナー・ブランドの服を身にまとった男女ばかりだった。ふだん着の人々のなかにいれば、このふたりも紛れるだろう。だが、ここでは無理だ。

ヴィクターは正面玄関をくぐると同時にふたりに気づいた。ロビー奥のエレベーターのまえで、玄関に背を向けて立っている。ふたりともまったく動かず、一方は両手をポケットに入れ、他方は腕を組み、待っていた。ふたりのあいだで言葉が交わされているのだとしても、身振りや手振りという点では、まったく動きがなかった。

グランド・ロビーは静かで、そこにいるのはせいぜい五、六人だった。天井は高く、床と柱は大理石で、異国風の鉢植えがあちこちに置かれ、緑の革張りの肘《ひじ》掛け椅子が四隅と中央に数脚ずつ配置されていた。危険な状況に発展するかもしれなかったが、ヴィクターは右手の壁際のフロントに向かって、ゆったりと何気《なにげ》ない足取りで歩いていった。ふたりの男を目の片隅でとらえ続け、彼らがこちらに目を向けたら、すぐに動けるように心の準備を整えていた。ふたりの正体を確信したわけではなかったが、こういう稼業では、潜在的な脅威も、脅威でないとはっきりするまでは脅威になる。ロビーにいるあいだは、こちらは姿をさらすことになり、隙ができやすいが、その物腰には一片の隙もなかった。ほかの人々の目を引くことはなかった。振る舞いも、いでたちも、そこにいる人々とまったく変わりなかった。

同業者は通例、黒ずくめということになっているが、ヴィクターはありきたりな装いをいちばんに考えているわけではなかった。ヴィクターもたいがいの人と同様に、黒い服で身を固めれば、見栄えはよくなるのだが、人目を引けば命にかかわる人にとっては、見栄えがよくなりすぎる。チャコール・グレーのスーツ、白い綿のシャツ、シルバー単色のネクタイという格好なら、どこを見ても上品な実業家だった。スーツはウールの既製品だが、ものはよかった。サイズはひとまわり大きく、腰、太股《ふともも》、腕、肩のあたりに余裕があるが、だぶつくほどではない。オックスフォード・シューズは黒で、手入れはされているが、ぴかぴかではなく、足首が隠れ、履《は》き慣れた感じの分厚いソールがついていた。眼鏡は地味で、髪形はやぼったかった。

この服装を選んだのは、面白みも味もない人物像《ペルソナ》をつくりあげるためだった。だれかがヴィクターの格好を思い出そうとしても、精確にいい表わしにくくするためだった。どこにでもいるスーツ姿の男。眼鏡はいつでもはずすことができるし、人の記憶に残るほど目立つひげは生やしているが、それだってほかの部位から目をそらすためだけにたくわえているにすぎず、あとで剃《そ》ってしまえばいい。身なりは整っているがスタイリッシュではなく、こぎれいではあるが派手さはなく、堂々とはしているが傲慢《ごうまん》ではなかった。記憶に残らない姿。

ヴィクターはフロントのまえに行き、礼儀正しく笑みを見せた。漆黒の髪の受付係が作業から顔をあげた。受付係は褐色の肌と大きな目をした女で、微妙な色合いの巧みなメイクをしていた。受付係から満面のつくり笑いが返ってきた。うまく隠してはいたが、気もそぞろなのはわかった。

「ボンジュール」ヴィクターは大きすぎない声でいった。「四〇七号室のミスター・ビショ《シャンブル・キャトル・サン・セット・ジュ・スイ・》ップです。《ミスター・ビショップ》伝言は届いてませんか？《プヴェヴ・ム・ディール・シ・ジェ・ルシュ・デ・メサージュ》」

「少しお待ちください《アン・モマン・シル・ヴ・プレ》」

受付係が軽くあごを引き、記録を確認した。フロントの奥の壁に大きな鏡が掛けてあり、ヴィクターはそれでふたりの男を見ていた。エレベーターの扉があくと、ふたりは二手にわかれ、一組の夫婦が降りたあとで、ほぼ同時に乗った。男ふたりの手が見えた。手袋をつけていた。

ヴィクターはエレベーターのなかが見える位置に移動したが、乗っていた男の一方しか見えなかった。その男がこちらに目を向けるとまずいから、顔の一部が隠れるように首を片側にかしげていた。男は白い肌の角張った顔をして、ひげはなかった。張りつめた表情を浮かべ、まっすぐまえを向き、腕を脇に垂らしていた。手袋は茶色の革だった。胸郭《きょうかく》の形がゆがんでいるだけなのかもしれないが、拳銃の形をしたものがナイロンの上着の下に隠れているように見えた。あのふたりに狙われるいわれはないはずだと思っていたが、いまやそんな思いは消え去っていた。

警察か？　ちがう、と思った。オゾルスを殺して、せいぜい二時間しか経っていないのに、そんな短時間で彼の関与を嗅《か》ぎつけられることはない。工作員でもない。諜報部員なら手袋をはめる必要はない。となると、考えられるのはひとつだけ。

ヴィクターは東欧の連中だとあたりをつけた――チェコ人かハンガリー人か、あるいはバルカン半島の出身者か。そのあたりもなかなか有能な殺し屋を輩出している。こちらが気づいたのはふたりだけだが、もっといてもおかしくはない。銃は一挺より二挺のほうがいいが、一チームまるまるいれば、当然ながら、なおいい。とりわけ、ターゲットが経験豊富な殺し屋である場合には。単独行動が許されるのは、超一流だけだ。

このふたりの行動からすると、ほかにもいそうだった。周囲に気を配っている様子はなく、警備を気にしている様子もなかった。監視役がいるのだろう。もっと大きなチームのようだ。少なくとも四人、多ければ十人といったところか。多ければそれだけ、ヴィクターが助かる見込みは少なくなる。

こちらの宿泊場所を突き止めるには、かなり高度な、あるいは精確な諜報を要する。相手がどんな連中なのかがわかるまでは、見くびるわけにはいかない。最低でも自分と同等だと考えて動かなければならない。まちがっていたとしても、悪いようにはならない。

受付係が記録を確認し終え、首を振った。「ムッシュー、伝言はございません《イル・ニ・ア・オカン・メサージュ・プール・ヴー》」

受付係に礼をいいながら、エレベーターの男の張りつめた表情が消え、つかの間、不安げに意識を集中しているような表情になるのが見えた。一本の指を右耳にあて、パートナーにすばやく目を向けた。口をひらいて話しかけながら、扉が閉まらないようにボタンに手を伸ばしたが、遅すぎた。扉が閉まるまえに、ヴィクターは男の口が発した最初の数語を読み取った。

〝やつはロビーにいる……〟

向こうは無線機を身につけている。感づかれた。

ヴィクターは振り向き、あたりを見まわし、暗殺チームのほかのメンバーを見逃していたかもしれないと思い、短い時間でひとりずつ確かめた。危険に対する生理反応では、急な動きに備えて心拍数をあげようと、副腎が血流にアドレナリンをどっと送り込む。しかし、本能に身を任せるのは好ましくない。本能の世界では、結局のところふたつの道しかない——闘争か逃走だ。ヴィクターにしてみれば、それほど単純な意思決定で済むことはめったになかった。

ヴィクターはアドレナリンの激流を呑み込み、深く息を吸い、また無理やり体を落ち着けた。考える必要があった。すばやく動いたところで、まちがいを犯しては、得るものはなにもない。この業界では、ひとつのミスを犯したものが、ふたつ目を犯すほど長生きすることはまずない。

ロビーには十人の人がいた。中年の男とその〝箔《はく》づけ〟同伴者が、隣接するバーへ向かっていた。腰の痛そうな年配の男の一団が、革張りの椅子に座って笑っていた。魅惑的な受付係があくびを嚙《か》み殺していた。実業家らしき男がひとり、出口に向かって歩きながら、大声で携帯電話に何事かをいっていた。エレベーターのそばでは、母親がよちよち歩きの子供をなだめようと奮闘していた。さっきのふたり組の仲間らしきものは見当たらないが、裏の業務用通用口かキッチンからはいり、ただちにすべての退路を遮断して、獲物を包囲する作戦なのかもしれない。教科書どおりだ。だが、獲物がいるはずの場所にいなければ、うまくいかない。

何らかの理由でタイミングがずれ、それまで進めてきた作戦が瓦解したのだろう。ターゲットに悟られ、逃げられるかもしれないと動揺し、不安に陥っている。ターゲットを見失い、連絡をとり合わなければならない。あるいは、こちらが姿をさらし、隙を見せているうちに、隠密性を捨て去って殺しに来るかもしれない。ヴィクターは、この状況に甘んじるつもりはなかった。

エレベーターの扉の上の階数表示を見た。〝4〟のランプがついていた。ヴィクターの部屋がある階だ。ヴィクターはしばらくそのランプを見つめていた。その後、〝3〟のランプがついた。戻ってくる。

正面玄関に目を向けた。いまホテルを出ても、外で監視している連中が待ち受けている。相手がにぎやかな通りでの追跡を想定していないことも考えられるから、迅速に動けば、銃弾が飛び交う状況を回避して逃げられるかもしれない。しかし、ホテルを出ることはできない。部屋にパスポートとクレジット・カードを置いているからだ。すべて偽名で登録したものだが、そんなものを取られなくても、敵には多くを知られすぎている。

階段を使う手もあるが、敵のひとりが階段を降りてきているとしたら、まずい。なぜなら、別の問題もあるからだ。こっちは丸腰なのだ。オゾルスに使ったFNは分解して、別々に捨てた。銃身はセーヌ川に、スライドは雨水渠《うすいきょ》に、リコイル・スプリングとガイド・ロッドは大型ごみ容器に、弾倉はふつうのごみ箱に。ヴィクターは一度使った銃は二度と使わなかった。陪審のまえでみずからの有罪を証明するに足る証拠を持ったまま動きまわるのは、流儀に反することだった。

しかし、稼働しているエレベーターは一台のみだった。ほかのエレベーターの扉には、故障中の札が垂れさがっていた。ヴィクターはロビーを横切り、さっきふたり組が使った稼働中のエレベーターのまえまで行った。右拳の関節を親指でひとつずつ鳴らした。

鈴のような音がして、エレベーターがロビーに降りてきた。扉がひらきはじめる寸前、ヴィクターは片側に移動し、精巧な装飾の花瓶の陰になっている横の壁に背をつけた。幼い子供のけげんそうなまなざしを無視して、身動きせずに立っていた。その子供を除けば、みなほかのことに気を取られて、ヴィクターには気づいていなかった。

暗殺チームのひとりがエレベーターを降り、何歩かロビーに出た。ふたり目は階段を使っているらしく、降りてこなかった。ロビーに出てヴィクターに背を向けている暗殺者は小柄だが筋肉質で、首が太かった。体格と足取りからすると、軍人あがりだろう。頭を動かさず、何気なく立っていた。体の動きはなくても、ロビーを観察していることはわかった。自分のほうによけいな視線を向けられたくないから、頭を動かさずに、目だけを動かしているのだ。やり手だ。だが、うしろを見るほどのやり手ではない。

ヴィクターは扉が閉まりかけたときに暗殺者の六インチほど横をすり抜けて、エレベーターに乗った。

扉が完全に閉まる直前、暗殺者は子供がヴィクターに指をさしているのにようやく気づき、振り向いた。偶然だった。その刹那《せつな》、暗殺者がヴィクターをまともに見た。

気づいたらしく、暗殺者が目を見ひらいた。

扉が閉まった。

3

八時二十七分　中央ヨーロッパ標準時

ヴィクターは何度か続けて大きく息を吸い、肺の奥底まで空気を引き込むと、四つ数えるまで溜めてから吐き出した。体内に分泌されたアドレナリンが、必要不可欠な酸素をより多く筋肉に供給しようと、心拍数を急激にあげていた。しかし、一分間に百二十を超えると、微細運動――銃の照準を合わせるといった、細かい筋肉の動きを要する運動――の技能が弱まる。百三十を超えれば、その技能は完全に失われる。肉体にとって、そういった技能が、生存を脅かす問題にすぐさま必要となることは、ふつうないからだ。

ヴィクターは静まってくれと祈った。

呼吸を抑えることによって、通常の自律神経系の働きを妨げ、心拍数の上昇に急ブレーキをかけた。衝動を支配することはできないが、さいわいなだめることはできる。

ロビーに残してきた暗殺者はすぐさまほかのメンバーに連絡を取り、ターゲットに感づかれ、逃走されたことを伝え、階段で上の階をめざすだろう。ヴィクターとしては、どの階で降りても、窓さえあれば、あっという間に逃げることはできる。しかし、部屋の荷物が必要だった。暗殺チームに奪われなくても、いずれは当局の手に渡る。パスポートには渡航した国や日付のスタンプが押してある。クレジット・カードの番号から追跡されるかもしれない。拳銃もあるから、入念な捜査が進められる。文書の名義はどれも偽名だが、実際にそれまでに使用したものだ。考えうる予防策はすべて講じてあるが、目のつけ方を知るものがいれば、追跡の糸口は必ず見つけられ、その糸をたどった先には生身の本人がいる。そういった状況をつくり出すわけにはいかない。

エレベーターがふたつの階を通過した。ヴィクターは呼吸を安定させていた。チンという音が鳴るまで、数を数え続けた。

ヴィクターは扉がまだひらききらないうちに廊下に出て、すばやく左に移動し、エレベーターから三十フィートほど離れた廊下の突きあたりにある階段の吹き抜けに向かった。階段に通じるドアは閉まっていた。

ドアに耳を押しつけるまでもなく、ふたり分の足音が階段を駆けあがってくるのがわかった。俊敏で力強い足音で、たどり着くまであと二十秒といったところか。手荷物を確保する時間が必要だが、そんな時間はない。自分でつくらないかぎりは。

消防斧が少し離れた廊下の壁にかけてあった。ヴィクターは肘《ひじ》でガラスを割り、斧を台から取った。階段のドアに戻ると、斧の刃をドア・ハンドルの下にめり込ませ、柄の先端を床につけた。ぴたりと隙間なくはまった。

斧があった場所の下に、消火器も置いてあった。ヴィクターはそれを左手で持ちあげ、エレベーターのまえに戻った。エレベーターはまだ四階にいた。ボタンを押して扉をあけた。

突然、階段のドアがゆすられたが、ハンドルは動かなかった。斧が邪魔でまわらなかった。ふたりはさらに力を入れて、またハンドルをまわそうとしたが、やはりいくら力を入れようとまわらなかった。その後、ハンドルをまわそうという動きはなくなった。

ヴィクターはエレベーターに目を戻した。消火器をあいた扉のあいだに置き、なかに身を乗り出してロビーのボタンを押した。閉まりかけた扉が消火器を挟んで止まり、またあき、その動きを延々と繰り返した。ヴィクターはこれで二分は時間ができたと思った。一分も必要ない。

音を立てずに部屋まで来ると、ドアのまえで立ちどまった。なかで待ち伏せがあるかもしれない。あるとすれば、敵は油断なく待ち受けている。ヴィクターはドアを蹴ってなかへはいると、すぐさま屈み、さらす部分を減らし、頭をふつうの胴体の高さよりもさげた。瞬時に室内を見渡し、次の瞬間には、寝室と続きになったバスルームを確かめた。

だれもいない。

階段にいるふたりに加えて、外に監視チームがいて、おそらくホテル内の別の場所にもメンバーがいる。手ごわい。組織化されている。ほんとうに手ごわければ、通りを隔てたビルにスナイパーを配置しているはずだ。

ヴィクターは窓には近寄らなかった。

バスルームにはいり、トイレのタンクのふたを取り、なかからジップロックにはいったものを取り出した。ひとつには、パスポート、飛行機のチケット、クレジット・カードがはいっていた。ヴィクターは中身を抜き、上着の内ポケットに入れた。もうひとつには、フル装填《そうてん》したFNファイヴ・セヴンとサプレッサーがはいっていた。最悪の事態に備えておけば、必ず報われるときが来るものだ。ヴィクターはジップをあけて銃を取り出し、サプレッサーをセットし、スライドを引いて弾を薬室に送り込んだ。

アタッシェケースは、すでに着替えとほかの所持品を入れた状態で、ベッドに置いていた。ヴィクターはそれを左手でつかむと、銃を右脇につけて体で隠して外に出た。足早に廊下を歩き、警戒を保ったまま階段とエレベーターから遠ざかり、非常階段へ向かった。敵が状況を把握するころには、跡形もなく消える。

ヴィクターは立ちどまった。

逃げれば、自分を殺しに来た連中のことはなにもわからないままだ。そいつらを送り込んだやつが、すっぱり手を引くことはない。ヴィクターは何者かの暗殺リストに載っている。一度、見つかったなら、二度、見つからないともかぎらない。次はこれほど早く暗殺チームに気づかないかもしれない。最後まで気づかないかもしれない。

敵は数では勝っているが、主導権を失った。優位を絶対に手放すな。戦闘の鉄則だ。

ヴィクターは引き返した。

ふたりは銃を手に、息も荒く彼の部屋にたどり着いた。ひとりはドアの右側にまわり、もうひとりが左に残った。ドアが少しあいていた。ロックが壊れていた。ふたりのうち、背の高い年上の男が、内ポケットに入れておいた無線機の送信ボタンを続けて二度押した。ワイヤレスの肌色のイヤフォンから、小さな声が聞こえてきた。

その男が相棒に手ですばやく合図を送ると、ふたりで部屋に突入した。ひとり目がすばやく低い姿勢ではいり、ふたり目はひとり目の頭上から発砲する体勢を取って、すぐあとからはいった。そして、ひとり目が部屋の左側をさっと確認し、ふたり目が右側を確認した。なかにいるものを守勢に立たせ、ひるませ、反撃を遅らせるためには、最大の速度、最大の攻撃で不意をつく。

部屋は空っぽだった。バスルームも――やはり同じ。ふたりでかばい合いながら、クローゼット、ベッドの下など、人がひとり隠れられるようなところは、いくら可能性は低くても調べた。綿密にやれと、抜かりなくやれと指示されていた。窓の対面のビルに潜むスナイパーに向けて、撃たないように手で合図を送ってから、カーテンのうしろも確認した。ふたりの顔が汗できらめいていた。

どの部屋も散らかっていた。ターゲットは所持品をすべて持っていく暇もなく、あわてて逃げたように見える。服は床に散らばり、ベッドは乱れたまま、洗面用具はシンク脇に置いてあった。ぞんざいで、プロらしくない。

ふたりとも肩の力をわずかに抜き、呼吸をやや緩めた。あいつは姿を消した。ふたりはだれかがやってくるかもしれないと思い、銃をしまった。一階にいたとき、エレベーターがいっこうに降りてこなかったので、階段を駆けあがるしかなかった。そして、四階の吹き抜けのドアをこじあけていた。静かだったとはいえない。

ふたりは部屋を出て、ドアを閉めた。年上のほうが襟《えり》を立て、装着していたマイクロフォンに向かって、ターゲットが逃げたと報告した。自分に非があったととられないように、慎重に言葉を選んだ。心配はなかった。ビルの出口はすべて押さえてあり、別チームのメンバーがターゲットを発見すれば、そっちのチームも応援に駆けつける。ターゲットは死んだも同然だ。この仕事が終われば、各メンバーに大きな報酬《ボーナス》がはいる。しかも、弾は一発も撃っていない。

ボスには気をつけろといわれていた。今回のターゲットは危険だと。だが、神経質になる必要はなかったようだ。今回の危険なターゲットはあわてふためいて逃げ出し、もうほかのチームの手に移っている。ふたりともそう思っていた。楽な仕事だった。

しかし、ターゲットがまだビルを出ておらず、目撃もされていないと知ったとき、ふたりの表情が変わった。ふたりは顔を見合わせた。ふたりの表情は、音もなくひとつの疑問を反響させていた。

やつはどこにいる？

ヴィクターは向かい側のドアののぞき穴から離れ、銃をあげた。そして、発砲した。すばやく続けざまに十回、引き金を引き、弾薬のきっかり半分を使った。ホテルのドアは分厚く硬質なパイン材だったが、ファイヴ・セヴンの銃弾はライフル弾と似た形状をしており、ほとんど速度を損なうことなく突き抜けた。

重そうなものがカーペットに落ちる音が、どさり、またどさりと、二度聞こえた。

目のまえのドアがきしんだ。ロックを壊してはいってきたので、足を添えて閉めておいたのだった。左手でドアをあけ、廊下に出た。ひとり目が床に崩れ落ちていた。ヴィクターの部屋のドア枠に背をもたせかけ、頭をまえに垂らし、口から流れ出た血がカーペットに溜まりつつあった。左足がひくひくと痙攣《けいれん》していたが、それ以外の動きはなかった。

もうひとりはまだ息があり、床にうつぶせに倒れ、ごぼごぼというかすかな音を立てていた。何発か被弾していた——腹、胸、首。破裂した頸動脈《けいどうみゃく》が、壁に幾重もの長い深紅の弧を吹きつけていた。這《は》って逃げようとしていた。助けを呼ぼうとするかのように口をあけていたが、声が出なかった。

ヴィクターはそっちの男にはかまわず、死んだほうの上着の内側に手を入れ、財布を探したが、なかった。その後、無線機を取ろうとしたが、銃弾が心臓に達する途中で撃ち抜いてしまったようで、粉々《こなごな》に砕けていた。ショルダー・ホルスターに九ミリ拳銃ベレッタ92Fと、ポケットにふたつの予備の弾倉を見つけた。ベレッタは十五発装塡の信頼に足るいい銃だが、重くてかさばるから、この銃についているようなサプレッサーがなくても、完全に隠すことは不可能だ。亜音速弾だから、ストッピング・パワーもたいしてない。こういった任務に使う拳銃としては、まずい選択だった。この男が死んでいなければ、そう教えてやっていたかもしれない。

　通常なら、ベレッタを選ぶことはないのだが、こういった状況では、いくら銃があっても多すぎることはない。ヴィクターはベレッタをホルスターから抜き、スーツ・パンツのうしろに挟んだ。グリップをベルトに引っかけたが、サプレッサーが尾骶骨《びていこつ》にまで達していた。筋肉が痙攣でもしたのか、死体が急にびくりと動き、まえにのめった。あごがあんぐりとあき、溜まっていた血がだらりと流れ出て、噛《か》みちぎれそうな舌がカーペットに落ちた。ヴィクターは死体から離れ、もうひとりの男に目を向けた。こっちは死んでいなかった。まだ。

　ヴィクターがかかとで肩甲骨《けんこうこつ》のあいだを踏みつけると、その男は這うのをやめた。ヴィクターは男を仰向けにし、横で屈むと、ファイヴ・セヴンのサプレッサーを頬に強く押しつけた。動脈から吹き出す血が自分にかからないように、男の首を力ずくでかしがせ、血を壁に向けた。花柄の壁紙を引き裂かんばかりの勢いで、激しいしぶきが吹きつけた。

　男は何事かをいおうとしていたが、ぜいぜいと息が抜けるような音を出すのがやっとだった。首に当たった銃弾が喉頭《こうとう》を引き裂き、ごく荒い音しか出せなくなっていた。ヴィクターの袖《そで》を引っ張り、傷が当然の帰結をもたらそうとしているというのに、まだ戦いを捨てていないらしく、爪を立てようとした。その根気には恐れ入った。

　この男も相棒と同じくベレッタを持っていたが、無線機とイヤフォンは身につけていなかった。ヴィクターは銃弾を抜き、残りのポケットを調べた。何枚かのチューインガム、予備の弾薬、くしゃくしゃのレシートを除けば、なにもはいっていなかった。ヴィクターはガムとレシートを取り、六杯分のコーヒーのレシートだとわかると、それは捨てた。一枚のガムの包み紙をむき、折り畳んで口に入れた。ペパーミント。うなずいて称賛の意を示した。

「礼をいう」

ヴィクターは男の手を振りほどき、ほかのものがいないかと階段へ移動した。ほかの暗殺者がいる気配はなかったが、下から声が聞こえていた。女の声で、エレベーターのことで文句をいっていた。ヴィクターは廊下に戻り、カーペットのどす黒い染みを踏まないように気をつけて、エレベーターの扉に挟んでおいた消火器を取り除いた。なかにはいり、ロビーのボタンを押した。所持品の一部は部屋に置いてきたが、気にしていなかった。洗面用具は新品で、服もまだ袖を通していない。手にシリコン溶液を塗っていたから、手をつけたものにも指紋はいっさいついていない。

廊下にいた瀕死の男は、ようやくあがきをやめていた。首からほとばしっていた血は、びしょ濡《ぬ》れのカーペットにゆっくりと流れ出ていた。ヴィクターは死体の上の壁に描かれた赤い模様に、感嘆のまなざしを向けずにはいられなかった。その格子柄の線には、ジャクソン・ポロックを思わせるある種の美しさがあった。

ヴィクターは鏡張りのエレベーター内で自分の姿を見て、乱れを直した。現状では、少しでも見苦しい点が残っていたりすれば、人目につく。エレベーターの扉が閉まり、階段のほうから甲高《かんだか》い悲鳴が響いてきた。たったいま、だれかが思いがけないプレゼントを受け取ったらしい。

ポロックの大ファンじゃなければいいのだが、とヴィクターは思った。

4

八時三十四分　中央ヨーロッパ標準時

ロビーに出ると、ヴィクターはあたりでパニックが沸き起こるのをじっと待った。背が低く痩《や》せているのに驚くほど大声のホテル支配人でさえ、声を張りあげないと、恐怖に惑う宿泊客たちの耳には届かなかった。人殺しの悲鳴を聞きつけて、半裸のまま、あわててベッドから出てきたものもいた。支配人はまもなく警察が到着するから、みな冷静に待っているよう懸命に訴えていた。だが、すでに手遅れだった。

ヴィクターはロビー片隅の豪華な革張りの肘掛け椅子のひとつに座った。座り心地がとてもよかった。首をまわさなくても、反対側の壁の中央にある正面玄関とロビーの大半が見えるように、椅子の角度を調整した。ホテルのバーの入口と階段の吹き抜けのあたりも、目の片隅に入れておいた。右手のエレベーターを使うものはいないだろうが、仮にエレベーターから出てくるものがいても、ここにいれば、向こうがこっちに気づくまえに、向こうの姿が見える。

じきに警察が来るから、暗殺チームのほかのメンバーたちにとっては、契約を遂行する時間が急速に減っていることになる。メンバーがふたりも死んだとわかって、いまごろはあわてていることだろう。逃げるか、このまま仕事を終わらせるかのいずれかだが、逃げるとは思えない。宿泊客やスタッフがロビーから通りに殺到しており、警官もこっちに向かっているとなれば、表で殺すのはあまりにリスクが高い。

一分ほどかかった。予想より長くかかったので、ヴィクターはその分、敵の技量を一段階低く見積もった。敵の姿はすぐに見つけた。ひとり目が群衆を縫《ぬ》って、必死で外に出ようとしていた。そのすぐあとで、ふたり目が一階の廊下からロビーに飛び出してきた。ひとり目はブロンドの髪で、右手は黒革のジャケットのポケットに入れ、左手を広げて人波をかきわけていた。ふたり目はがっしりした長身で、黒いひげを生やしていた。ジャケットが膨《ふく》れていた。気を使うそぶりも見せず、両手を使って行く手を阻む人垣を押しのけていた。ヴィクターは、その様子から、ブロンドの男のほうが〝食物連鎖〟の頂点に近く、だからこそ、はるかに〝食欲〟をそそるのだろうと思った。

ふたりはロビー中央で合流し、しばらく相談した。あたりにさっと目を走らせながらロビーを突っ切り、すばやくバーをのぞいたあと、ブロンドの男が階段へ、巨軀《きょく》の男がエレベーターへ向かって移動した。ヴィクターとのあいだに大勢の人がいたのだから、気づかないという失敗をしても無理はなかったが、だからといって、代償を払わないで済むわけではなかった。

ヴィクターは動くタイミングを計り、エレベーターから出てきた家族連れの陰に隠れて巨軀の男とすれちがうと、階段のドアへ向かった。ヴィクターはすばやかった。ドアをあけてなかにはいろうとしていたブロンドの男の背後についた。

ブロンドの男も迫る影に気づいたが、遅すぎた。銃を抜こうとしたが、サプレッサーを肋骨《ろっ》に押しつけられて抜けなかった。ヴィクターは銃口の向きを変え、心臓に向けた。同時に、左手で睾丸《こうがん》をつかみ、力いっぱい握りしめた。

男は突然の耐えがたい痛みに息を呑み、床に崩れ落ちそうになった。ヴィクターは背中を押して進ませ、フランス語で耳打ちした。

「右手――ポケットから出せ。銃を放せ」

男がいわれたとおりにした。

「何人いる?」ヴィクターは訊いた。

男は立っているのがやっとで、懸命に息を整えてしゃべろうとしていた。怯《おび》えていた。無理もない。男はなんとかひとこと発した。

「え?」

ヴィクターは男を階段の踊り場へと誘導していった。ばかなまねを起こさせないように、睾丸を握る手にさらに力を加えようとした。その必要はあまりなかった。

「こっちだ」

ふたりはさらにのぼり続け、二階のドアのまえまでやってきた。

「そこのドアだ。あけろ」

男が震える手を伸ばし、ハンドルをまわした。ドアがまだひらききっていないうちに、ヴィクターは男を廊下へ押し出した。足早に階段の吹き抜けへと歩いてきた清掃係とすれちがった。髪をうしろで小さくまとめた年配の女性で、背丈はやっと百五十センチを超えるほど。清掃係が息を呑む音が聞こえた――男のゆがんだ顔のせいか、あるいは、男の股間にまわした手のせいだろう。ヴィクターは清掃係に顔を見られないように、自分の頭を男の背中で隠していた。

念のため殺してもよかったが、廊下に死体がひとつ増えれば、問題も増えるだけだし、居合わせたのはこの女性のせいではない。彼女がそれなりの人に話すころには、こっちはとっくにいなくなっている。

ふたりは角を曲がって別の廊下に出た。もう宿泊客はみなロビーや表に出ているらしく、静かだった。

「ドアをあけろ」ヴィクターは命じた。

男は震え、苦しげな声でいった。「どれだ？」

ヴィクターは錠がドア枠に接しているところに三発の銃弾を撃ち込んだ。一発で済むのは映画のなかだけだ。「それだ」男が躊躇《ちゅうちょ》した。ヴィクターはまた握る手に力を入れた。「あけろ。早く」

男がなかなかハンドルをまわさないので、ヴィクターは男をうしろから乱暴に突きとばした。なかにはいって、足でドアを閉めた。

「銃をベッドに放り投げろ」

男はポケットに手を入れ、親指と人さし指だけで拳銃をつまんでゆっくり抜いた。そして、ベッドに放った。銃はベッドの中央に落ちた。まあまあのコントロールだ。

ヴィクターは男を放し、まえに突きとばした。男はよろめき、床にくずおれた。胎児のようにうずくまり、痛んだ睾丸を押さえていた。漁色家《カサノバ》の日々は、まさに終わった。この男はほかの三人より若く、せいぜい二十七といったところだった。雰囲気もちがっていた。落ち着いた物腰だった。ほかの連中とは様子がちがっていたので、ヴィクターはしげしげと見た。部外者か。あるいはリーダーか。

男がすばやく右足に目を向け、すぐさま別のほうに視線をそらした。くずおれたときにズボンの右裾がまくれ、すねにつける黒革のホルスターがわずかにはみ出ていた。短銃身の黒いリボルバーがはいっていた。ヴィクターに目の動きを見られ、考えを読まれたことに、男も気づいた。

ヴィクターは一度だけ首を振った。

そして、一歩まえに踏み出し、男の眉間に銃口を向けた。「仲間は何人いる？」

「七人」

「おまえを入れて七人か？」

男がうなずき、股間の激痛に顔をゆがめ、しばらく話もできなくなった。エレベーターにいる巨軀の男を除くと、まだ三人がどこかにいるということか。

「車は何台、持ってきた？」

男は即座に答えた。そして言葉を吐き出した。「一台」

「一台だけなのか？」

「バンだ」

「ナンバーは？」

「そ……それは知らない」

ヴィクターは五・七ミリ弾を股間の床に撃ち込んだ。残りの弾薬の節約にはならないが、ちんたらと尋問をしている時間はなかった。

男がカーペットにあいた焦げた穴を見つめた。「嘘じゃない、ない」

「型は？」

「知らない……色は青。レンタカーだ」

男のフランス語は意味はわかるが、流暢《りゅうちょう》ではなかった。フランス語は母国語ではない。

ヴィクターは訊いた。「おれがだれかわかるか？」

男はすぐには答えなかった。だが、ヴィクターがさらに一歩まえに出ると、やっと声の出し方を思い出したようだった。「いや」

「わからないのか？」

「通称しか。それから、写真が一枚きり……」

「どうしておれの滞在先がわかった？」

「ホテル名を教えられた」

「いつだ？」

「三日まえ」

そのとき、どこの訛《なま》りかわかった。ヴィクターは英語に切り替えた。「アメリカ人だな」

男が英語で答えた。「ああ」出身地は南部、テキサスあたりか。

「だれがチームを率いている？」

「おれだ」

「民間部門か？」

「ああ」

「おれをつけてきたのか？」

「つけようとしたが、いつも撒《ま》かれた」

「なぜいままで待って、おれを殺そうとした？」

アメリカ人はしばらく考えてから答えた。「許可が出るまで待つ必要があった」

「その許可が出たのはいつだ？」

「〇五三〇だ」

真実を語ることにしたらしい、とヴィクターは思った。正直に答えれば、助かる余地が生まれるかもしれないとでも思っているのかもしれない。知らぬが仏だ。

「おれが戻るまえに、あのふたりを差し向けたのはなぜだ？」

男がまた顔をゆがめた。「焦《あせ》ってしまった。まだ戻らないだろうと思った。確認させようとした」男は激痛のなか、苦い顔をした。「タイミングが悪かった」

「賢明な指示とはいえんな」ヴィクターはいった。「フラッシュメモリーについては？」

「あんたが持っていることを確認してから、確保し、指示を待つことになっていた」

ヴィクターは眉をひそめた。「雇い主はだれだ？」

男はヴィクターを見あげた。その目に情けも容赦もないことがわかった。男はすすり泣いた。

「わかるわけがないだろう？」

ヴィクターはその言葉を信じた。

そして、男の顔を二度、撃った。

死体の横にひざまずき、身分証のたぐいを探していると、上着の内ポケットに無線機を見つけた。送信のスイッチがはいっており、ライトが明滅していた。襟の裏にマイクがついていた。

床板のきしむ音がした。

ヴィクターはぴたりと動きを止め、肩越しに振り返った。

かすかにあいたドアの隙間から、表の廊下を動く人影が見えた。ヴィクターが右側に伏せると同時に、黒ひげの大男がサブマシンガンを持って部屋に突入し、やみくもに発砲してきた。大男が手にしていたのはコンパクトなMP5Kで、長いサプレッサーがついているので、通常の小刻みな銃声が、連続するくぐもった音に聞こえた。

ヴィクターがバスルームに飛び込むと、大男もその動きを追って狙いを変えた。ヴィクターの背後の壁にきれいに連なる風穴があいた。吐き出された真鍮《しんちゅう》の薬莢《やっきょう》が、大男の足元のカーペットでカチンカチンとぶつかり合っていた。

ヴィクターはバスルームに飛び込むと、横転してから頭を低くして立ち、完全に体の向きが変わるまえにすばやく発砲した。銃弾があいた入口を抜け、奥の壁に当たって漆喰《しっくい》の白い煙を立ちのぼらせた。

バスルームはせいぜい縦一・八メートル、横一・二メートルほどの広さで、バス、洗面台、トイレしかないタイル張りの密室だった。攻撃を防げるような陰も、体を隠せるような遮蔽《しゃへい》物《ぶつ》もなかった。MP5Kをフルオートマチックにすれば、三十発入りの弾倉を二・二五秒で使いきることができる。この距離で、それほどの火力があれば、文字どおりはずしようがない。

ヴィクターはベルトで腰に挟んでいたベレッタを左手で抜き、両手に一挺ずつ拳銃を握り、銃口を入口に向けた。精確な狙いには向かない構えだが、発砲されるまえに敵を倒すには、なるべく大きなストッピング・パワーが必要だった。敵は大男だから、亜音速の五・七ミリ弾でも九ミリ弾でも、頭か心臓か背骨を撃ち抜かないかぎり、即死させられるとはかぎらない。だが、弾を充分に撃ち込めるなら、どこに当たるかはさほど問題ではない。ヴィクターはベレッタをFNの真下に構えた。そうすれば、一挺だけは照準を合わせられる。ひいきのアクション映画スターをまねようとしてか、二挺の拳銃を持った手を肩幅に広げてまっすぐまえに突き出す素人《しろうと》を、何度か見たことがある。そんなやつは必ずすぐに死んだ。

なにかがカーペットに落ちる鈍い音と、床に散らばっている九ミリ弾の空薬莢にそれが当たる音が聞こえた。まもなく弾倉を装塡し直す音とMP5Kの薬室に弾を送り込む音がした。まだ弾倉が空《から》になってはいなかったが、余裕があるうちにフル装塡した弾倉と取り換えたのだろう。

ヴィクターは屈んだまま、入口からできるだけ離れた。敵は弾倉が空になるまえに交換するほど抜け目がないのだから、ドア枠の周囲に銃口を向けてしばらく掃射すれば済むときに、部屋に突入するような間抜けではあるまい。ヴィクターは敵がバスルームの壁の反対側に沿って這《は》う気配を感じ、敵がまさに予想どおりの行動を取るつもりだと思った。この場所にとどまれば、死んだも同然だ。ヴィクターは必死で平静を保った。

なにか手を打たないといけない。すぐにでも。

ヴィクターはまわりを見た。シャワーカーテンのレールに掛けてあるタオル、洗面台の棚に並んだ洗面用具――歯ブラシ、シェービング・フォーム、制汗剤、かみそり、アフターシェーブ――が目にはいった。

彼の目は制汗剤の缶に向けられていた。

ヴィクターは敵をとどめておくために、入口に向けてファイヴ・セヴンからもう一発放ち、少し時間を稼ぎ、敵を警戒させるために、数秒後にもう一発放った。そして、ベレッタを手前に置き、FNを左手に持ち替えて立ちあがり、棚の制汗剤の缶を取った。

すぐにまた頭を低くすると、ファイヴ・セヴンで入口を狙って発砲し、さらに二発撃った。次からは撃鉄の乾いた音を響かせて、弾切れになったことを敵に知らせ、敵に食いつかせる餌を撒《ま》いた。

ヴィクターは弾の切れた銃を置き、制汗剤を左手に持つと、右手でベレッタをつかみあげた。すばやく立ちあがり、制汗剤を入口のドア枠の少し下を狙って放り投げたとき、サブマシンガンの銃口が入口からのぞいた。

ヴィクターはベレッタの引き金を三度引いた。

最後の銃弾が缶に命中し、空中で爆発した。

ヴィクターは悲鳴が聞こえるまえに走りだし、敵があわてて発砲するなか、入口から飛び出してできるかぎり低い姿勢を取った。

敵の弾は逸《そ》れ、頭のだいぶ上を飛んでいった。敵はよろよろとあとずさり、壁に寄りかかった。立っていられるのは壁のおかげにほかならなかった。まだ銃を肩の高さに構え、必死で発砲し、狙いもなく掃射していた。

きらめく金属片が、焼け焦げた顔や目から突き出ていた。髪も燃えていた。

サブマシンガンが乾いた撃鉄の音を響かせ、しばらくするとうなり声が収まり、息が小刻みに鋭くなっていった。哀れさえそそる最後の抵抗としてサブマシンガンを掲げ、目も見えないのに部屋を見まわしていた。ロースト・ポークのようなにおいが漂っていた。

ヴィクターはさっと立ちあがり、ベレッタを敵の胸の中心に向け、二発、心臓に撃ち込んだ。

5

八時三十八分　中央ヨーロッパ標準時

ヴィクターはベレッタを握ったまま上着で隠し、ホテルのなかを足早に歩いた。弾切れのFNもポケットに入れておいた。一泊目で記憶しておいたホテルの案内図を脳裏に思い描きながら、一階の廊下を進んでいった。〝職員専用〟の表示がついたドアのまえにやってきた。

一階のほかの場所では、警官が面くらった様子でやかましく話していた。緊急呼び出しに呼応して真っ先に現場に駆けつけた巡査たちだろう。ほかの警官もじきにやってくる。すぐに逃げなければ、ホテルは封鎖される。次がまわりの通り、その次はおそらく街区全体が封鎖される。そうなるまえに、姿をきれいに消しておきたかった。

ヴィクターはベレッタを抜き、左手で厨房のドアを押しあけた。指先にシリコン溶液を塗っていたものの、いつもの癖で拳《こぶし》を使った。

なかは意外なほど涼しかった。怯えた宿泊客や従業員が大挙して出ていった名残か、裏口がこじあけられていた。すがすがしいそよ風が抜けていた。汗をかいていたことに、ヴィクターはこのときはじめて気づいた。厨房《ちゅうぼう》の職員はひとりも残っていなかった。賢明にも、みな逃げたのだろう。ヴィクターは調理済みの朝食のにおいを嗅《か》いだ。コンロにかけられたフライパンで、卵が焦げていた。オーブンでは、パンやクロワッサンが焼きあがっていた。

ヴィクターは脈拍を抑えようと深呼吸を続け、ベレッタを両手で持ち、遮蔽物《しゃへいぶつ》のないがらんとした空間や、いくつも連なる調理器具や食料保管機器の陰になって見えないところに注意を払いつつ、歩を進めた。まだ三人の刺客《しかく》がぴんぴんしているのだから、あたりに目を配りながら、裏口のドアへ慎重に近づいていった。リーダーがいてもいなくても、その三人はまだ彼をつけ狙っているものだと想定しなければならない。敵が引きあげていなければ、この出口を放置しておくことはない。

外の路地から襲撃された場合に身を隠せる食器棚や調理台から離れないようにして、ヴィクターは裏口に近づいていった。しだいに大きくなるサイレンが、もっと速く歩けとヴィクターを誘っていたが、いまそこに危険が潜んでいることを知っているからこそ、ヴィクターは動きを速めないように抑制した。

路地に別の刺客がいて、裏口を見張っているとすれば、こちらに奇襲の要素がなければ、生き延びる可能性はない。あわてれば、敵の仕事を楽にするだけだ。敵はどうしても今日のうちにカネを稼ぎたいはずだ。

ヴィクターはまた一歩、踏み出し、動きを止めた。

動き。

　左手にあるステンレスの食器棚に映っていた。ぼやけた影が動いただけだったが、ヴィクターがその意味を理解し、くるりと体の向きを変えた瞬間、食料貯蔵室のドアが勢いよくあき、暗がりから黒髪の女がひとり飛び出し、ヴィクターと拳銃の銃身とをすばやく一直線に結ぼうとしていた。

　ヴィクターはそれよりも速く反応し、まず一発、そして、二発、三発と撃ち、女の体の中心に命中させた。女は衝撃でうしろに吹き飛び、出てきたところから隣室にそのまま戻された。

　ヴィクターはすぐさま近寄った。女は仰向《あおむ》けになり、まだ息はあったが、目を閉じていた。ふたつのブラウスの焦げあとのまわりに、ふたつの小さな血の染みが広がっていた。片肺がつぶれ、あえいでいた。拳銃はすぐ脇にあったが、手を伸ばすそぶりは見せなかった。怯えきっていた。

　ヴィクターの影が女に落ち、女が顔をあげた。意外にも魅力的な顔で、歳は二十八、九、その繊細な顔つきには苦痛が、突き刺すようなまなざしには恐怖が浮かんでいた。女がヴィクターに目を向けた。哀願するようなまなざしで、涙が頬を伝い、魅惑的な唇が動いていたが、肺の空気が足りずに、しゃべることも、命乞いすることもできなかった。あるいは、役に立つ情報を伝えることも。どうして彼女のような人がこんな商売に身を落としたのかと、ヴィクターはしばし考えた。だが、どんな身の上にしろ、重苦しい結末を迎えようとしている。女の首がゆっくりと片側に折れた。

薬莢が煙をたなびかせて、床のタイルに落ちて跳ねた。

ヴィクターは女の所持品を調べた。やはり財布も身分証のたぐいも携帯していなかった。抜け目のない工作員のようだ。もっとも、この仕事を受けるような間抜けではあるが。生き残っているものが、ヴィクターに役立つものを持っているはずだ。持っていないかもしれないとは思いたくなかった。

ヴィクターはベレッタを捨て、死んだ女の銃を取った。ヘッケラー&コッホUSP、コンパクト・バージョン、四五口径、短くて太いサプレッサーつき。いい武器だ。八発装塡できる弾倉を引き抜くと、高精度のホローポイント弾が装塡されているのを確認し、弾倉を戻した。見たところ、商売道具にこだわりを持つ殺し屋だ。いや、殺し屋だった。

ヴィクターは女の上着から予備の弾倉をふたつ取ってから、急いで裏口から路地に出ると、低い姿勢を保ったまま、左そして右に目を向け、同時にヘッケラー&コッホの銃口も左右に動かした。だれもいない。銃をベルトに挟み、表の大きな通りへ向かった。奪ってもいいと思えるまともな銃を携帯していたものがいたおかげで、ようやく不満が収まった。殺し屋でも、あれほど趣味の悪いやつがいるとは。

あの女が死んだから、五人は消した。残るはふたりのみ。


ホテルの表には大勢の群衆がいた。宿泊客も従業員も、みなショックを受け、圧倒され、怯え、慰めを求めて身を寄せ合っていた。四階の廊下になにが転がっているのかを知るものはひと握りだったが、血や死体の話はすぐに広まっていた。警官がひとりきりで群衆を押しとどめようと奮闘していた。通りがかりの人たちが、なにごとかと現場に集まってきていた。

ヴィクターは路地を出て、群衆に紛れて歩いた。足早ではあるが、ほかの人と変わらぬペースを保ち、スナイパーの格好の餌食《えじき》にならないように、なるべく横向きに移動した。こんな状況で狙撃されるとは思えなかったが、その推測に命を賭けるつもりはなかった。通りの五十ヤード先に、ブルーのバンが見えた。公衆電話ブースのそばの縁石に沿って、目立たないように停まっていた。後部席のドアがこちらに向いていた。だれかが運転席にいるかどうかはわからなかった。

まだ走り去っていないとすれば、少なくともひとりの殺し屋はこのあたりにいる可能性が高い。近づいていくにつれ、バンから排気ガスが出ているのがわかった。よし、アイドリングさせているのだから、だれかが運転席にいる。騒ぎに乗じて、運転手に気づかれずにバンの真横にたどり着けると思った。通りを渡ろうと、右足で縁石を蹴ったが、その先へは行かなかった。

通りの向かい側、ホテルの真向かいに位置する白壁のアパートメントの正面階段を、ずんぐりした男が駆け降りてきた。大きな黒いスポーツバッグを肩にかけていた。テニスのラケットやホッケーのスティックもすっぽりはいるだろう。

あるいは、高速弾のライフルも。ヴィクターにじっと見られているのに気づいて、ずんぐりした男がぴたりと足を止めた。その反応が男の正体を物語っていた。周囲は渾沌《こんとん》とした状況だというのに、ふたりともまったく動かずに立ちどまっていた。膠着《こうちゃく》状態を破ったのは、ずんぐりした男のほうだった。男はすばやく左に目をやった。バンが停まっているほうだ。バンまでの距離は、ふたりとも同じぐらいだった。

ヴィクターは一歩まえに出た。男は一歩さがった。男が上着の内側に手を入れた。ヴィクターも同じ行動を取った。一台のパトロールカーが、回転灯をつけ、サイレンを鳴らして、角を曲がって通りに出てきた。それを見て、ふたりとも銃を抜くという考えを消し去った。

男がまたバンをちらりと見た。援護が来ないものかと期待しているのだろう。そんなものは来ないとわかると、うしろを向いてまた階段を駆けあがり、アパートメントのなかに戻っていった。

ヴィクターは歩を速めたが、人目を避けなければならないから、走れなかった。反対側の歩道までやってくると、獲物のはいったドアが閉まるのが見えた。ヴィクターは一段とばしで階段を駆けあがった。ドア・ハンドルをまわしてみたが、デッドボルトが降ろされていた。蹴破ったり銃で撃ち破ったりするような危険は冒せない。ますます多くの警察が表の通りに到着しはじめている状況では無理だ。

ヴィクターは階段を降り、通りを見渡して、アパートメントの裏手にまわる道を探した。二十ヤードほど右手に路地があった。ヴィクターはそこへ急いだ。

表の通りから見えないところにはいるとすぐに走り、四五口径銃を出し、アパートメントの向こう端をまわって裏通りに出た。さっきのずんぐりした男の姿はなかった。すでにアパートメントを出ているのなら、いまその姿が見えるはずだ。ということは、アパートメントにとどまっている。意外や意外。男はなかで待ち受け、戦うことを選択した。

ヴィクターはそんな相手を失望させるつもりはなかった。

裏口のロックは高品質で、四五口径弾で粉砕できなければ、あけるのに三十秒ほどもかかっていただろう。ヴィクターはフル装塡された弾倉をセットし、床が色とりどりのモザイクになっている、家具があまりない広々とした広間にはいっていった。ドアが三つあり、ふたつには番号が振ってあった。大きな階段があった。

ヴィクターは戦闘時の両手持ちで銃を構え、階段に近づいていった。ヴィクターのホテル・ルームは四階だったから、そこの窓を監視していたとすれば、あのずんぐりした男は五階にいたのだろう。同じ部屋なら勝手もわかるし、安全だ。あの男が逃げ込むとすれば、その部屋だ。

ヴィクターは一段ずつ、ゆっくり、音を立てずに階段をのぼった。ずんぐりした男が待ち伏せしているかもしれないから、常に目を上に向けていた。二階にたどり着き、その階をさっと確認し、さらに階段をのぼりはじめた。

三階でしばらく立ちどまり、耳を澄ました。なにも聞こえなかったので、四階へと向かった。五階のほうから、ドアのあく音と、女の声が聞こえてきた。ちょっとびっくりしたような、それでいて、やさしく、親切そうな声音だった。

「どうかしました?《ピュイ・ジュ・ヴ・エデ》」

そして、カタッ、カタッという音のあと、どさりと体が床に倒れるような音がした。ヴィクターは敵がしばらく気を取られている隙に動き、階段を駆けあがった。ずんぐりした男は、階段をのぼりきったところにいて、殺害のあと、下に顔を向けようとしていた。

ヴィクターは駆けのぼりながら撃ったが、角度が悪く、ホローポイント弾が手すりをこそいだ。敵はとっさに引き返した。さらに二発の弾が頭上の天井に穴をあけ、四発目は手すりの下の鉄の格子細工に当たって、まばゆい火花を散らした。敵も拳銃で何発か撃ってきたが、ヴィクターの照準線から逃れるときに、やみくもに撃っただけだった。また一瞬だけ姿を見せて、動きながら撃ち、ヴィクターも応戦したが、どちらも命中しなかった。

ヴィクターは姿勢を低くして階段をのぼりきり、鉄の格子細工越しにのぞいた。人の体がアパートメントの戸口のまえで大の字に横たわっていた。レインコートを着た銀髪の女だった。落ち度といえば、階段のそばで待ち伏せていた見知らぬ男に、どうかしましたかと律儀に声をかけたことだけだった。善行はそれ自体が報酬であり、見返りなど期待してはならないものだとはいえ。

この階にふたつあるアパートメントのうち、もう一方のドアが半びらきになっていた。殺し屋の姿は見えなかった。ヴィクターは最後の数段を這うようにしてのぼった。一軒目の半びらきのドアに目を向けた。そこは殺し屋がもともといたアパートメントであり、いまも逃げ込んでいる場所だ。その点に疑う余地はない。ただ、ヴィクターは大いに疑っていた。

ヴィクターは音を立てず、ぎらつく血だまりをよけて、慎重に廊下を歩いていき、壁に背をつけた。そして、死んだ女のアパートメントのあいたドアへにじり寄った。笑みが漏れそうだった。古典的な手に引っかかるつもりはない。

ドア枠のまえまでたどり着くと、殺し屋がさっきまで待機していたと思われる反対側のアパートメントに目を向けた。死んだ女のアパートメントにいるものが、そこの玄関をしっかり射界にとらえようと思えば、どの方角にいるだろうかと推測した。

ヴィクターは姿勢を低くした。左手でドア枠をつかみ、そこを支点にして部屋にすばやく転がり込んだ。すぐさま殺し屋が目にはいった。身をかがめ、仕切り壁に寄りかかり、自分のアパートメントのドアに銃口を向けていた。驚きのあまり、男が目を見ひらいた。

ヴィクターは二度、発砲し、一発ははずれたが、二発目が標的の耳の上の頭部をかすめ、小さな血しぶきがあがった。敵もなんとか一発だけ反撃し、うしろに倒れるようにして身を隠した。敵の銃弾はヴィクターの顔のすぐ横のドア枠に当たり、細長くそげた木片をヴィクターの頬に振りかけた。ヴィクターは気にも留めなかった。

すぐさま立ちあがって位置を変え、部屋の中央部へ移動した。ひとつところにとどまっていれば、敵が仕留めやすくなるだけだから、動き続けなければならなかった。

殺し屋はドアのほうに向かってすばやく二発、発砲すると同時に、角から出していた頭を引っ込めた。銃弾は数秒まえまでヴィクターの頭があった空間を突き抜けていった。ヴィクターは部屋の奥へ移動し、こちらの位置を敵にとらえにくくしていった。敵がこちらの姿を見ようと思えば、頭を角から突き出さなければならない。突き出せば、吹き飛ばす。しかし、敵もその餌には食いつかなかった。

　敵はこちらの背後を取ろうとアパートメントのなかを移動しているのではないか。五秒が過ぎたころ、ヴィクターはそう思った。リビングルームを出るには、ヴィクターが見張っているところ以外に、ふたつの経路があり、その二カ所は離れていて同時に監視することはできない。

　ヴィクターはダイニングルームの入口に駆け寄り、角から顔を出した。敵はいない。反対側のドアがあいていて、キッチンが見えた。音を立てずにキッチンへ移動し、なかをのぞいた。空っぽ。残るドアはひとつだけ。そっちに急ぐと、白いタイル張りの床についた小さな血痕に気づいた。

　戸口から敵の姿が見えた。姿勢を低くして廊下側の壁に背中をつけ、両手で銃を持ち、リビングルームに飛び込んでヴィクターの背中を撃とうとしていた。とにかく、その男の考えはそうだった。

　何度か大きく息を吸い込み、勇気を奮い起こしていた。吸い込んでいる途中で呼吸を止めた。周辺視野で黒い人影が見えたのか、虫の知らせでもあったのか。敵は体をひねった。ヴィクターは敵の胸を撃った。男は壁に寄りかかったまますり落ちた。まだ息はあり、銃も力なく握られていた。その顔には驚きの表情が刻まれ、まるで撃たれたことが理解できていないかのようだった。赤い霧が漂っていた。

四五口径銃のスライドが後退したままになっていたので、ヴィクターは空の弾倉を抜き、予備の弾倉と入れ換えると、スライドを戻して弾を薬室に送り、殺し屋をさらに二度、撃った。

ヴィクターは死体を手で探り、イヤフォンと送信機を見つけたが、ほかにはなにも見つからなかった。同じ階のもうひとつの部屋へ向かった。玄関にはいると、黒いスポーツバッグがあった。ジッパーをあけると、スコープとカスタムメイドのサプレッサーと思われるものがついたSIG556ERを見つけた。横のポケットに、ドライクリーニングのレシートとドアの電子キーがあった。ヴィクターはふたつとも取った。レシートには、〝ロテル・アブリアル〟とあった。

ようやくまともな情報を見つけた。

ヴィクターはリビングルームにはいり、窓をあけた。顔を外に出すと、さっきのブルーのバンがまだ下の通りの路肩に停まっているのが見えた。

パチパチという空電の音。イヤフォンから声が聞こえてきた。怪しげで、不自然なフランス語だった。こいつも外国人だ。おそらくフランス語をしゃべれるものたちが、共通語にしていたのだろう。この仕事の申込書に必要な技能として記されていたのかもしれない。

「だれか応答せよ《レポンデ・ケルカン》、だれか《キコンク》」

背景でパトロールカーのサイレンが聞こえた。話している人物の近くで鳴っているようだった。最後のひとりは外にいる。そして、また声が聞こえてきた。今度も応答を求めていた。

背景ではまたもサイレンが聞こえ、車両がそばを通っていったらしく、うなるようなエンジン音がした。ヴィクターは警察のオートバイがゆっくりとブルーのバンの横を通り過ぎ、ホテルの真んまえで停まるさまを目で追った。

彼はスポーツバッグからライフルを取り出し、折り畳み式の銃床を伸ばした。左手で無線機の周波数ダイヤルを微調整し、わずかに雑音を入れた。無線機をつかみあげ、送信ボタンを押して、フランス語でしゃべった。意図的に訛《なま》りを落とし、相手が確実に理解できるように、文の構成をなるべく単純にした。

「こっちはふたりしか残っていない」ヴィクターは怯《おび》えた口調でいった。「ほかはみな殺された」

ヴィクターはボタンを離し、相手に応答する機会を与えた。返ってきた声はか細く、絶望的だった。

「どこにいる？」

「ホテルのなかだ」

「ターゲットは？」

ヴィクターはサプレッサーをセットしはじめた。

「正面出口に向かっている。やつは負傷している。おれが撃った」

サプレッサーがしっかり固定されたことを確かめ、望遠照尺《テレスコーピック・スコープ》を取りつけた。

「すぐ動けば、やつが出てくるときに仕留められる。相手は丸腰だ。急げ」

ヴィクターはスコープの倍率をチェックし、銃弾が薬室にはいっていることを確認し、安全装置を解除した。無線機を置き、窓敷居に座るような姿勢を取り、外から見えないようにライフルを持った。

運転席側のドアがあき、ひとりの男が急いで路肩に降りた。がっしりした体形で、身長は軽く百八十センチを超え、髪は短く、ゆったりしたデニムの上着を着ていた。男はバンの車体に沿ってすばやく移動し、後部荷台越しに顔を出し、通りを隔てたホテルに顔を向けた。拳銃を抜き、人に見られないように上着で隠し、ホテルの入口から目を離さなかった。バンと電話ボックスとのあいだで、体をうまく隠していた。ヴィクターは男の行動を予想しながら、動きを追っていた。巧妙に動いている。腕がいいのがよくわかる。この男こそ、ホテルのなかに置けばよかったのだ。

男は長いあいだその場を動かず、監視し、待っていた。一分が過ぎると、身をこわばらせ、左右にちらちらと目を向け、群衆を探りはじめた。うしろに移動し、遮蔽物《しゃへいぶつ》の陰から出ると、振り向いて顔を上に向けた。

まっすぐヴィクターに。

つかの間、男の目が見ひらき、後頭部から光輪のような血しぶきが広がるのを、ヴィクターは望遠照尺越しに見た。男が照尺から消えた。頭蓋《ずがい》の中身の半分がバンのリアウインドウをゆっくりと伝っていた。

6

八時四十五分　中央ヨーロッパ標準時

　ヴィクターは正面玄関からアパートメントを出た。表の通りには人だかりができていた。五人ほどの警官がいたが、ヴィクターのほうに目を向けているものはひとりもいなかった。通りの先に停まっているバンの後部に赤い染みが飛び散っていたが、死体は停まっていた車のあいだで人目につかなかった。みな気が動転して気づかないのだろう。一般大衆の死体好きにはいつも驚かされる。ヴィクターはバンに近づいていき、うしろに停まっていたセダンとのあいだで、ぐったりと横たわっている死体に視線を落とした。見ているものはいなかったが、リスクを冒してまでポケットをあさるほどのことではない。

　ヴィクターは縁石側のドアをあけ、運転席に座った。なかはかびくさかった——あまりに多くの人間が長時間、密室にいたにおいだ。ダッシュボードに、六つの空《から》のコーヒー・カップを載せた段ボールのトレイが載っていた。運転席にはほかになにもなかったので、グローブ・コンパートメントをあけた。マニラ封筒があり、そのなかには、ヴィクターの調査資料がはいっていた。ありがたいことに、たいした内容ではなかった。彼の個人情報の一覧――（人種）白人、（身長）六フィート一～二インチ、（体重）百八十ポンド、（髪）黒、（目）茶――と、この人物は殺し屋であり、危険なターゲットであるとの短い説明がついた紙が一枚だけ。上部の余白に、ヴィクターのホテル名、ルーム・ナンバー、リチャード・ビショップという現在の偽名が手書きで記されていた。

ヴィクターは腹に手をあてた。百七十八ポンドだがな。

調査資料をめくると、ヴィクターの顔写真があった。とにかく、ヴィクターの顔に見えなくもなかった。デジタル・モンタージュだ。そこそこ似ているから、それなりに新しく、確かな情報をもとに作成されたようだ。説明があったり、きめの粗い防犯カメラの画像があったり――噂を少し加えてざっくりつくったのだろう。モンタージュは気になるが、限られた個人情報しか漏洩《ろうえい》していないとわかって、ほっとした。ほかにも漏れていれば、ここに書いてあるだろう。どれほど素人《しろうと》くさい暗殺者であっても、詳細な調査資料の重要性は知っているし、どれほど慎重なクライアントであっても、自分が雇う殺し屋には、最大限の強みをもたせたいものだ。ヴィクターは紙をたたみ、内ポケットに入れた。封筒には消印がついていなかったので、その場に残した。バンの後部スペースには、テイクアウトの朝食のべとついた残骸《ざんがい》があるだけで、ほかにはなにもなかった。意外でもない。めぼしいものは、スナイパーのバッグにあったものだけだった。チームのほかのメンバーは、よけいなものをいっさい携帯しないように気をつけていたようだ。ヴィクターは両サイドミラーでだれにも見られていないことを確認し、バンから歩道に出た。ホテルの周囲に警官が配されていた。ヴィクターは人ごみに紛れ、押し出されるようにして通りを離れ、不安顔の警官から遠ざかった。

突きあたりでタクシーを拾い、運転手にオルセー美術館までと告げた。運転手が横の通りと大きな人だかりを指し示し、何事かと訊いた。

ヴィクターは肩をすくめた。「大事のようだ《サ・ア・レール・セリユー》」

そのとき、だれかが、側溝に横たわる脳みそが吹き飛ばされた死体に気づき、また悲鳴がはじまった。


タクシーが走り去るさまを見ていた男は長身で、黒髪をジェルでなでつけていた。ホテルまえの群衆に紛れ、まわりのパリジャンたちと同様に戸惑いを装っていた。彼らと同じく不安は抱いてはいたが、彼らとちがい、なにも知らないわけではなかった。タクシーが通りをはずれるまで目で追い、ジャケットの内ポケットから薄いノートを取り出した。何枚かページをめくり、きれいな手書きで、タクシーのナンバーと乗客の簡単な特徴を記した。

モンタージュの顔には、ひげはなく、髪形もちがうが、だれかはすぐにわかる。長身の男は大きなため息をついた。まずい。

男はますます膨《ふく》れあがる野次《やじ》馬の群れをかきわけ、ようやく人ごみから抜け出た。十一月の肌寒い外気にもかかわらず、体がほてっていた。スーツとレインコートに身を固め、よくいるビジネス戦士の装いだった。どうしてもというとき以外、周囲の人とは口をきかなかった。男のフランス語は意味は通じるが、流暢《りゅうちょう》ではなかった。

男は怯えてなどいないものの、怯えた群衆の足早な歩調に合わせて、歩き去っていった。その場にもっととどまりたかったが、あちこちに警官がいるうえに、さらに多くの警官がやってきている。すでに聞き込みがはじまり、目撃者は容疑者になるかもしれない人物を選別していた。面倒な質問に答えなければならないような状況に陥るのはまずい。

少し先の脇道に公衆電話があるのは知っていた。男はそこへ向かっていた。人目に触れずに使用できるほど大通りからはずれているが、ホテルからも近いから、そこからなら迅速な報告ができる。その報告は、予期していたものとはまるでちがうものになる。

ホテル内でなにが起こったのか、詳しくはわからないが、だいたいの分析はできる。ターゲットは警察の大群を引き寄せるような形で逃走し、仕事をしているはずのチームの痕跡はない。死体がどうのと、野次馬連中が話していた。チームのメンバーは、だれひとりとしてホテルから出てきていない。それだけの点と点をつなげることぐらいは、天才でなくてもできる。

騒ぎのほうへ向かう若い女のグループとすれちがい、男は左側の狭い脇道にはいった。カフェがあり、さまざまなエキゾチックなにおいをあたりにまき散らしていた。電話ボックスは空いていた。男はなかにはいり、ドアを閉めた。外の喧騒が消え、はっきり考えられるようになったのは、ありがたかった。

ある番号にかけ、回線がつながるのを待ちながら、この任務が壮大な失敗に終わったことを、果たしてどんな言葉で伝えたらいいものかと思案した。
雇い主はいい顔をしないだろう。

7

九時十五分　中央ヨーロッパ標準時

一マイルも離れていないところで、アルヴァレズは目のまえのスチール・トレイに載った死体を見て、大きなため息をついた。しわしわの肌は土気色《つちけいろ》で、目は閉じ、唇は青みがかっていた。左のこめかみに小さな赤い穴が穿《うが》たれていた。射入口。右のこめかみの穴はもっと大きく、いびつだった。射出口。

「やはり」アルヴァレズは嘆息を漏らした。「こいつだ」

フランス人の葬儀屋助手がこくりとうなずいた。助手は数フィート離れて、安置台の反対側に立っていた。二十代の若い男で、気温は低めなのに、額に汗が見えていた。そわそわ、もじもじしていた。アルヴァレズは見ないふりをした。

自分がいても、この若者が落ち着くことはない。それはアルヴァレズにもわかっていた。常ににらみつけているように見えるこの面構えを見ると、彼をよく知るものでなければ、おどおどしてしまうのだ。ほほ笑んでも無駄だ。その巨体も事態を悪化させるばかりだった。

首は頭蓋《ずがい》より太く、肩幅はドア枠につかえるほどだった。けんかするときには強みになるが、それ以外のときには邪魔にしかならなかった。信用してもらうにも、人の二倍の努力が必要だった。

アルヴァレズは検死官の報告書を手に持っていた。銃創に関する記述に目を通した。胸にもふたつの銃創とあった。アルヴァレズは指さした。

「見せてくれ」

助手がそわそわとあたりを見てから、白いシートを恐る恐るつかんだ。そして、首元から折り返し、胴体をあらわにした。

アルヴァレズはきれいに胸骨を穿つふたつの穴をじっくりと見た。「小口径のようだな。二二か？」

「いいえ」助手が答えた。「胸の二カ所と頭の一カ所の三カ所とも、ぜんぶ五・七ミリです」

「おもしろい」アルヴァレズは身を乗り出し、もっとよく見た。「射程はどのくらいだ？」

「火薬によるやけどがないので、至近距離ではありませんが、私にはそれ以上のことはわかりません。なにぶん、助手ですし、弾道学の専門家でもありませんから。その……よく知らないんです」

嘘だろ、とアルヴァレズは思った。彼はしばらく考えた。五・七ミリ弾というと、FNファイヴ・セヴンだ。世界でも最高級かつ高価な拳銃のひとつだ。アルヴァレズはそのときの状況を脳裏に描いた。胸に二連射《ダブルタップ》、その後、犠牲者がうつぶせになってから、側頭部を撃ち抜き、前頭葉にとどめの一撃を加えた。絶対確実を期す。プロの手口を見たのははじめてではないが、この仕事には隙がほとんどない。アルヴァレズは目をしばたたいて、そのイメージを振り払った。

「あの」助手が口をひらいた。「そろそろボスが戻ってくるんで」

アルヴァレズは助手のいいたいことをくみとった。彼は財布をあけた。

病院の外に出ると、霧雨が懐《ふところ》にはいらないようにコートのボタンを留めた。ケナードはいったいどこにいる？ 二分ばかり経ってやっと、黒っぽいセダンが表に停まった。

「すみません」アルヴァレズが助手席に乗ると、ケナードがいった。

アルヴァレズはクルーカットの頭についた雨滴をいくらかぬぐった。「オゾルスだ」彼はいった。「死んじまった」

「そんな」ケナードがため息をついた。「ブツは？」

アルヴァレズはかぶりを振った。そして、それまでのことをかいつまんで話した。

「どうします？」ケナードが訊いた。

アルヴァレズはしばらく親指の爪を噛《か》んでいた。ジャケットの内側に手を入れ、携帯電話を取った。「ラングレーと話をしないといかんな」

8

九時四十一分　中央ヨーロッパ標準時

〈ロテル・アブリアル〉はアヴェニュ・ド・ヴィリエ沿いのセーヌ川北岸にあった。ヴィクターは美術館で別のタクシーに乗り換えた。パリの車の往来を抜けて、長くて遅い道のりとなった。ありがたいことに、運転手は無口で、ヴィクターはほどほどのチップを与えた。運転手はたっぷりもらったり、まったくもらえなかったりすれば、あとで訊かれたら思い出すかもしれない。

品のよさそうな界隈《かいわい》だった。この雨、泥、パリジャンの渋い顔さえなければ、観光客が友人たちにパリのすてきな思い出話として披露しそうなものが、たくさん目についた。ヴィクターは人や車の往来が激しい通りを抜け、ホテルのまえを通り過ぎた。二ブロック先で薬屋を見つけ、固形石鹼《せっけん》、消毒薬、毛抜き、脱脂綿、防臭剤を買った。そして、静かなバーを見つけ、レモネードを注文したあと、トイレで手を洗った。

その後、顔に突き刺さっていた木の破片に取りかかった。あのときはアドレナリンが痛みを遮断していたが、もうそんな贅沢《ぜいたく》は望めない。破片は小さいがぎざぎざで、肉に食い込んでいた。歯を食いしばると、ヴィクターは毛抜きの力を借りて頬から破片を引き抜いた。さっと済ませてしまいたかったが、途中で折れてしまわないように、ゆっくりやらなければならなかった。最後の一片が抜けると、小さな傷口に、消毒薬に浸した脱脂綿を、耐えられるかぎり押しつけていた。

弾が数インチ上のドア枠に当たっていれば、頬ではなく目玉から破片を抜くはめになっていただろう。気持ちのいい想像ではない。ポケットから目薬のような小さな容器を取り出し、シリコン溶液をいくらか手に落とし、肌にすり込んだ。すぐに乾いた。ヴィクターは表で一本のたばこに火をつけ、歩道を歩きながらのんびりと吸った。無性にニコチンが欲しかった。生きているというのは気分がいい。

今日はこれが最初で最後の一本だと自分に誓った。この一週間、一日一本のペースを守ろうとしてきた。今度こそやり抜くつもりだった。二週間もすれば、もっと本数を減らせるかもしれない。いや、無理か。いずれにしても、せっかくの戦闘後の高揚感を、ニコチン中毒ごときのために台なしにするわけにはいかない。ヴィクターは吸い終わったたばこを捨てた。そうしたことで、しばらくやましい気持ちになったが、洗面用品を丁寧《ていねい》に分別したうえで、いくつかのごみ箱に分けて処分することによって、やましさを紛らした。

ホテルのロビーは質素だが、趣《おもむき》があり、ありがたくも静かだった。デスクの奥で、すっかり白くなった山羊《やぎ》ひげを引っ張っていた愛想のいい受付係と、ヴィクターは目を合わせ、近づいていった。

「なにかご用ですか《プ・ジュ・ヴ・エデ》、ムッシュー？」受付係の男が訊いた。

「ええ《ウイ》、公衆電話は置いてますか？《アヴェ・ヴ・アン・テレフォン・ピュブリック》」

受付係がロビーの奥、トイレの表示のほうを指さした。「あちらにございます《ラ・バ》」

ヴィクターは礼をいい、ロビーを横切って歩いていった。角を曲がると、古くさい公衆電話が二台あった。ヴィクターはルーム・サービスの内線番号を確認し、電話した。陽気な女性の声が答えた。

「もしもし」彼は答えた。「洗濯物を届けたいんだけど、ルーム・ナンバーが読めなくて」そういうと、領収書の参照コードを伝えた。

やれやれというため息が聞こえた。「なんとかしてほしいわ」指がすばやく効率的にキーをたたく音が聞こえた。「ミスター・スヴャトスラフよ」何度かいい直して、やっとその名前を発音していた。「二一〇号室」

寝心地のよさそうなベッド、ベッドルームとひと続きの広々としたバスルーム、エレガントな装飾品が備わった快適な部屋だった。ヴィクターはテレビをつけ、リモコンでニュース番組に合わせた。いまのところ、銃撃戦のニュースはなかった。ずっと放送されないとは思わなかった。彼はテレビを消し、部屋のなかを見まわした。あの殺し屋はあわてて出ていったわけではなさそうだった。服はワードローブの外にかけてあり、洗面用具はまだバスルームのシンクに並んでいた。ヴィクターを射殺したあと、しばらく観光でもするつもりだったのかもしれない。パリの異邦人だ、文化の香りを少し嗅《か》いでもかまわんだろう。こうなっては、観光するにも地獄でするしかないが。

ヴィクターは前方のはがきに目を向けた。

ほかの殺し屋はパリ各所の別々のホテルに部屋を取っていたのだろう。そのほうが目立たない。多国籍集団ともなれば、なおのこと。おそらく、今回、駆り集められるまで、メンバーは互いを知らなかったのだろう。ほかのメンバーの滞在先がまったくわからないとなると、現在の状況をできるかぎり利用するしかない。

ベッド脇のテーブルにも、その横の引き出しにも、なにもなかった。ヴィクターはマットレスとベッド・フレームの隙間に指を入れて、探ってみた。茶色い革の財布を見つけて取り出したが、中身は数ユーロだけだった。パスポートも飛行機のチケットもなかった。そういう期待は甘すぎるというものだ。

ヴィクターは部屋をくまなく探した。自分と同じ防犯対策を取っているのではないかと思い、まずトイレのタンクを確かめたが、そこにはなにも隠されていなかった。残念だ。自分が殺した男に対してわずかばかりの親近感を抱くのも、おつなものなのだが。

ほかに隠し場所になりそうなところも空振りに終わった。とすると、ホテルの金庫か。賢明な選択だ。メイドなどに貴重品や証拠品を持ち去られることもない。

この殺し屋は私物品を持ったまま仕事に臨むという失態を演じた。弁解の余地はない。もっとも理解はできる。殺される予定などなかっただろうから。そして、死んでしまえば、自分の正体を知られても、たいした影響はない。とすれば、やはりヴィクターの思ったとおりのチームなのだろう。彼らは一組織に所属しているのではなく、みな独立した請負人だ。同じ組織に属しているなら、この殺し屋はもっと気を使っていたはずだ。それなら、このメンバーを招集したのはだれだ？　資金があり、力があるもの。殺し屋を雇うのは、電話帳をひらいて〝こ〟の欄を調べて済むようなものではない。

ヴィクターは仕事をするだけで敵をつくるが、パリに殺し屋を配置できるとすれば、彼がパリにいることを知っていたものだけだ。彼の知るかぎりでは、その範疇《はんちゅう》に含まれるのは、ふたりしかいない。依頼人と仲介者だけだ。

彼に仕事をまわした、仲介者としてしか知らない人物。ヴィクターと、実際に仕事を依頼してきた人物とのあいだをとりもった人物だ。それから依頼人。いずれの身元もわからない。ヴィクターのほうも、依頼人がターゲットに死んでほしい理由はわからない。ただ、いまジャケットのポケットにはいっているものと関係があることだけはわかる。

仲介者が依頼人とどんな関係にあるのかも、ヴィクターは知らなかった。仲介者が個人であったり、フリーエージェントであったりすることもあれば、一国の情報機関、民間の警備会社、犯罪組織といった組織に所属していることもある。あるいは、弁護士や領事といった別業界のルートで、依頼人と関係があったのかもしれないし、ほかの人物や団体を経由して、依頼人が仲介者に紹介されたのかもしれない。

実際には、警察や情報機関のメンバーがどこかでヴィクターの情報をつかみ、ヴィクターを逮捕するために、仲介者になりすましてヴィクターを雇った危険性も常にある。フリーランス商売のあまたある危険のひとつだ。今回、仕事を紹介された仲介者は初顔だった。とにかく、ヴィクターとの取り引きははじめてだった。この仲介者については、手際がよくプロ意識も高かったので、以前にも殺し屋を雇ったことがありそうだということぐらいしか知らなかった。

ヴィクターはフラッシュメモリーを取り出し、間近で見た。ただのメモリー・スティック——胸躍るものではないが、その中身に胸躍るものがあるのだろう。このフラッシュメモリーを自分が決めた安全な交換場所に置き、仲介者にその場所を連絡し、受け取らせることになっていた。

仲介者は人の手での受け渡しを打診してきたが、ヴィクターは仕事に直接関係する人間とは決して会わなかった。その人間も消す予定であれば、そのかぎりではないが。人に顔を見られたくないだけでなく、事前に決められた手渡しとなると、罠を仕組むには格好の機会を与えることになる。いまになってみると、仲介者の要求に従っていたら、まさに罠にはまっていたようだ。ヴィクターが断わったので、彼らはヴィクターがオゾルスを殺したあと、まだヴィクターの位置をつかんでいるうちに、ヴィクターを殺すしかなくなったのだろう。ヴィクターがフラッシュメモリーを受け取り場所に置き、仲介者に連絡するのを待っていたら、ヴィクターの行方が二度とわからなくなるかもしれない。

あとから捜査や報復の手が伸びてこないよう、確実を期すために、ヴィクターに死んでほしかったのなら理解はできるが、愚かな選択だ。インターネットでの〝コミュニケ〟を除けば、ヴィクターと仲介者と依頼人とをつなぐものはなにもないのだから。この方法なら、三者とも守ることができる。残り半分の謝礼を払いたくなかっただけなのかもしれない。それでも、殺し屋チームを雇うのだって、いくら彼ほどの報酬を要求されることはないとしても、安くはなかったはずだ。

ヴィクターはロビーのフロント係にスヴャトスラフの情報を伝え、チェックアウトを依頼したあとで、こう付け加えた。「所持品をいくつか預かってもらっているのだが」

フロント係がパスポートの写真とデスクのまえに立っている男の顔とを照合していたら、すぐに別人だとわかっただろう。ヴィクターはコートのなかに手を伸ばし、四五口径の安全装置をはずそうとしたが、やめた。フロント係は若くて痩《や》せていた。たいした抵抗を見せるとは思えない。

フロント係はしばらくして戻り、ヴィクターにパスポート、飛行機のチケット、クレジット・カードのはいった財布を手渡した。フロント係の楽しげな表情に変化は見られなかった。フロント係がいっさい確認しなかったので安堵《あんど》した。忘れ物はないかと心配しているかのように、ヴィクターは所持品を確かめた。飛行機のチケットはミュンヘン行きのビジネス・クラスだった。財布のなかには、二枚のクレジット・カードがはいっていた。クレジット・カードも飛行機のチケットも、ミハイル・スヴャトスラフ名義だった。ヴィクターは財布とチケットをポケットに入れた。キーはなかった。どこにあるのかを気にするには、すでに手遅れだった。

ヴィクターは嘆息を漏らし、二枚ある殺し屋のクレジット・カードの裏側のサインをちらりと見てから、よく使われているほうで支払いを済ませた。彼の偽のサインは筆跡鑑定家の目はすり抜けないが、ポルノ雑誌の記事を読むことさえおぼつかないフロント係の目には充分だ。

フロント係が請求書の写しをヴィクターに手渡した。殺し屋の住所が記されているのがわかった。フロント係がいった。「パリでのご滞在は、楽しかったでしょうか？」

真心のこもった口調だった。少しまえまでヴィクターがどうやって殺すのがいちばんいいかと考えていたと知ったら、その言葉にどこまで真心がこもっていただろうか？

ヴィクターは片眉をあげた。

「刺激的だったよ」

9

十三時十五分　中央ヨーロッパ標準時

「いったいどうなってるんだ？」

アルヴァレズとケナードはフォーブール・サントノレ通りに立っていた。眼前には、警察の非常線まえに群衆が三重に群がっていた。ホテルを囲む道路にも非常線が張られていた。大勢の制服警官、私服警官、現場検証の担当者がそれぞれの役割を懸命に果たそうとしていた。

ケナードが電話を切り、アルヴァレズに顔を向けた。「見たところ、ここでも今朝《けさ》とんでもないことが起こったようですね。死者は――みな射殺で――八名、まえにも聞いたことのあるような容疑者一名が逃亡中」

「嘘だろ、ジョン」アルヴァレズは、まさかといった顔つきでケナードを見た。「ほんとうにオゾルスを殺《や》った男と同一犯なのか？」

若いほうの男がうなずいた。「この容疑者もエキゾチックな弾がお好きなようです。五・

七ミリ亜音速弾で撃たれたものが数人いるようです。弾の照合が終わるのはまだ先ですが……」

「ふたりの銃撃者が同日の午前中に同種の弾を使う確率など――」

「多く見積もっても、かなり低い」

「ほとんどない、といっていい」アルヴァレズは、おもしろいものが見えないものかと躍起《やっき》になっている野次馬の頭越しに現場をのぞいた。「この事件の発生時刻はいつごろだ？」

「午前中であることしかわかっていません。いずれにしろ、それほどまえではないでしょう」

「オゾルスが殺されるまえか？」

「はっきりとはわかりませんが、オゾルス殺害の一時間はあとだと思います」

「あのなかにはいらないといかんな」

アルヴァレズは群衆をかきわけて進んでいった。彼はだれが見ても大男だった。大学在学中はレスリングに励んだ。グレコローマン・スタイルだった。いまも身長六フィートきっかり、体重二百十ポンドで、黒髪にぽつぽつと白いものが混じっているとはいえ、まだ選手並みの体格だった。人が気圧《けお》されるようなその体格をこれまでにも幾度となく利用してきたが、怖がられるよりなめられるほうがはるかに便利だと、最近になってわかってきた。しかし、こんなときには、その巨軀を存分に利用した。

非常線まで出ると、すぐに掌《てのひら》に遮《さえぎ》られた。アルヴァレズは身分証を提示した。遮った男は、しばらくそれを見てから、手振りで上司を呼んだ。ぶらりと歩いてきたフランス人は中年で、背が低く、完璧な身づくろいをしていた。時間を取られるのが納得いかない様子で、いらついていた。アルヴァレズはまだ身分証を持った手を掲げていて、フランス人警官がしばらくやぶにらみで、身分証を見ていた。

「それで《イエス》？」フランス人警官が英語でそっけなく訊いた。

「ここの責任者はあなたですか？」

フランス人警官がうなずいた。「ルフェーヴル警部補だ」彼が一呼吸置いた。「用件は？」ほとんどあとから思いついたかのように、付け加えた。

アルヴァレズは財布をしまった。「私はアメリカ国務省のもので、パリのアメリカ大使館で勤務しています。おそらく、ここで銃撃事件を起こした容疑者は、本日それ以前に、こちらの情報提供者であるラトヴィア国籍のアンドリス・オゾルスという男性を殺害したのと同一人物だと思われます」

ルフェーヴルもすでにそのつながりをつかんでいるようだったが、オゾルスがパリでなにをしようとしていたのかまでは知らないだろう。「それで？」ルフェーヴルがそっけなく訊いた。

アルヴァレズは意外だとは思わなかったが、もう少し好意的な返答でもいいのではないかと思った。「それで」アルヴァレズは同じ言葉を返した。「この件に関する人員や情報をまとめれば、どちらにも有益なのではないかと。ホテル内を見させていただけたら――」

「残念ながらそれは無理です」

「なぜです？　いま私がいったことは聞こえていたんでしょう？」

ルフェーヴルはそわそわと体重を片方の足からもう片方へとかけ直していた。腹まわりからすると、かなりの体重だと思われた。「これはうちの捜査です。この国ではそちらの管轄権は及びません」

アルヴァレズは餌に食いつかないようにこらえた。息を吸い、抑揚のない口調でいった。

「そちらの容疑者や手柄を盗むつもりはありません。容疑者の逮捕に手を貸したいだけです。変な話だと思うかもしれませんが、それに向けて協力しあえるのではないかと思っただけです」

「申し出には感謝いたします」ルフェーヴルが誠実さをみじんも感じさせずにいった。「ご協力が必要になった場合には、必ずこちらから連絡を差しあげます」

ルフェーヴルはそういうときびすを返し、ホテルに戻っていった。

「なんてやつだ」アルヴァレズはルフェーヴルがいなくなると、ぼそりといった。

アルヴァレズはやってきたときよりも強引に人ごみを抜け出た。携帯電話を取り出し、ケナードを見た。

「よし、別の手で行くぞ」

10

ベルギー　シャルルロワ
月曜日
十七時二分　中央ヨーロッパ標準時

カウンターについていた若者は、漫画本から目をあげずにヴィクターのカネを受け取った。ひとこともいわずに片手でレジをあけ、ユーロ紙幣を入れ、一片の紙をヴィクターに差し出した。ヴィクターは入口からいちばん遠くにあるコンピューター群のなかから、首を曲げなくても入口のドアが見えるところを選んだ。

コンピューター・モニターは買ってまもないように見えたが、キーボードの溝には埃《ほこり》がたまっていた。プラスチックのキー・トップが酷使されて黄色くてかっていた。ヴィクターはすばやく指を動かし、レジでもらった紙片の十桁《けた》のコードを入力して、エンター・キーを押した。

このインターネット・カフェには、ほかに五、六人の客がいた。みな若かった。ブラウザーが立ちあがるのを待っていると、髪にピンク色の筋がはいった十代と思われる中国人がはいってきた。たぶん交換留学生だろう。ヴィクターは一瞥《いちべつ》しただけで、関心を払うことはなかった。

匿名性《とくめいせい》を得るならもっと込んでいるところがよかったのだが、ここも彼に目を向けるものはひとりもいなかった。カウンターの若者は、ヴィクターが支払いを済ませてからも、漫画本から目を離さなかった。漫画本の表紙には、巨大な胸と曲線的な剣がでかでかと描かれていた。五分後には、ヴィクターはここを出る。その五分後には、完全に忘れ去られているだろう。

小雨が降っていた。窓越しに、人が表の通りを足早に歩くのが見えた。傘をさしているものもいれば、あいにく持っていないものもいた。カフェをのぞくものはいなかった。

国境を越えて尾行するものなどいないと、ヴィクターの理性的な一面が告げていたが、こういった業界で生き残るには、ある程度のパラノイアも必要だ。ヴィクターは知っていた。もっとも危険な状態とは、いかにも無防備なときではなく、安全だと思っているときなのだ。

ふたつ目のホテルを出たあと、ヴィクターは一時間ほどかけてパリの地下鉄で駅から駅に移動したり、不規則に乗り換えたりして、尾行の可能性を排除した。これ以上の人員を割《さ》いて彼を尾行させる可能性はきわめて低いが、いかなるときも警戒を怠《おこた》らないのが鉄則《プロトコル》だ。もっといえば、これほどミスの許されない職種で、ほぼ十年ものあいだ自分を生かしてきた手法を、よりによってこんなときに捨て去ることはない。

女の殺し屋から奪ったヘッケラー&コッホは、きれいに拭いたあとでセーヌ川に投げ入れた。ふたつ目のFNファイヴ・セヴンも、一マイルほど上流で同じ運命をたどった。それまで使っていたパスポートは焼き、偽名で借りていた貸金庫で保管していたものを出した。貸金庫は、ヨーロッパ数カ国の首都をはじめ世界各地の都市に持っていた。ヴィクターの経験では、予防は常に治療に勝るのであり、先の事例でも、この哲学の正当性は実証された。

ヴィクターは伊達《だて》眼鏡を捨て、ブルーのコンタクトレンズを装着してから、裏通りの理髪店で髪をさらに短くし、ひげを剃《そ》ってもらった。壁掛けテレビで、ホテルでの銃撃戦のニュースを見た。いまのところ、警察はあまり情報を出していなかった。路地で死んだ男についての言及はなかった。視聴者にとっては、大量殺人事件のほうがはるかに刺激的だからなのだろう。

ヴィクターはデパートで新しいスーツを買い、シャツ、靴一足も、それぞれ別の店で買っていた。ぜんぶ同じ店で買えば、店員の記憶に残るかもしれない。それまで着ていた服は袋に詰めて路地に捨て、パリのホームレスにリサイクルしてもらうことにした。ヴィクターがパリにいた物的証拠といえば、彼が残した死体だけだった。

パリにとどまっていれば、襲撃集団の情報がもっと得られていたかもしれないが、フランスに残っているかぎり、襲撃者と当局の両方からわが身を守らなければならない。国外に出れば、一対一だ。確率ははるかにいい。

ホテル内では、防犯カメラに顔をはっきり映されないように気をつけていたが、フロント係や宿泊客に顔の特徴を覚えられているかもしれない。ひげ、眼鏡、髪、カラー・コンタクトレンズで、似顔絵ぐらいならごまかせるが、やはり整形手術で顔を変える必要があるだろう。深いため息をついた。長年にわたって、受け入れざるを得なかったことだったが、いつまで経っても慣れることはない。鏡から見返してくる顔は、もはや自分のものではなかった。何度も変えてきたので、元の顔が思い出せなかった。それでよかったと思うこともあった。

インターネット・ブラウザーがようやく立ちあがり、偽名のアカウントをつくっておいたプロキシサーバーのアドレスを入力した。そして、そのプロキシサーバーを使ってコンピューターのIPアドレスを隠してから、韓国に本拠があるオンライン・ロールプレイングゲーム・フォーラムのウェブ・アドレスを入力した。

このゲームは大変な人気で、フォーラムには何千何万もの登録ユーザーがいる。ハッカーにサービスを邪魔されないように、独自の高度なセキュリティー・システムも備わっていた。一国の政府には歯が立たないが、フォーラムのサーバーを通過するトラフィック量からすれば、ヴィクターの通信だけを傍受するのは不可能に近い。

ヴィクターはログイン情報を入力し、インスタント・メッセージ・オプションを選択した。昔ながらの掲示板では、メッセージがほぼ無制限に蓄積されてしまうので、ヴィクターは掲示板よりこちらを好んだ。インスタント・メッセージなら、コンピューター間を行き来するデータがフォーラムに残らないので、あとでデータを発見されることもない。痕跡が残るとすれば、自分のコンピューターと、仲介者が使っている、データを受け取る側のコンピューターのなかだけだ。

ログインすると、コンタクト・リストに登録してある唯一の名前が見えた。

仲介者だ。

ヴィクターはその名前をダブルクリックし、チャット・ウインドウを出した。メッセージを打ち込んだ。国家安全保障局《NSA》や政府通信本部《GCHQ》に会話を〝盗み聞き〟されないように、政府系のスーパーコンピューターが探すようにプログラムされている露骨なタグは必ず避けた。要するに、〝もっとも偉大なるアッラーよ〟式の文言《もんごん》は使わないということだ。

「問題が発生した」

すぐさま返事が返ってきた。「なにがあった？」

「取り引きに別会社がはいってきた」

「どういうことだ？」

「競合他社の七人の販売代理人のことだ。こっちのことをしっかり研究していた。午前中の会合が終わってから、新しい職を提示してきた。終身の雇用だとか」

レスが来るまで少し間があった。「大変だったな」

「大変だったのは、他社の七人のほうだ。こっちは向こうの提示額には収まらない」

「取り引きは完了したのか？」

「ああ」とヴィクターはタイプした。「顧客はこっちのオファーに飛びついた」

「品は受け取ったか？」

ヴィクターは少し考えてからタイプした。［こちらで預かっている］
［こちらですべきことはあるか？］
［説明］
［よくわからんが］
［それなら、教えてやろう。私が取り引きをつける場所を知っているのは、私を除けば、そちらと、そちらが代理している人物だけだ］
［どういう意味だ？］
［私は契約を反故《ほご》にしたりしない］
［思いちがいだ］
［なら、なんだ？］
［なにがあったのかは知らないが、われわれとは無関係だ］
ヴィクターは椅子に背をもたせかけた。〝われわれ〟という表現からすると、仲介者と依頼人が、思った以上に密接につながっているのではないかと思わないわけにはいかなかった。
ヴィクターはなにも打ち込まなかった。
仲介者が続けた。［いまきみに聞いたこと以外、なにがあったのか、まったくわからないんだ。信じてくれ］
仲介者のコンピューターから大きな笑い声を出せるボタンがついていたら、ヴィクターはそのボタンを押していただろう。

［自分を信じるまでだ］
［どうすれば信じてもらえるのだ？］
［すでにその機会は逸した］
［例の品はどうするつもりだ？］
［届けるわけにはいかない］
長い間があいた。［頼むから考え直してくれ］
［よくいっても、そちらはサード・パーティーにわれわれの取り決めを漏らしてしまうような役立たずだ。悪くいえば、私を買いたたこうとする愚か者だ。いずれにせよ、これでおたくとは手を切る］
［待ってくれ］
［もう私の顔を見ることもないし、私の連絡がそちらに届くこともない。ただし、こちらから会いに行くかもしれないが］
ヴィクターは仲介者がまだレスを打ち込んでいるうちにログオフした。脅し文句で会話を打ち切るのは気分がいい。級友が昔いっていたが、どんなに小さくても、勝ちは勝ちだ。
仲介者は〝われわれ〟といっていた。ふと集中が途切れ、依頼人がひそかに結託して彼を罠にはめようとしていたことを漏らしたのかもしれないし、なんでもないのかもしれない。こうなっては確かめる手だてはない。
やかましい音に、ヴィクターは顔をあげた。携帯電話の珍奇な着メロだった。中国人交換留学生があわててポケットに手を入れて携帯電話を取った。ヴィクターは記憶していた別のウェブ・アドレスを入力した。しばらく間を置いて、新しいサイトが画面に現われた。二十ほどの有効なリンクのひとつをクリックし、ブラウザーがプログラムをダウンロードするさまを見守った。

サイズはほんの数メガバイトで、カフェの高速インターネット接続では、ものの数秒でダウンロードが終了した。その後、プログラムを走らせた。グレーのウインドウが現われ、数字やファイル名が次々と出てきて、画面が下にスクロールするさまを、ヴィクターはじっと見つめた。二分後、プログラムは作業を完了した。コンピューターのハードディスクから直近のインターネットでの活動の記録はすべて消去された。消去されただけでなく、インターネット関連の記録が保存されているハードディスクのセクターが意味のないデータで上書きされた。その後、そのデータも消去され、再度、上書きされた。元データが絶対に復元できないように、このプロセスは連続して何千回も繰り返された。

その後、またはじめからすべての作業が繰り返された。三十秒後、ヴィクターがどこのサイトを訪問したか、そこでなにをしたのかという情報は、跡形もなく消えていた。熟練の技術者ならそのプログラムの痕跡を見つけられるかもしれないが、せいぜいそこまでだ。

ヴィクターは席を立ち、カフェから出た。防犯カメラが入口を向いていたので、入店時と同様に顔をそむけていた。

そして、鉄道の駅へ向かった。

11

アメリカ合衆国　ヴァージニア州　中央情報局《CIA》
月曜日
十三時五十三分　東部標準時

ベルギーから標準時間帯を五つ西へずらすと、不規則に広がるＣＩＡのラングレー本部がある。二百五十八エーカーの敷地中央に位置する二百万平方フィート超のガラス、鉄、コンクリート、テクノロジーの構造物に、世界最大の資金力を誇るスパイ組織がはいっている。六〇年代に建設されたもともとの本部ビルと八〇年代の建て増しから成るＣＩＡ複合ビルでは、約二万人の男女が働いている。しかし、ローランド・プロクターの上司といえるのは、ひと握りしかなく、彼はこの事実を大いに誇りに思っていた。

人もうらやむ最上階のオフィスで、プロクターはデスクについていた。オフィスは明るく、広々として、空調が効き、趣味のいい装飾が施され、相当に広かった。なかでも最高の売りは、プロクターがいつも愛《め》でている、ＣＩＡ本部を取り囲むヴァージニアの田園風景だった。

この国家秘密局《NCS》の局長補佐は受話器を置いて立ちあがり、息を吸うと、ジャケットのボタンを留め、オフィスを出た。

プロクターはのっぺりした廊下に出て、会議室へ大股で歩いていった。一分とかからず会議室のまえにたどり着き、ドアを押しあけた。長い楕円形のテーブルに、全員が着席していた。どうしてもそこにいなければならないのは、そのうちの半分ほどだった。実際には、NCSの重鎮だけでよかった。それ以外はヒエラルキー各所の高官であり、能力ではなく地位のために席を占めているにすぎなかった。オゾルスの一件は大がかりな作戦だった。したがって、特に寄与していなくても、大勢の連中が成功の分け前を、そして、いまでは責任の一端を手にすることとなった。

挨拶《あいさつ》代わりの冗談もそこそこに、プロクターは席についた。向かい側には、NCSの副局長が座っていた。メレディス・チェンバーズはほっそりした小柄な体形で、顔は面長《おもなが》だった。髪には白いものが混じっていたが、彼女は頑として染めようとはしなかった。歳はプロクターよりいくつか上だった。尻のあたりの肉付きのいい女がプロクターの好みなのだが、歳のわりにきれいな顔をしている点は、認めないわけにはいかない。上等のネイビーのパンツスーツに身を包んだチェンバーズは、いつにも増して堂々としていた。NCSの指揮を執《と》ってまだ一年にもならず、プロクターにいわせれば、まだ少し青くさいところもあった。彼女のオフィスはプロクターのよりも少しばかり広いが、眺めはプロクターのオフィスのほうが上だ。恩給をかけてもいいが、ベッドでも素晴らしいにちがいない。

「さて」チェンバーズがはじめた。「アルヴァレズとつながっているのですね。聞こえるかしら？」

アルヴァレズの声がテーブルのスピーカーフォンから流れた。「はい、聞こえています」

プロクターはアルヴァレズをよく知っていた。有能なフィールド・エージェントに必要な資質をすべて備えているうえに、ほんとうにいいやつだということも知っていた。赤い血だけでなく、白と青も混じっていそうなほど、義務感と愛国心が体に染みついている。プロクターもCIAでのキャリアは長いが、意外なことに、アルヴァレズほど実直な男はきわめて希有《けう》な存在だといわざるを得ない。

チェンバーズがいった。「それじゃ、はじめましょう。今日の事件について、すでによく知っている人もいるでしょうけど、そうでない人もいるから、まず作戦の背景をかいつまんで説明してくれないかしら」

「パリ時間で今朝」アルヴァレズが説明をはじめた。「私はアンドリス・オゾルスという人物と会うことになっていました。その人物はラトヴィア国籍を有する旧ソ連およびロシア海軍の退役士官です。オゾルスは、二〇〇八年にインド洋で沈没したロシアの軍艦の沈没位置を知っているとのことでした。ロシア側は、動力部の重大な故障により全乗組員が死亡したこの事故を、公式に認めたことはありません。その理由としては、第一に、同海域で中国海軍と合同演習を終えた直後だったからであり、第二に、オゾルスの話では、沈没艦に八基のオニクス対艦巡航ミサイルが搭載されていたからだということでした」

チェンバーズがいった。「ここでウィリアムにオニクスについて説明してもらいましょう」

ウィリアム・ファーガスンは、テーブルのプロクター側に座っていた。CIAロシア部長であるファーガスンは、同組織の真の重鎮のひとりだった。六十代後半で、顔には深いしわが刻まれているが、広い額からうしろへなでつけられた白髪まじりの髪は少しも薄くなっていなかった。丈の長いオーバーコートで着ぶくれていなければ、飢えているのかと思われるほどに痩《や》せて見えるが、決して虚弱ではなかった。ベトナムで三度の服務期間を経て、プロクターの太い十指よりも多くの主要な勲章を授与されていた。この老兵は筋金入りの愛国者であり、四十余年にわたり、アメリカが大いに必要としていた汚れ仕事をこなしてきた職業スパイだった。冷戦期、ソ連相手にあげた数々の手柄は伝説となっており、その偉業を知るものは、当然ながら、彼を英雄視していた。歳はプロクターより十も上だが、〝食物連鎖〟においては一段低い位置にいた。しかし、それはファーガスンの意向だとプロクターは理解していた。自分の意思で前線にとどまっているのであり、だからこそ、ファーガスンに一目置いているのだった。

「SS - NX - 26オニクスは」ファーガスンがゆったりしたバリトンで話しはじめた。「端的にいって、われわれが開発したかったミサイルであります。SS - N - 22サンバーンの後継兵器になりますが、そのサンバーンでさえ、地球上でもっとも危険なミサイルだという専門家もおります。私もそのひとりです。オニクスの威力はそれを凌駕《りょうが》します」

ファーガスンが咳払いをして、続けた。「いってしまえば、このミサイルは悪夢のような兵器です。射程距離百六十二海里、必要とあらば高度九フィートの低空を保ち、音速の二・五倍で飛翔する。五百五十ポンドの従来型弾頭あるいは二百キロトンの核弾頭を搭載可能。参考までに、われわれの対抗兵器であるハープーンとトマホークの場合、射程距離は五十海里未満、飛翔速度は亜音速となります。自転車とインディー500０のレーシングカーほどの差といってさしつかえない。

しかし、わが軍の提督が夜、眠れなくなる理由は、飛翔速度と射程だけにとどまらず、それらの兵器の精度にもあります。非常に優れております。〇三年、中ロ艦隊はわが国の空母艦隊への攻撃を想定して、合同演習を実施しております。この演習のタイミングはたまたまではありません。同時期、同海域に、われわれも海軍艦隊を派遣していたのです」ファーガスンが苦笑いを浮かべた。

「ショーのハイライトは、ミサイルを搭載した中国の駆逐艦が演習用弾頭を搭載したサンバーンを発射したときであります。攻撃目標である六十海里離れた艦体に白いペンキで描かれた×印《ばつ》の真ん中に、ミサイルが命中するさまを、ハイスピード・カメラがとらえていました。サンバーンは水面の二十二フィート上を飛翔しました。オニクスはもっと速く、大型の弾頭を搭載しているうえに、探知も困難、迎撃はさらに困難です。

この兵器に懸念を抱くべきか？」ファーガスンはさっと部屋を見まわした。「もちろん。同兵器はわが国の友軍艦船を守るイージス・レーダーとファランクス防衛システムを打ち破るために開発されたものです。ファランクスの後継システムであるローリング・アクション・ミサイルは、同兵器に対する実戦を経ておりません。要するに、わが軍には、実証された対オニクスあるいはサンバーン用の防衛システムがないのです。海軍力バランスが完全にひっくり返される可能性もあります。このミサイルを搭載した駆逐艦が数隻あれば、わが軍の空母艦隊を丸ごと消し去ることができるのです。わが軍には、オニクスに比肩する兵器がまったくありません。したがって、同種の兵器が欲しい。咽喉《のど》から手が出るほど」

ファーガスンはこのちょっとした演説を楽しんでいる。プロクターにはそれがわかった。この老兵は、これまでのキャリアをすべて旧ソ連との戦いに捧げてきた。ベルリンの壁が崩れて以来、彼の経験と知識は以前ほどの希少性を失った。いまとなっては、ロシアよりも中東に対する懸念のほうが大きくなっている。プロクターなら、そんなふうに栄光から転落したら、恨みが募っていることだろう。ファーガスンも恨みを抱いているのかもしれないが、そうだとしても、うまく隠していた。

高官のひとりが自分の分のお楽しみにありつこうとした。ネイサン・ワイリーはプロクターと同じ側のテーブルについていた。歳は五十手まえだが、だらりと垂れた不格好なブロンドの髪のせいで、十は若く見えた。理由はよくわからないが、ワイリーはプロクターのことをよく思っていないように感じられた。もっとも、こんなのっぽの間抜けにどう思われようが、プロクターにはどうでもよかった。

「なぜロシアなどに、こんなミサイルの開発で先を越されたのですか?」ワイリーが訊いた。

ファーガスンがため息を漏らし、補佐官のサイクスに回答を促した。プロクターはサイクスのファースト・ネームがなんだったか、あまり自信がなかった。カールとかケヴィンとか、そんな感じの名前だ。ジムで鍛えたような体つきだが、それをひけらかすほどのものではないのだろう。年齢もはっきりとは知らないが、見た目は三十代なかごろだった。ただし、見ようによっては、くたびれた目のせいで、ずっと老けて見えた。スーツはいつも一分の隙もないあつらえ品で、あの程度の稼ぎにはとうてい見合わない高級品ばかりだった。プロクターは、二、三年まえに、サイクスが収入を補塡しているのではないかと思い、身辺調査を命じたことがあったが、結局、この男には裕福な両親がいて、信託財産まで持っていることが判明した。

プロクターにとって、サイクスは未知数の人物だった。上等な服、目鼻立ちの整った顔、きれいな歯並びで、いつでも正しい発言をする。ファーガスンとは正反対といっていい——若く、恐ろしいまでの野心家だった。名をあげるためにCIAにはいったのだから、華のないロシア部勤務は不本意だろうが、目立とうと躍起《やっき》だった。この男の目には、自分と同じ野心の影が見える。それがどうにも気にくわないときもあった。

「それはですね」サイクスがにやりと真っ白い歯を何本も見せ、話しはじめた。「信じがたいかもしれませんが、われわれはミサイル・テクノロジーに関するかぎり、トップランナーではないからです。ロシアは兵器開発の大半を捨て去ったとはいえ、ところどころ予算の糸が太い箇所もあります。いくつかの主要テクノロジーに予算を集中的につぎ込み、ジェット戦闘機などの分野では時代の先端を行っているのです。ある種のミサイル・テクノロジーにおいては、はるかに先を行くマーケット・リーダーであり、他国への売り込みによって何十億ドルもの利益をあげてもいます。彼らの対艦巡航ミサイルの性能は、われわれの一段上どころか、はるかに上です。われわれより少なくとも二十五年は進んでいます」

チェンバーズがいった。「それでは、アルヴァレズに話を続けてもらいましょう」

ファーガスンがうなずいた。自分の承認がなければ先に進めないとでもいうかのように。

アルヴァレズの声がまたスピーカーフォンから流れた。「つまり、オゾルスは最高額の入札者に沈没艦の位置情報を売ろうとしていたわけです。ご想像のとおり、そういった兵器を武器庫に加えたがっている国や組織はたくさんあります。オゾルスの話では、われわれに話をもってきたときには、すでに半ダースほどの希望者がいるとのことでした。二億ユーロなら売るといってきましたが、なんとか一億ちょっとまで値切りました」

チェンバーズがため息をついた。「この点はいくら強調しても足りませんが、必ずわれわれはそのミサイルを回収しなければなりません。わが国の対艦巡航ミサイル・テクノロジーを改良できるだけでなく、こちらのほうが重要ですが、望ましくない集団がわが国あるいは同盟国に対して、そういったテクノロジーを使用するような事態を回避することにもなります。さらに、そういったミサイルに対する防衛システムの改良および開発も可能になります」チェンバーズは一呼吸置いて付け加えた。「ただし、中国とイランがその種の兵器をすでに手にしているという点も、忘れてはいけません」

ワイリーがスピーカーフォンに身を乗り出した。「経緯度の座標ひとつに一億ユーロとは、少々法外ですね」

ファーガスンが助け船を出した。「わが国は毎年、おおかたの国のGDPをうわまわる額を費やし、最高の〝おもちゃ〟を手に入れております。一億ユーロで兵器開発が一気に四半世紀も先に進むのだから、これ以上ない話ではありませんか。何年もサンバーン獲得に手を尽くしてきたのに、ロシアが頑として売ってくれない状況ではなおのこと」

「これだけ長いあいだ海中に沈んでいても、使用可能なのですか？」ワイリーが訊いた。

サイクスがあごを引いた。「なんともいえません。ミサイルは雨風を通さない外殻《がいかく》に包まれていますが、海水に浸かる状況を想定したつくりではありません。外殻が腐食して、内部が海水に触れれば、使い物にならないでしょうが、テクノロジーは抽出可能です。なにが搭載されているかはわかりませんが、弾頭も回収できます。ミサイルと付随の電子機器を回収できれば、リバースエンジニアリングで解析し、同等の兵器を製造することができます。そんなミサイルを持つ体制に対しては、わが国の海軍力は大幅にそがれます。オニクスの五十パーセントの性能しかないレプリカでも、空母一隻を戦闘不能にしたり、大破させることさえできるでしょう」

「なぜパリで取り引きを？」チェンバーズが訊いた。

アルヴァレズの声がまたスピーカーフォンから流れた。「オゾルスという男はとんでもないパラノイアでした。絶対に裏切られると思っていたようです。中立的な国でしか会わないといってきませんでした。われわれが妙なまねをしにくいところでだけ会うと。パリになったのは、彼の意向です。七日間の猶予を与えるといい、猶予期間内にこちらと連絡を取り、取り引きの時間と場所を教えるとのことでした。そして、今朝の五時半まえに電話してきて、一時間後に会いたい、と。しかし、その場所には現われなかった」

チェンバーズが上品な物腰で身を乗り出した。「会うまえにロシアの軍艦の沈没位置に関する情報を、それとなく漏らしていたりはしないんでしょうね」

「残念ながら、そういうことはありませんでした。非常に警戒心が強く、少しでも具体的な話はいっさいしていません。教えられたことといえば、モスクワは同艦が深海に沈んでいて、回収しても無駄だと思っているが、実際には、浅い海域の大陸棚に乗りあげているということだけです。オゾルスの話では、そこは公海だから、船と位置情報さえあれば、容易にたどり着けるとのことでした。インド洋に多数の大陸棚があることは、ご承知でしょう」

「なぜオゾルスは、その情報を匿名《とくめい》でロシア側に売りつけなかったのでしょう？」高官のひとりが訊いた。

「推測ですが、そうすれば、ロシア対外情報庁《SVR》に正体をつかまれ、処刑チームを送り込まれて殺されると確信していたからでしょう」

チェンバーズが訊いた。「取り引きはどういった形で進められることになっていたのですか？」

「オゾルスは殺された日の早朝、フラッシュメモリーに情報を入れて私に手渡すことになっていました。その後、私が情報をチェックし、偽情報でなければ、半額を彼の銀行口座に入金。その後、彼が入金を確認したあと、私がフラッシュメモリーを持ち帰ります。残りの半額は、エスクロー口座に入金しておき、沈没艦が確認された段階でアクセスを許可するという形でした。交渉できる範囲で最高の取り決めでした」

「わかりました」チェンバーズがいった。「それでは、パリでなにが起こったのかを教えてください」

「詳細についてはいまだまったくわかっていません」アルヴァレズがはじめた。「フランス側がこの事件に関与する人間をできるかぎり絞り込んでいます。にっちもさっちもいかず、おおまかな状況をつかむだけでいままでかかってしまいました」

「そんなことで驚いたりはしておらんだろうな」ファーガスンが口をはさんだ。「海を越えたわれわれのお友だちといえば、同盟国のなかでもいちばんおつむの発達していない部類にはいるが、こっちが思っているほど間が抜けているわけではない。連中にも目や耳はついている。こっちに隠し事があることは知っており、連中はそれが気にくわない」

プロクターは内心でにやりとした。この老兵は思っていることを気兼ねなく口にする。ずけずけということも多かった。

ワイリーが咳払いをし、また話に割ってはいった。「今回の作戦がフランスに気づかれたと思いますか?」

「こっちにリークがあったり、あっちに霊感があったりすれば別だが、さもなければ、気づかれてはおらんだろう」ファーガスンが答えた。「だが、フランス人のパラノイアは、これまでに発生した事件についても、信じがたい珍説をいくつも生み出してきた。どれも真実とはかけ離れたものであるから、連中のことなど気にしてもしかたがない。とりあえずのところ、フランスは厄介者にすぎない」

チェンバーズがファーガスンに対して、失礼にならない程度に決然たるまなざしを向けた。

「アルヴァレズ、続けてください」

「われわれが知っているのはこういうことです。検死官はオゾルスが午前五時から七時のあいだに死亡したと推定しています。リュ・ド・マルヌ近くの路地で撃たれていました。死体は近くの店主によってすぐに発見されています。身分証のたぐいはありませんでしたが、私が安置所に行き、この目で確かめました。心臓への連射《ダブルタップ》による銃創は重なり合うほどで、さらに、一発、至近距離からこめかみを撃ち抜いています。目撃者、物証ともにありません。犯人はまちがいなくプロです。

それはそうと、おもしろいのはここからです。八時十五分、パリ市警がとあるホテルの通報を受け、八体の死体を発見。発見場所は五体がホテル内、二体が向かい側の建物内、もう一体は表の通りです。警官に話を聞いてみたところ、オフレコの条件で、その八人を殺したのはひとりの男らしいと教えてくれました。数体に残っていた銃弾は五・七ミリ亜音速弾でした。オゾルスを殺した凶弾と同種ですが、使用された拳銃は同一ではなく、同じモデルの別の拳銃です」

「いったいなにがあったんだ?」プロクターは訊いた。

「現時点では、まったくわかりません」アルヴァレズが答えた。「それを知るには、あのホテルにはいり、非常線をくぐり、警察の調書を見るほかありません。しかし、私ひとりではそこまでできませんでした」

「手をまわしておきます」チェンバーズがいった。

ファーガスンがかぶりを振った。「何者かがオゾルスを殺し、パリのホテルで暴れまわったというのか? 考えられんな」

「まさにありえないことです」アルヴァレズがきっぱりといった。

チェンバーズが訊いた。「この殺し屋の雇い主に関して、なにかつかんでいることはありますか? この段階では、推測でもかまわないわ」

「われわれのほかにどういった相手と交渉しているのかについて、オゾルスはひとこともいってませんでしたが、ある程度の推測はできるかと思います。ロシアと中国はすでにミサイルを持っていますし、イランはサンバーンを持っていますから、オゾルスはその三国には売り込まないでしょう。また、パリで取り引きしたいというのですから、フランスも関与していないと思われます。しかし、いつも名前が挙がる国々は、咽喉《のど》から手が出るほどオニクスを手に入れたいはずです。具体的には、イスラエル、サウジアラビア、イギリス、インド、パキスタン、北朝鮮といったところです。オゾルスの売り込み先がわれわれだとわかれば、そういった国々が、手段を選ばずに情報を手に入れようとしてもおかしくはありません。それに、オゾルスの言い値に比べたら、プロの殺し屋を送り込むほうがはるかに安くあがります。また、ロシアがオゾルスのたくらみを嗅《か》ぎつけ、追いつめたという可能性も残ります」

「というと、はっきりいえば」ファーガスンがいった。「殺し屋はどこに雇われていてもおかしくはないということだな？」

スピーカーフォンから流れてきた声は、真剣そのものだった。

「それでも、見つけ出します」

12

ベルギー　シャルルロワ南東部
月曜日
十九時四十八分　中央ヨーロッパ標準時

「切符を拝見いたします《レ・ビィエ・シ・ヴ・プレ》」

ヴィクターは車掌に切符を手渡し、スタンプを捺《お》して返されると礼をいった。車掌はゆっくりと通路をたどり、ときおり列車が横に揺れると足を踏ん張った。八十歳に見えるが、八十一歳まで生き延びることはなさそうにも見えた。

外は雪だった。雪片がヴィクターの右側の車窓に吹きつけ、ガラスの四隅を曇らせていた。夜だから外の景色は見えなかったが、冷たいガラスに頬を寄せると、野山の形がかろうじてわかり、ときどき遠くの明かりも見えた。

ドイツ国境まであと二時間。ストラスブール経由でミュンヘンに到着するのは早朝になるだろうが、眠るわけにはいかなかった。眠りたくても眠れるかどうか、自信がなかった。

客車には彼しか乗っていなかった。最後列の通路右側の座席で、うしろは壁だった。背筋を伸ばせば、前側のドアが見えるから、ドアからはいってくる人も見える。うしろのドアがあき、ヴィクターは座ったままとっさに身構えた。アドレナリンがどっと流れ、攻撃態勢を取った。

はいってきたのは子供だった。四つか五つの女の子。ヴィクターには目もくれず、両側の座席にぶつかりながら、通路を突っ走っていった。客車の最前部まで行くと、くるりとこちらを向き、また座席にぶつかりながら笑顔で走ってきた。やっとヴィクターが目にはいったのか、手まえで立ちどまった。

少女は信じられないほど真ん丸の目でヴィクターを見つめていた。ヴィクターも見つめ返したが、少女のまなざしに気後れした。彼の目の奥まで見とおし、心を覆《おお》う〝化粧板〟を貫いて、内側の真の姿をとらえているかのようなまなざしだった。だが、そのとき、少女がすきっ歯を見せてにっこり笑うと、この少女にそんな眼力があるという思いは消え去った。

ヴィクターは困ったふりをして、身を乗り出し、少女の耳元に片手を伸ばした。少女も困ったような顔つきになった。ヴィクターは手を引っ込めた。その手のなかに、コインがはいっていた。少女の顔にまた笑みが広がった。ヴィクターがコインを指に挟んでくるくると転がすと、少女の笑顔から笑い声が響いた。

ヴィクターはコインを左手でつかみ、右手と交差した。左の掌《てのひら》をあけると、コインがなくなっていた。少女がけたけたと笑い、右手を指さした。まえにもこの手品を見たことがあるのかもしれないが、歳に似合わぬ鋭さを備えているのかもしれない。ヴィクターは握った右手を裏返し、掌をひらいた。やはりコインはない。少女の笑みが消え、信じられないといった表情に覆われた。ヴィクターは座席に座ったまま、両の掌を見せ、肩をすくめた。

またうしろのドアがあき、女がひとりはいってくると、すぐさまドイツ語で少女の名を呼んだ。少女がまた走りだした。母親があわてて追いかけ、呼び止める声も、しだいに大きくなった。娘を追って最後尾の車両からずっと追いかけてきたのか、かんかんだった。隣の客車に逃げられるまえに、母親が娘の襟をつかみ、やってきた方向にものすごい形相で引っ張っていった。逃げたわねと叱りつけたが、娘のほうはどこ吹く風だった。

近くに来ると、ヴィクターは少女と目を合わせ、〝次はうまくやれよ〟と無言で語りかけた。少女がにやりとした。ふたりがすれちがうとき、ヴィクターはコインをそっと少女に手渡した。少女は目を輝かせて通り過ぎた。ヴィクターはこのときほど孤独を感じたことはなかった。

列車が長いカーブを曲がり、頭上の照明がしばらくちらついた。ヴィクターはポケットからスマートフォンを取り出し、スイッチを入れた。シャルルロワにいたときに買ったものだった。現金払いにしたら、店主が喜んでいた。待ち受け画面が現われると、フラッシュメモリーを出して、USBポートに差した。フラッシュメモリーにはアクセスできたものの、なかにはいっていた唯一のファイルをひらこうとすると、パスワードを要求された。

シャットダウンするしかなくなったとき、ヴィクターはこれまでの出来事を振り返ってみた。任務を終えた二時間後、アメリカ人の率いる東ヨーロッパの暗殺チームに、ホテルで襲撃された。暗殺チームのバンにあった彼の調査資料のことを考えた。詳細な個人情報はたいしてなかったが、彼の顔や滞在先を知るには、きわめて正確な情報が必要だ。

ヴィクターがオゾルスを殺害するためにパリに来ていることを知っているものでなければ、そんなチームを送りつけることはできない。サード・パーティーがかかわっているとは思えなかった。仲介者か依頼人、またはその両者が、安全策として、カネを節約するため、あるいは、まだ思いつかないなんらかの理由があって、彼を罠にはめたのだろう。いまは生き延びることが先決だ。敵を殺すのはそのあとだ。それ以外はどうでもいい。理由を知って身を守りやすくなるなら、そのときはじめて気にすればいい。

ヴィクターは、スマートフォンにコピーしておいたスヴャトスラフの個人情報のファイルをあけた。現物の文書をもって国境を越えるのは、リスクが大きすぎる。スヴャトスラフの雇い主を見つけ出さなければならない。ヴィクターの仲介者かもしれないし、まったく別人かもしれない。いずれにせよ、突き止めなければならない。スヴャトスラフの住所はミュンヘンになっているから、追跡はそこからはじめることになる。

ヴィクターは目が閉じていたことに気づき、無理やりあけた。体は休息を必要としているが、敵がうろついているあいだは、警戒レベルをさげている余裕はない。これまでずっと表に出たことはなかったが、いくら予防策をとったところで、なんらかの事情で姿を見られたことはある。こんなときこそ、いつにも増して警戒しなければならない。

それに、ヴィクターにいわせれば、最大の防御は攻撃だ。

13

フランス パリ
月曜日
二十二時四十八分　中央ヨーロッパ標準時

コンピューター・モニター上に、白黒の画像が絶え間なくちらついていた。画像は粗く、ところどころゆがんでいたが、なんとか見られる程度の画質だった。低解像度の防犯カメラの映像だから、アルヴァレズもくっきり映っているとは思っていなかったが、こんなに頭が痛くなるような代物《しろもの》でなくてもいいだろうに。

眉間《みけん》を指でつまみ、しょぼくれた目から涙をぬぐった。気分もひどいが、顔もひどいありさまだろう。彼はアメリカ大使館の地下室にいて、名前を覚える暇がなかった若い技術者が装置を操作しているそばで、ケナードと一緒に立っていた。

本部への連絡を終えたあと、チェンバーズがフランス側に圧力をかけたらしく、アルヴァレズは全関連文書の写しを受け取った。なんと女ひとりを含む五人が射殺されたホテルの防犯カメラがとらえた映像のコピーも、受け取っていた。警察の報告書によると、向かいのアパートメントで発見された死体二体のうちの一体も女だった。しかも、年配の女。CIAにはいってこのかた、こんないかれた事件ははじめてだった。

アルヴァレズが〝作戦本部〟の後継機関である国家秘密局の工作員になって、そろそろ十一年になる。そのまえは、大学中退後に海兵隊にいたのだが、そこの水は合わなかった。延々立ち泳ぎをしながら、なにかが起こるのを待っているような状態ばかりで、結局なにも起こらなかった。入隊したときは、自分の力量を試したくてしかたがない青二才だったが、いつまでも続く訓練とときたまの人道支援任務では、欲求は満たせなかった。それがいままでは、消化しきれないほどの作戦にありついているのだから、変わったものだ。入隊の動機は不純だったが、CIAにはいった動機は純粋だった。以来、アルヴァレズは振り向いたことはなかった。

スクリーンでは、ふたりの男がエレベーターに乗っていた。

「こいつらはだれだ？」

アルヴァレズはたくましい腕を分厚い胸のまえで組み、背筋を伸ばして立っていたが、ケナードは袖をまくりあげて肘を机に突き、腰を曲げてモニターをのぞいていた。ケナードは十あまりも年下で、正式には彼の部下だったが、パートナーのように振る舞いたがった。駆け引き上手なアルヴァレズは、仕事上の関係を円滑に保つために、その点は見逃してやっていた。

ケナードは彼より一、二インチほど長身で、髪に妙なものをごてごてと塗りたくり、CIAの出世コースに乗っているように見えて、結局やっていることは健康維持ぐらいだった。いまの職をキャリアの踏み石ぐらいにしか思っていないのだろう。大学を出て入局し、数年ばかり腰かけて、経験と訓練を積む。その後、もっと大きく、環境もよく、実入りもいい民間部門へと渡っていく。そんな生半可なやつとまともにつきあう暇はない。こっちは愛国者としての責務を果たすためにCIAにいるのだ。

いつものケナードは口ばかり達者で、沈黙に自分の命が懸かっているときでもなければ黙らないのだが、今日はいつもの生意気な態度は見せなかった。ようやく目が覚めて、ことの重大さに気づいたのか。なにしろ人が死んでいるのだ。ゲームではない。

アルヴァレズは初動捜査報告書のコピーにざっと目を通した。元のコピーになかった資料がいくつかはいっていた。彼はこの補足情報を、パリ市警内部にいる情報提供者に提供してもらった。アメリカの納税者にちょっとした負担を強いることになったが、分厚いユーロの札束のおかげで、協定でも成し遂げられなかったことが実現の運びとなった。

遺体ごとの情報を羅列《られつ》した報告があった。玄関まえで殺された年配の女性を除くと、どの死体も身分のわかるようなものは身につけていなかった。ただし、イヤフォンのついた無線機、拳銃、弾薬は携帯していた。フランス側では、まだ身元確認はできていなかったが、アルヴァレズはすでに指紋の写しを検索システムで照合させ、結果を待っていた。あのホテルでの一件は、相当な悪党がからんだ大事件だ。

防犯カメラの映像を見るのはおそろしく退屈な作業だが、アルヴァレズの士気はかつてないほど高まっていた。アンドリス・オゾルスはアルヴァレズと会う直前に殺され、オゾルスが持っていた情報も盗まれた。その情報を回収するのが先だが、とにかくオゾルスを殺したやつを見つけて、つかまえることも重要だった。

あいにくホテルには、ロビーに一台、裏口に一台の、計二台の防犯カメラしかなかった。各階にあれば、ずっと楽だったのだが。たったの二台で長時間の映像が記録されているものだから、全体像を把握しようにも、警察の報告書に頼るしかなかった。ところが、その報告書も、がっかりするほど穴だらけですかすかだった。そういったギャップが埋まるには、まだしばらくかかりそうだった。

「来た」ケナードがいった。「フロントに歩いていく」

アルヴァレズは報告書を見た。「ミスター・ビショップ。四〇七号室」

モニター上では、その謎の男がフロントからエレベーターへ移動し、エレベーターの到着を待っている場面が映っていた。すると、急に片側によけた。エレベーターから降りてきたふたりの男から隠れたようだ。

アルヴァレズもケナードも、この男が登場するシーンを少なくとも二十回は見たが、何度見ても驚くばかりだった。もうじき死ぬ運命にある男のひとりがロビーに歩み出たあと、謎の男がすぐそばを通っていった。肘が触れ合うほどそばを通り、気づかれずにエレベーターに乗った。

いた。

「なめらかな身のこなし」ケナードが小声でいった。

アルヴァレズも思わずうなずいた。「ちょっと早送りしてくれ」

技術者がつまみを調整し、こすれるような甲高《かんだか》い音とともに、映像がしばらくすばやく動いた。

「もういい」アルヴァレズはいった。

モニター上には、ふたりの男が、不安もあらわに、しきりにエレベーターのボタンを押していたが、そのうちにあわてて階段へ走り去った。

ケナードが首を振った。「この数分後には、ふたりとも死体になるわけか」

「こいつらが謎の男を追ってホテルに来たのであって、その逆じゃない」アルヴァレズはいった。「よし、ほかの連中が出てくるまで早送りしよう」

ケナードがモニターを見つめている横で、アルヴァレズはもう十回ほどもネクタイを緩めた。技術者は黙って早送りした。部屋はむっとしていた。窓もなく、空調はいまにもおしゃかになりそうだった。外は身を切る寒さだったが、アルヴァレズ、ケナード、技術者は、電子機器だらけの部屋に何時間もこもっていた。空気は有毒といっていいほど汚かった。

「ここだ」ケナードがいった。

オゾルスを殺したと思われる男がエレベーターから出てきて、肘掛け椅子に座った。腹立たしいことに、常にカメラから顔を隠していた。あからさまに隠すのではなく、顔のわずかな向きや傾きかげんで、顔がまともに映らないようにしていた。偶然というには、都合がよすぎる。

ホテルに到着するまえには、カメラの位置はわからなかったのだろうが、数日まえにチェックインしており、しかも、ホテルは四十八時間分しか録画していなかった。それ以降は上書きするのだという。アルヴァレズはそれでは意味がないと思った。カメラをつけておく意味などない。支配人に、そういってやった。

謎の男がまた少しのあいだモニターに現われ、ロビーから階段へ移動していった。また見えなくなった。録画に残っているのは、それが最後だった。厨房《ちゅうぼう》で一体の死体が見つかったということは、もう一台のカメラがある裏口ではなく、厨房から外に出たと考えるのが理にかなっている。その後、向かい側の建物でさらに人が殺され、通りでもひとり殺された。

録画の続きが流れるなか、アルヴァレズはほかに手がかりはないかと、じっと立っていた。くたくただった。目がずきずきしていた。ケナードも同じようなものだった。技術者は一日中モニターを見つめるのに慣れているらしく、なんともなさそうだった。こんなものを見て、興奮しているらしい。いかれたやつだ。

さらに三十分ほどして、アルヴァレズはようやく椅子を引いて座った。

「これ以上見ても、なにもわからんな」

ケナードがうなずいた。「でしょうね」そういうと、指の関節を鳴らした。「この町に中華レストランはありますかね？　おふたりがどうかは知りませんが、北京ダックでも食いたい気分です。くされフレンチにはうんざりだ」

技術者が口をひらいた。「数ブロック西にうまい中華があって、とびきりのアジア系ウェイトレスが給仕してくれますよ。案内します」

「頼む」ケナードが腹をぽんとたたいた。「ぺこぺこだ」

アルヴァレズはなにも食べたくなかった。ひとりごとのように、つぶやいた。「ある男がオゾルスを殺し、二時間後、ホテルに戻ると、七人の殺し屋に命を狙われたが、逆に全員を殺した」

「まったく」ケナードはいったが、目はドアに向けられていた。

「フロント係の話では、長身から中背の白人で、茶か黒の髪。ただし、染めたのかもしれない。目の色は覚えていない。眼鏡をかけていたかもしれない。年齢は二十五から四十のあいだ。あごひげが生えていたが、つけひげでないにしても、いまごろは剃《そ》っているだろうから、結局のところ、白人男性のふたりにひとりがその条件に当てはまる」

「そんなところでしょうね」ケナードが同意した。「信じられない。手がかりがひとつもないとは」そういうと、ジャケットをつかんだ。

アルヴァレズはなにもいわなかった。掌《てのひら》を無精ひげにあて、これからどうしたものかと考えた。疲れ切っていたが、眠りたくなかった。やるべきことがあまりに多すぎる。携帯電話が鳴り、すぐさま出た。通話を終えると、ケナードに笑みを漏らした。

「どこへ行くって?」

14

ドイツ　ミュンヘン
火曜日
一時十二分　中央ヨーロッパ標準時

　ヴィクターが十四人の乗客と列車を降りたときは、雨が降っていた。夜もこの時間になると、ほとんど人はおらず、これほど広い遮《さえぎ》るもののない空間は心配の種になる。急いでいるように見えない程度に急いで、駅の外に出た。外に出ても、待っているタクシーはなかったから、歩きはじめた。数時間も客車の座席に座っていたので、脚を伸ばすことができてほっとした。

　まだあいていたファーストフード店にはいり、窓際の席について食事をとった。ジャンクフードにしても並み以下の味だったが、いまはカロリーが必要だし、これほど手っ取り早く空腹を満たす方法はない。それに、ミルクシェイクはそれほどまずくなかった。バニラ味だ。

　ヴィクターはタクシーを拾い、運転手にスヴャトスラフの住所を伝えた。道中、くだらない話をしないで済むように、ドイツ語が話せないふりをした。着いたところは、ミュンヘンの東に位置する四階建てのアパートメントだった。そのあたりは裕福で、九〇年代に開発された、川が一望できる高級マンションと広々とした住宅が建ち並んでいた。

アパートメントの正面玄関は厳重に施錠されており、防犯カメラや防犯灯がついていた。ピッキングはリスクが高すぎる。そこで、夜が明けるまで、ミュンヘンの終夜営業のバーをはしごした。ただし、アルコールは、一時間に一杯のペースを守った。ほかの独身男性と同様、ずっと女を目で追いかけていた。あまり顔を覚えられないように、一軒にいるのはせいぜい二時間までにした。六時になると、小さなカフェで朝食をとり、厳しい寒さに湯気が立ちのぼるテイクアウトのコーヒーを片手に、スヴャトスラフのアパートメントに戻った。

アパートメントとは道路の反対側のバス停で、こぬか雨を避けていた。バス停にいれば、だれかに気づかれても、通りで待っている口実にはなる。フランスのホテルの記録では、スヴャトスラフは三一八号室に住んでいることになっているが、あの男が実際にはミハイル・スヴャトスラフではないという可能性もある。もっとも、今回にかぎってそれはないと、ヴィクターは確信していた。スヴャトスラフのパスポートはよく使い込まれているから、任意の身分とは考えられず、本名でないにしても唯一の偽名なのだろう。パスポートには欧州連合以外の国々への渡航歴を示す数多くのスタンプが捺《お》されていた。たいていは旧ソ連国家だった——特に多いのは、エストニア、ウクライナ、ラトヴィア、リトアニアだった。仕事で渡航したのでなければ、つまらない土地柄を好む大の旅行好きなのだろう。いずれにしても、パスポートに記されている住所は、探ってみる価値はある。

ヴィクターはコーヒーをひとくち飲んだ。典型的なドイツの飲み物だった。まずい。超一流の火器をつくるくせに、まともなコーヒー一杯さえ出せないとは。その一杯に国の存亡がかかっていたらどうするのか。もっとも、銃器がなくなりでもしないかぎり、そんなことにはならないが。

ヴィクターは、四人がアパートメントを出ていくのを見た。はいるものはひとりもいなかった。みなスーツとロング・コートといった格好で、ブリーフケースを持っていた。街に住む働きバチが仕事をしに巣箱へ向かうところなのだろう。コーヒーを飲みながら、アパートメントのほうに歩いてくる人を見て、なかにはいるものを探した。

その朝は寒く、じっとりしていて、上を向いても、灰色の分厚い雲に遮られて、空が見えなかった。夏のドイツは美しいのかもしれないが、冬のドイツはヨーロッパのどの国より憂鬱だと思った。バイキングの地獄はニヴルヘイムという極寒の地だという。古代北欧人が恐れていたその地獄も、十一月のドイツとそうちがわないはずだ。

ヴィクターはまたひとくちコーヒーを飲むと、ウールのコートを着た男が急いで通りに出てくるのがわかった。金属のブリーフケースを持っていた。細長くて青白い顔、黒っぽい髪。見覚えがあった。十分ほどまえにアパートメントから出ていった男だ。おあつらえ向きだ。

ヴィクターはころあいを見計らい、コーヒー・カップをくずかごに投げ捨てて通りを渡りはじめた。ペースを調整し、男と同時に玄関まえの階段にたどり着いた。男はヴィクターをちらりと見たが、ヴィクターは目をそむけ、両手をポケットに入れて、あるはずのないキーを探った。

ヴィクターは脇にどいて、男を先にドアのまえに行かせた。男がキーでドアをあけた。

「どうも《ダンケ》」ヴィクターはいい、このアパートメントの住人かどうかを訊かれないうちに、ドアをあけた。

「どういたしまして《カイン・プロブレム》」

ホールはあかあかと照らされ、清潔で、広々としていた。染みひとつない手すりとぴかぴかの階段を見て、エレベーターが故障したことはまずないのだろうと思いつつ、ヴィクターは階段をのぼりはじめた。さっきの男は一階の自分のアパートメントへと急ぎ、なかにはいった。仕事に遅れないようにな、とヴィクターは思った。

ヴィクターは三階にのぼると、階段のドアをあけて廊下に出た。三一八号室には三重のロックがついていた。まさに殺し屋のすみかだ。

ピッキングに二分かかった。ヴィクターはなかにはいった。スヴャトスラフは引っ越してきたばかりで、ほとんど住んでいないらしかった。必要最低限の家具と二枚の写真があっただけで、スヴャトスラフのひととなりを示すような私物はひとつもなかった。ヴィクターはまるで自分の住居のようだと思った。気持ちのいいたとえではないが。

ベッドルームはふたつあり、一室はジム代わりに使っているらしく、さまざまな重量のバーベルとエクササイズ・バイクがあった。大型テレビもあり、エクササイズ・バイクに乗りながらテレビが見られるように配置されていた。

マスター・ベッドルームは、アパートメントのほかの場所と同様、すかすかだった。きれいにベッドメイクされたベッドがひとつ、ドレッサー、ワードローブ、ベッドで寝ながら見られるように置かれたテレビがあるだけだった。一方の壁にDVDが、別の壁にゲーム・ソフトが積みあげられていた。悲しく孤独な暮らしに欠かせないアイテムだ。キッチンはモダンだった。パンフレットから出てきたかのように清潔だった。カウンターに古いテレビが載っていた。

ヴィクターは部屋、引き出し、戸棚をすべて調べた。めぼしいものはなにも見つからなかった。スヴャトスラフが何者なのかを示すものは、ひとつもなかった。カネをもらって人殺しをしてきた事実をほのめかすものが、まったくなかった。

ヴィクターはキッチンでグラス一杯の水を汲んできた。疲れていた。くたくただった。軽く気晴らしでもしようかと、テレビをつけた。しかし、スイッチを押しても、つかなかった。テレビは旧式の箱形で、そのほかはモダンなものばかりだから、それだけが浮いていた。ヴィクターはまたスイッチを押した。やはりつかない。スタンバイ・ライトが赤く光っただけだった。

狭いアパートメントでのひとり暮らしにテレビ三台は多すぎる。ほかのものがすべて新品同然なのに、キッチンのテレビだけ古くさいのも奇妙だ。ヴィクターは古くさいテレビを指先で探り、ねじ留め用のプラスチックのくぼみを見つけた。指先に触れたねじ頭は、ぎざぎざだった。最近はずされた形跡。

ヴィクターは引き出しをあさり、ねじまわしを見つけた。ポータブル・テレビの電源を抜き、ねじが見えるように裏面を向けた。傷つき、溝が掘られていた。ねじをすべてはずして、テレビの裏カバーをはずすのに一分ほどかかった。テレビがつかなかった理由がわかった。スタンバイ・ライト以外は空っぽだった。中身を見て、テレビが隠し場所だ。そこには九ミリロ径ブローニング拳銃、二二口径ルガー、取りはずし式のルガー用サプレッサー、各二個の予備弾倉、さまざまなナイフ、弾薬二箱がはいっていた。ただの武器の隠し場所だ。ほかにはなにもない。

もっといろいろと出てくるのではないかと思っていた。だれが暗殺チームを雇ったのかをにおわせる、手がかりぐらいはあるのではないかと思っていた。時間の無駄だった。危険を冒したというのに、敵には一歩も迫れなかった。テレビをカウンターから突き落としたい欲求をこらえ、大きく息を吸って、気を落ち着けた。テレビの筐体《きょうたい》をつけ直し、最初に見つけたときと寸分たがわぬ場所に戻した。その後、グラスを洗い、拭き、もともとあった棚に戻した。見落としはないかと、もう一度だけアパートメントを隅々《すみずみ》まで探したが、なかった。

ヴィクターは外に出て、街の中心部に戻った。これだけ乏しい情報しかないなら、ミュンヘンにいてもなにもできない。しかし、ヴィクターにはフラッシュメモリーがある。これを欲しがっているものが、まだうろついているが、ヴィクターはその姿を知らない。こちらの姿も、いつまで敵から隠すことができるだろう？　別の手を考える必要がある。だが、当面は身を隠し、落ち着いて今後の動きを考え、完全に安全だと確信できる場所で休息しなければならない。そんなことができる場所は、ひとつだけだった。スイス、ジュネーヴの北に位置するサンモーリスという村の近くにある。

〝自宅〟と呼ぶのにもっとも近い場所だ。

出発するまえに、あと一ヵ所だけ訪問しなければならない場所があった。今年もそんな時期か。こんな状況だから先延ばしにしてきたが、これ以上は無理だ。ヴィクターは行き先を変えた。

荒れ果てた建物だった。モダンな界隈《かいわい》にある過去の亡霊といった趣《おもむき》だ。れんがは色あせ、汚れ、雨に濡れて黒い染みがついていた。鉄格子つきの窓の下の壁に、錆《さび》の茶色の筋が走っていた。戸は施錠されておらず、ヴィクターは戸をあけた。なかはほの暗く、高い天井は頭上の影に包まれていた。

ヴィクターの靴音がタイル張りの床に響いた。靴音のほかには、彼の息の音だけ。一歩踏み出すたび、背筋が寒くなるほどの速さで行き先に近づくにつれて、脈が着実に早まるのがわかった。このときもやはり、きびすを返して外に逃げ出さないように、多大な意思力を要した。

ヴィクターはカーテンをあけ、立て掛けた棺桶のような箱のなかにはいった。カーテンを引き、ひざまずき、頭《こうべ》を垂れ、掌《てのひら》を合わせた。

網の仕切りに映る顔のない影に向かって、ヴィクターはささやいた。

「お許しください、神父さま、私は罪を犯しました」

15

アメリカ合衆国　ヴァージニア州　中央情報局
火曜日
六時七分　東部標準時

　朝がこれほど早いと、高官たちもみな欠席だ、とプロクターは思った。彼のまわりの席についていたのは、チェンバーズ、ファーガスン、サイクスだけだった。チェンバーズはいつもどおり品よく振る舞っていたが、ファーガスンとサイクスは少しぎすぎすしていた。ファーガスンは特にそうだった。午前六時の仕事開始には歳をとりすぎているし、あと一年もすれば引退だった。

　アルヴァレズの声がスピーカーフォンから流れた。「一晩中フランスの警察および諜報機関と連絡を取り合っていました。ありがたいことに、今度はこちらの事情も少しわかってもらえたようです。あちらさんが撮影した犯行現場の写真と鑑識の報告書を受け取りましたが、あいにくそれほど役に立ちませんでした。予想どおり、オゾルスが殺害された現場に、めぼしいものは残っていませんでした。警察では、殺し屋が路地でオゾルスを待ち伏せ、至近距離から射殺したと見ています。殺し屋は空薬莢を持ち帰っていますが、それはどうでもいい話です。理由はのちほどお伝えします。

さて、二度ほど、ホテルでこの男の手がかりを探す機会を得ましたが、見事なものです。だれのものかわからない頭髪も、出所のわかりそうな繊維もありませんでした。男の部屋で見つかった唯一の指紋は、清掃を行なったメイドのものでした。今度は空薬莢を持ち帰っていませんが、それにも指紋はなしです」

「ずっと手袋でもしていたのか？」プロクターが訊いた。

「いいえ」アルヴァレズが答えた。「防犯カメラの映像を見るかぎり、手袋ははめていません。触れたところをすべて拭いたなら、メイドの指紋が予想どおりの場所に残っていたりしません。ただ、鑑識はシリコンの痕跡を見つけています。現時点では、どんな用途に――」

「シリコン溶液を手に塗り込むと、指紋は付着しない」ファーガスンが遮った。

プロクターはファーガスンに顔を向けた。

「皮膚が防水の被膜で覆《おお》われることになります」サイクスがボスに代わって説明を続けた。「被膜は指の皮脂も通さないので、なにに触れても指紋はつきません。完全に透明なので、手に塗り込んでいるかどうかもわかりません。工場労働者の産業性皮膚炎を予防するために開発されたものです」

プロクターはうなずいた。日々これ勉強だな、と思った。

「なるほど」アルヴァレズが話を先に進めた。「おかげでその謎は解けました。ありがとうございます。防犯カメラの映像を見ましたが、男の顔ははっきりわかっていません。常にカメラに映らないような方向に顔を向けていました。ただ、白人、長身、スーツ姿、黒っぽい髪、青い目、眼鏡をかけていたことはわかりました。あごひげもありました。もっとも、眼鏡をはずし、ひげを剃《そ》れば、人ごみのなかで見分けることはできないでしょう。弾道学の調査も、やはり行き詰まっています。弾薬はベルギー製でしたが、ありふれたものではないものの、その線から追跡するには普及しすぎています。

ホテルの記録では、イギリス国籍のリチャード・ビショップ名義でチェックインしています。きのうから同名の人物がフランスを出国した形跡はないばかりか、同名のイギリス人が先月フランスに入国した形跡もありません。ほぼまちがいなく偽名でしょうが、念のためイギリス側に確認します」

「こちらでやらせておきます」チェンバーズがいい、さらさらとメモをとった。「ロンドン、モスクワ、ベルリン、リヤド、デリー、イスラマバード、ソウルの管轄部門のトップとは、わたしが直々《じきじき》に連絡を取っています。いまのところ、オゾルスに関しては怪しい情報はなにもはいっていません。今日はずっと折り返しの連絡待ちですが、あまり期待していません。だれがこんな暗殺を計画したのかは知りませんが、うまく身を隠してはいるようです」

プロクターはまだチェンバーズの評価を固めていなかった。チェンバーズは〝つなぎ〟にすぎないと思っていた。長期の局長候補が見つかるまで、その椅子を暖めているだけだと。

今回どんな働きを見せるかで、プロクターの疑問も白黒がはっきりするだろう。チェンバーズは頭蓋骨《ずがいこつ》を突き破るほどの脳みそを持っている一方、その役割に見合った〝タマ〟があるかどうか、プロクターにはよくわからなかった。比喩的な意味ではなく、文字どおりの意味で。

プロクターは身を乗り出した。「オゾルス、パリ、あるいはミサイルに関する傍受情報はいっさいありません。最近パリ近辺で、こちらが知っている殺し屋の目撃情報はなく、これほど少ない情報では、今回の殺し屋を特定できる見込みはありません。同盟国で私と対等の地位にある役人たちに電話し、これと同じ手口を知らないかと尋ねていますが、特徴がなく、手がかりにはならないとのことです」

今度はサイクスが口をひらいた。「こちらではロシアの線を探っていましたが、だれに話しても、答えは同じです。モスクワでは、沈没艦に搭載されていたものは、すべて回収不可能だと考えているようです。当然ながら、こちらの事情を知られてしまうので、根掘り葉掘り訊くわけにはいきませんでしたが」

アルヴァレズが続けた。「インターポールも、これだけの情報ではどうしようもないとのことですが、今回のホテルの一件で、突破口がひらけるかもしれません。防犯カメラの映像を見て、私がことの顚末《てんまつ》をつなぎ合わせた結果は、次のとおりです。殺し屋はオゾルスを殺し、約二時間後にホテルに戻った。すると、見覚えがあったのか、妙な挙動に気づいたのか、ふたりの男を気に留めた。姿を見せないようにしたものの、ついに見つかった。

数分後、自分の部屋の外でふたりを殺した。向かいの部屋のドア越しに射殺。そのすぐあとで、さらにふたりの男が参入してきた。殺し屋はふたりを待ち受け、ひとりを追跡し、結局ふたりとも殺した。うちひとりを、信じがたいかもしれませんが、制汗剤を爆発させることによって重症を負わせた、あるいは拷問した。ちなみに、犠牲者たちはみな武装し、身分証のたぐいは携帯していませんでした。次に、ホテルの厨房で女性をひとり、向かい側の建物で男をひとり殺し、その建物から表にいた男をライフルで射殺した。それまでに年配のご婦人がひとり殺害されていますが、彼女が受けた銃弾は、殺し屋に殺された六人目の男が携帯していた銃のものと一致していることから、おそらく流れ弾に当たったものと思われます。

殺し屋に殺害されたほかの七人に関する情報も、しだいにはいりはじめています。彼らは雇われ刺客《しかく》だと思われます。その振る舞いからすると、オゾルスを殺した男を消すためにパリに来たようです。ところが、全員返り討ちにされた」

ファーガスンの眉間にしわが寄った。「ひとりの殺し屋がオゾルスを殺し、二時間後、七人の刺客に狙われたが、全員を撃ち殺したというのか？」

「状況からすると、そのとおりです」

ファーガスンが両の掌《てのひら》を上に向けた。「どうやったらそんなことができるのか、だれか教えてほしいもんだな」

チェンバーズが眼鏡をはずした。「だれがその暗殺チームを派遣したのかについて、なにか情報は？」

「現段階では、ありません」アルヴァレズが悔《くや》しそうに答えた。「しかし、すぐに七人全員の身元が割れると思います。それによって、派遣元を探る七通りの手がかりが得られます。彼らを派遣したものが、オゾルスを殺した男に関する情報をいろいろと持っているはずです。ですから、暗殺チームを雇ったものがわかれば、オゾルスの殺し屋をとらえる見込みが高まり、ひょっとすると、ミサイルも回収できるかもしれません」

チェンバーズとファーガスンがうなずいたが、サイクスには落ち着きがなかった。プロクターはなるほどと思った。こいつは蚊帳《かや》の外で、いうべきことも、表明すべき意見もない。それが気にくわないのだ。サイクスはまだわりあいに若く、見たところ、ファーガスンにも気に入られているようだから、発言などしなくても心配することはない。発言のための発言など意味はない。ファーガスンもそれくらいは弟子に教えていてもよさそうなものだが。サイクスがほんとうに賢明なら、いまの段階では、正選手をじっと見て技を盗むだけでよしとすべきだ。

「最後に、もっとも重要なのは」アルヴァレズが高らかに宣言した。「殺し屋が襲撃されたあと、すぐにパリを離れたわけではなかったという事実です。どうやらしばらくとどまって、自分を消そうとした連中に関する情報を集めていたようなのです」

ファーガスンがいった。「なぜそうだとわかる?」

「殺し屋が泊まっていたホテルの向かいの建物内で、四五口径弾をくらったはずの暗殺チームのメンバーが、殺された約一時間後に、滞在していたホテルをチェックアウトしているからです」

　部屋につかの間の沈黙が降りた。プロクターには、革がこすれる音まで聞こえた。

「死人にしては機転がきくようですね」サイクスがそういい、真っ白い歯を見せてにやついた。みなサイクスを黙殺し、プロクターは気づかれないようにかぶりを振った。

「ホテルの従業員の証言では、その男は痩せ形のかなりの長身で、黒っぽい髪とあごひげを生やし、眼鏡をかけていたそうです」アルヴァレズが説明した。「本物のスヴャトスラフはそういう感じではありません。背は低く、ずんぐりした体形です。さいわい、空港の防犯カメラの映像をもとに、顔認識システムで身元を特定できました」

　プロクターは身を乗り出した。「当ててみよう。殺し屋はスヴャトスラフの所持品を持っていったんだろ？」

「そのとおりです」アルヴァレズが同意した。「スヴャトスラフになりすまして、チェックアウトしています。ホテルの従業員はスヴャトスラフのパスポート、飛行機のチケットなど、ホテルの金庫に保管してあった所持品を、その男に手渡しました。そういったものが捜査網にかかっていないところを見ると、出国時には、スヴャトスラフのパスポートを使わなかったようです」

　チェンバーズが訊いた。「殺し屋がスヴャトスラフの所持品をどうするつもりなのか、あなたの考えは？」

「スヴャトスラフの身辺を探ろうとしているのだと思います」アルヴァレズがいった。「だからこそ、スヴャトスラフのホテルに行った。だからこそ、あわてて国を出ないで、自分を殺そうとしたやつが泊まっていたホテルに行ったのでしょう」

「殺し屋が暗殺チームの身元を特定し、彼らの雇い主を探っているなら、次の自然な行動は？」プロクターは訊いた。

「スヴャトスラフの住所に行くと思われます」アルヴァレズが答えた。

「まさかその住所がわからないなんて、いわないでしょうね」チェンバーズがいった。

「ミュンヘンです」

チェンバーズが両手をテーブルに置いた。「では、こうしましょう。ただちにドイツ情報部とコンタクトを取り、当該住所を監視するよう要請します。監視対象がどういう人間なのかは伝えます。身柄を確保しようなどと思われては困りますから、ただ目をつけていてほしいとだけいっておきます。この件では、もう犠牲者を出すわけにはいきません。アルヴァレズ、彼らに状況を説明したらすぐに、いちばん早い便でドイツへ飛び、情報を集めて。ミュンヘンに着いたら連絡するように。殺し屋がまだそこにいるなら、必要なだけ支援をまわします」

アルヴァレズが通信を切ると、ファーガスンが口をひらいた。いつもはふさふさの銀髪をきれいにうしろになでつけているのだが、今日は少しまとまりに欠けていた。「この殺し屋がミサイルの情報をまだ身につけている可能性は、よくいってもかなり低い。オゾルスを消してフラッシュメモリーを奪うことが仕事だったのなら、雇い主に届けるだけだ――ドイツくんだりまで出向いて糸口をたぐることはない。まったく理屈が通らん」

チェンバーズが嘆息を漏らした。「殺し屋を殺そうとしたのは、雇い主かもしれませんよ。支払いを省こうとしたとも考えられます。それに、すでに殺しているのかもしれません。しかし、だれが殺し屋を雇ったのか、さらなる情報がはいるまでは、こうするしか手はありません。一刻を争います。ミサイルの情報が雇い主の手に渡れば、数日のうちにミサイルは消え、次に消息がわかるのは、何者かがそのテクノロジーをわれわれに向けるときです。可能性は低いにせよ、オゾルスを殺した男がドイツに行ったかもしれないのなら、わたしたちもドイツに行くまでです」ファーガスンは納得していない様子だった。「ほかに名案がおありなら、ぜひご教示願いたいものですが」たきつけているのがはっきりわかる声音だった。

ファーガスンがむっとした表情を浮かべた。そして、細い肩をすくめた。プロクターはチェンバーズを見た。どんな経歴があるにせよ、明らかに、この老兵のうしろ盾を得ようなどとは思っていないらしい。

ひょっとすると、チェンバーズの股には、〝タマ〟がぶらさがっているのかもしれない。

16

スイス　ジュネーヴ
火曜日
十八時三十二分　中央ヨーロッパ標準時

ヴィクターはプラース・ヌーヴを抜け、グラン・テアトルのまえを通った。この街は人がたくさんいて活気があった。観光客は外に出て楽しいひとときを求め、地元民は勤務時間を終えてうれしそうだった。ヴィクターは公演を観られないものかと、グラン・テアトルを一瞥《いちべつ》した。プッチーニかモーツァルトでもやっていないだろうか。しかし、尾行しているかもしれないものを巻くために、群衆のなかを行ったり来たりしていた。

日は沈み、街路を歩く彼を気に留めるものなどいなかった。彼のすみかは日没後の世界だった。昼間も群衆のなかに身を隠すことはできるが、夜になれば、姿を消すことができる。目のまえを、カップルが歩いていた。腕を組み、軽くよろめいたり、笑い声をあげたりしていた。互いに夢中で、ヴィクターが隙を見せようが見せまいが、気づかれそうもなかった。

ヴィクターはミュンヘンからベルリンへ、さらにプラハへ行き、スイスへ向かった。体にこたえる長旅だったが、絶対に目的地に直行することはない。ヴィクターは脇道にそれ、曲折を経て駅へ向かった。駅は明々《あかあか》とした照明がともっていて、スーツ姿の通勤客でにぎわっていた。ヴィクターも、ジュネーヴの男性のご多分に漏れず、分厚いオーバーコート、手袋、帽子に身を包んでいた。寒さがありがたかった。だれもが着ぶくれし、群衆が地味な色の塊になる。プロの尾行チームでも、こんなところでの仕事は中止するしかない。

ヴィクターはほぼ四十八時間、睡眠を取っておらず、その点も重々承知していた。睡眠不足は肉体だけでなく思考の働きも鈍らせるのだが、いまほど百パーセントの能力が必要なときはない。だが、逃走中には、安全だと確信できるまで休むわけにはいかない。一時間の睡眠を取るたびに、敵に近づく機会を与えることになるのだから。

列車を待ちながら、小さなカフェでまずいサンドイッチと濃いコーヒーを胃に流し込んだ。列車が到着すると、ぎりぎりまで待ってから乗車し、客車の最後部の、窓が右側に来る席に座った。ジュネーヴから北へ、列車は山岳地帯をくねりながら進んだ。

スイスでも何年か暮らしたことがあり、気候、国民性、ライフスタイルは気に入っていた。標高の高い土地に住むと、忍耐力がぐんと増し、スイスの秘密主義的な銀行システムや火器に対する寛容さも、彼の職業には非常に都合がよかった。

列車はバレーにはいった。スイス第三の州、あるいは〝県〟というべきなのかもしれない。同地域にはローヌ氷河があり、ジュネーヴの有名な湖に注いでいる。ヴィクターがサンモーリス村で降車したときは、夜も遅くなっていた。大雪が降っていた。襟を立て、肩をすぼめた。駅の売店《ブティーク》で山用の服を買い、列車内で着替えた。

村は周囲から孤立した位置にあり、最寄りの街からも遠く離れており、住人といえば、スキー・シーズンの数週間だけ、豪華なシャレーで過ごす裕福な外国人がほとんどだった。隣人の顔も知らず、見知らぬ顔や車両を見てもなんとも思わない人がほとんどだ。ヴィクターが頻繁に行き来しても、怪しまれることはない。

世界有数の高級食料雑貨店で、全乳、放し飼いの鶏卵、生野菜各種、イングリッシュ・チェダー、大豆と亜麻種のパン、スモーク・サーモンを買った。レジ係の女に法外なカネを払うときには腹が立ったが、ここで暮らすならしかたない。

ヴィクターは買い物袋をふたつさげ、左手でアタッシェケースを持ち、村はずれまで歩いた。主要道路ではなく路地を通った。出歩いている人はほとんどおらず、尾行されていないと確信してから、やっと森にはいり、半円を描くように歩いて、主要な集落から一マイルほど離れた彼のシャレーへと向かった。目を凝らさなくても道はわかっていたが、暗い森のなかを慎重に移動した。

木々の隙間から月や星の明かりに照らされたシャレーが見えると、急いでなかにはいり、自分のベッドに倒れ込みたくなった。なにより眠りたかった。八時間だけ自分の人生を忘れたかったが、身についた訓練によって足を止め、頭をさげ、何者かが侵入した形跡がないかと探した。ここを知っているものがいるとは信じがたいが、パリであんなことがあったからには、運に任せるつもりはなかった。

ヴィクターは買い物袋を置き、一時間かけてシャレーの周囲を見まわり、屋内にも周囲にも不審者がいないとわかって安心した。シャレーは四方を密なマツの木に囲まれ、頑丈な四駆車ぐらいしか走れない一本の細い道が、主要道路につながっていた。ヴィクターのランドローバーは離れの車庫に停めてある。外はもう暗すぎて、シャレーの周囲の雪にわだちや足跡がついていたとしても見えなかったが、人が近くにいるような音も気配もなかった。

凝った装飾が施され、鋼鉄の補強具がついた木の玄関にはいると、少しだけ息が緩んだが、それでも、時間をかけて家のなかを入念にチェックした。シャレーは築五年で、新築で買った。スレート屋根、木の梁《はり》、石の壁、暖炉がついた、昔ながらのサボイのシャレー様式だった。二階建ての家屋には、四つの寝室があった。そんなにあっても持て余すだけだが、独居者用に立てられたシャレーは、ここにはなかった。

ふつうの警報器はついていなかった。だれかが押し入ったとしても、当局に通報して、嗅《か》ぎまわられたくはなかった。その代わり、オーダーメイドの運動センサーを設置し、高解像度防犯カメラと、建物の四隅に置いた高感度マイクにリンクさせておいた。どれも入念に隠してあった。しかも、カメラとマイクはセンサーが動きを感知した二分後に記録を開始するようにプログラムされていた。そうすれば、だれかが部屋に忍び込み、探知器で電子機器を探したとしても、探知されずに済む。

どの窓にも、高速のライフル弾さえ貫通しない、厚さ三インチのポリカーボネートと安全ガラスがはめてあった。補強済みの玄関ドアと裏口のドアおよびドア枠は、手持ちの金槌《かなづち》などでは打ち破れない。ほとんどの窓はあかないようになっているし、完全にあく窓はひとつもない。

ヴィクターは決まった順番、決まった方法で、各部屋を調べた。すべてがあるべき場所にあった。置いてあるものすべてに意味があった。写真はなく、個人的に大切にしているものもない。彼がどんな人間で、どこの出身かを示すものもない。万一だれかがシャレーに侵入したとしても、彼の情報はほとんど得られずに出ていくだけだ。

セキュリティー・システムがなにも記録していないとわかって安堵《あんど》した。狭いボイラー室のドアをあけ、いじられていないかと制御ボックスをチェックした。あるコードを入力すると、一階周囲に隠して設置してあるC‐4成形爆薬を起爆させる三分タイマーが作動する。戻る予定もなく、急いでここを出ていかなければならない日が、来ないともかぎらない。

ヴィクターは満足すると、食料品をしまい、ようやく気を緩めた。自分へのご褒美《ほうび》に、長いシャワーを浴びた。このシャレー以外で浴びることはない。ドアに背を向け、全裸で、武器もなく、打ちつける湯がほかの音をかき消す——いくら腕の立つものでも、そんな状況では防御のしようがない。ヴィクター自身もシャワー中のターゲットを何人も殺してきたから、シャワールームは死の陥穽《かんせい》だと思っていた。ただし、ここは安全だ。体がうずいた。体重が数ポンド減っているのがわかった。二日間の逃亡生活というのは効果的なダイエット・プログラムになるものだ。まともな食事と休息をたっぷりとれば、すぐに元に戻る。大きな傷もなく、あんなことが起こったにしては、五体満足でいるのは幸運だと思わないわけにはいかない。食べ物のことを考えたら、腹が鳴った。

もはや空腹を無視できなくなると、体を拭き、もう一度、家を見まわってパラノイアの欲求を満たしてから、調達してきた食料で大きなチーズ・サーモン・オムレツをつくった。食後に、ビタミン剤やミネラルを加えたプロテイン・シェイクを飲み、フリーザーから半分まで減っていたフィンランド・ウォッカのボトルを取ってきた。居間に行き、ローズウッドのピアノのまえに腰かけ、ボトルの封を破った。

ヴィクターはグラスにウォッカを注ぎ、ピアノに少しこぼれたウォッカを袖口《そでぐち》でぬぐった。このピアノは、ベネチアの販売店で腐りかけていた一八八一年製ヴォウズ・アンド・サンンズ・スクエア・グランドだった。高値で買い取り、スイスに運んでもらって修理させたのだが、調律はしていなかった。ヴィクターは、〝未完〟のものにある種の美を見ていた。このピアノは彼の寿命の数倍の年月を生き延び、名誉の傷跡を誇らしげに帯びていた。少しだけショパンを引くと、まぶたが重くなってきた。

その後、ウォッカの残りをグラスに注ぎ、ピアノに手をついて立ちあがった。ゆっくりと二階にあがり、ダブルベッドに横たわった。頭を載せたひとつだけの枕が固かった。

ヴィクターはグラスを胸に載せて眠った。

17

ドイツ　ミュンヘン
火曜日
二十二時三十九分　中央ヨーロッパ標準時

アルヴァレズは建物を出ると、身を震わせ、そばでたばこをふかしていたドイツ人警官にあごを引いて挨拶《あいさつ》した。警官もあごを引いたが、どこか心半分のような気がした。アルヴァレズのおかげで、この建物での聞き込みという仕事が舞い込んだことを、よく思っていないようだ。

ドイツ情報部は非常に協力的で、CIAからは漠然とした情報しかもらっていないというのに、アルヴァレズの要請を受け入れていた。パリでの銃撃戦事件の報はすでに国境を越えており、ドイツ側も協力を惜しまなかった。

フラッシュメモリーが紛失していることは、フランス当局にもいっていないが、ドイツ当局にも伝えなかった。オゾルスの殺人犯の逮捕より、フラッシュメモリーの回収が先決だが、他国の情報機関に教えてもしかたない。フラッシュメモリーにどんな情報がはいっているのかと知りたがるだろうし、答えを得るには、それを手に入れるのが手っ取り早いと考えるだろう。

アルヴァレズはまたレンタカーに乗り、ホテルに戻った。この二日は長く、バスルームの鏡から見返す自分の顔にも、疲れの色が出ていた。またラングレーに進捗報告をしなければならないが、はじめるまえに一時間ばかり睡眠が必要だ。

芳《かんば》しい成果はあがっていなかった。殺し屋の特徴に当てはまる男が、アパートメントの住人によってなかに入れてもらった。殺し屋がスヴャトスラフのアパートメントに侵入した証拠はなかった。正確には、盗まれたものはなく、侵入した形跡も見つからなかった。もっとも、意外でもない。スヴャトスラフの財務記録や通話記録が集められているが、そんなものを読むことになるとは考えたくもなかった。

同じアパートメントの住人であるアイヒベルクは人相を覚えており、似顔絵描きにも情報を提供した。殺し屋はあごひげを剃《そ》り、散髪していたことはわかったが、そのほかの特徴はどんな男にも当てはまりそうだった。大きな鼻とか割れたあごといった、人並みの特徴はどうせ備えていないんだろう。アルヴァレズは苦々しく思った。

似顔絵はドイツ全土の警察に行き渡っていたが、この殺し屋がまだとどまっているとは思えなかった。アルヴァレズがやってきたときには、とっくに出国していたはずだ。当然、空港や鉄道の防犯カメラの映像が当局によってチェックされていることだろう。

アルヴァレズはスーツケースからバリカンを取り出し、第二の刃を取りつけて頭を丸刈りにした。手早く熱いシャワーを浴びたあと、ベッドに横になって眠ろうとしたが、眠りは訪れなかった。数年まえなら、眠れなければ、受話器を取ってジェニファーと話でもしていたのだが、最近は話し相手もいなくなった。アルヴァレズはそんなつもりもないのに、人を突き放してしまうのだった。肘《ひじ》をたたんでみるが、それでもなお、自分がたいていの人より近づきがたいとわかるだけだった。

そんな高い壁をものともせず、アルヴァレズに近づきたがる女もいるようだったが、無理だとわかると、立ち去っていった。間を置かずに立ち去るものがほとんどだが、ジェニファーはしばらくとどまった。クリストファーに電話しようかとも思ったが、ほとんど顔を合わせていないうえに、別の男をパパと呼んでいる状況では、話をしても疲れるだけだ。

電話の呼び鈴がアルヴァレズを起こした。ベッドから降りて、サイドボードの電話から受話器を取った。置き時計を見ると、ほんの数分しか眠っていなかったことがわかった。

「もしもし？」

「ミスター・アルヴァレズ、BKAのゲンス・ルーイトガーです。先ほどお会いしましたものです」

BKA――ドイツ連邦刑事局――ドイツ版FBI。ルーイトガーは、同組織において広く尊敬を集める高官だった。アルヴァレズは彼と短い時間しか共にしていなかったが、きわめて有能でもありそうだった。彼の英語は、たまに軽い訛《なま》りがはいるものの、よどみがなかった。

「はい」アルヴァレズはいった。「ご機嫌いかがですか？」

「上々です」ルーイトガーが答えた。「あなたにいい知らせがあります。ひとりで国外へ出た三十代の男性の身元を確認させたところ、どうやら当たりくじを引いたようです。きのうイギリス国籍のアラン・フリンという人物が、ベルリン発プラハ行きのフライトに搭乗していました。おかしなことに、アラン・フリンは現在、イングランド北部にある厳重警備の精神病院に入院しています。さらに、アラン・フリンのパスポートを使った人物は、そちらのターゲットの人相に当てはまります」

イギリスのパスポートを使ったのは、これで二度目か、とアルヴァレズは思った。「どの程度、確かな情報ですか？」

「これほど確かな情報はありません」

アルヴァレズはルーイトガーの口調がかすかに変化したのを聞き取った。そんなことを訊かれて、気に障ったか、ばかにされたと思っているかのようだった。無理もない。信頼に足る情報でなければ、ルーイトガーは電話してきたりしない。

「防犯カメラに、その男の顔は映っていますか？」

「いいえ、残念ながら、われわれの共通の〝友人〟は、幸運にも防犯カメラにはとらえられておりません。とにかく、顔は映っておりません」

アルヴァレズはにやりとした。「いや、それは幸運ではなく、まさにその男にちがいないということです。迅速なご連絡に感謝いたします」

「どういたしまして。われわれ情報機関は、指導者同士の意見が合わなくても、可能であれば助け合うことが大切ですから」

「まったくです」

「どのように進めますか？　うちもできるかぎり捜査を続けますが、おそらく容疑者はすでにドイツを出ているものと考えなければならないでしょう。仮にそうであれば、私の権限が及ぶのは国境までです」

アルヴァレズの脳はすでに五速で回転し、すべての可能性をより分けていた。この新しい情報をできるだけすみやかにラングレーに伝える必要がある。殺し屋がチェコ共和国に行ったとなれば、あまりいい傾向ではない。ケナードに連絡を取り、この情報を伝え、パリでなにか進展があったかどうかを訊く必要もある。彼はルーイトガーがまだ電話を切っていないことに気づいた。

「その点は心配ありません」アルヴァレズは強気なことをいったが、内心では落胆していた。

「充分すぎるほどのことをしていただきました」

ふたりは互いに別れの言葉をいった。その後、アルヴァレズは短縮ダイヤルの番号にかけた。何度か呼び鈴が鳴ったあと、ケナードが出た。疲れた声だった。

「ジョン、よく聞くんだ。殺し屋はたしかにスヴャトスラフのアパートメントを訪れていた」アルヴァレズはいった。

「彼はなにか見つけたんですか？」

「そいつは難問だ」

「あなたは？　なにか見つけました？」

アルヴァレズは送話口を手で覆い、くしゃみをした。「BKAの話では、殺し屋はチェコ共和国行きの飛行機に乗ったそうだ」

「チェコ共和国？」

「正確にはプラハだが、いまごろはどこにいるかわからない」

「その男はいったいなにをするつもりなんです？」

「そいつは超難問だ。ペンはあるか？　いまからいうことを書き留めろ」

アルヴァレズはケナードにいくつか指示を出し、電話を切った。またくしゃみをして、風邪《かぜ》など引いてなければいいが、と思った。よりによってこんなときに。彼は受話器を取り、ルーム・サービスにかけて、濃いコーヒーをポットでたっぷりもってくるように注文した。

長い夜になりそうだった。

18

フランス　パリ
火曜日
二十三時十六分　中央ヨーロッパ標準時

ケナードは携帯電話を閉じ、しばらく慎重に考えた。完全な鑑識結果を持って殺し屋のホテルにいた。フランスの警察が見落としたものがあるかもしれないと思い、ひととおり殺し屋の動きを追っていた。フランスの警察はまだやたらと協力を渋っていたが、とにかく邪魔はしなかった。

アルヴァレズからドイツでの進展を聞いたいま、ケナードは作業を途中でやめた。急いでホテルを離れ、フォーブール・サントノレ通りに出た。前日には、銃殺事件の直後から、交差点から交差点までホテルまえが封鎖されていた。非常線の両端にいた弱り顔の警官が、怒りに満ちた朝の通行者に向かって、せわしそうに迂回路を指示していたのを、ケナードは覚えていた。

それがいまでは、何事もなかったかのようだった。非常線が張ってあるのは、ホテル内だけだった。外では、パリジャンが痛ましいほど小さな車に乗り、なにかというとすぐにクラクションを鳴らしながら、道路を疾走していた。鳴らす理由がほんとうにあるのかどうかなど、どうでもよさそうだった。

ケナードはフランス人が嫌いだった。フランスという国が嫌いだった。国民も、言語も、文化といわれているものも。食べ物だっていんちきだ。そりゃ、一カ月分の給料を払えば、なんとか食えるものが出てくるが、脂《あぶら》っこいオムレツ、固いパン、腐ったチーズ、異臭を放つ肉などは、彼の考える美食ではなかった。週七日でも、いつもの〝フリーダム・フライ〟がついたクォーター・パウンダーのほうがいい。

ケナードは歩道を歩き続け、自分の車を停めてあるまえを通り過ぎた。酔っ払った会社のお偉方が、哀れにもまともに歩けないような足取りで近づいてきた。取り引きがうまくいって祝杯でもあげていたのだろう。そんな感じだった。

近くに来たとき、ひとりが彼に向かってフランス語で怒鳴った。けんかを売っているのはわかった。このフランス人はケナードがいやそうな顔をしていたのに気づいたのか、あるいは、ちょっとからかおうとしただけなのかもしれない。

この男はケナードより少しばかり背が高く、二十ポンドほど、大部分は腹まわりによけいな肉がついていたが、ケナードもスーツを脱げば、見かけとはちがって軟弱ではなかった。自分がカモでないことを見せつけてやりたかったが、実際には目をそらし、一団の行く手からどいた。いま厄介事に巻き込まれるわけにはいかない。すれちがいざまに、背後から嘲笑と野次《やじ》が飛んできた。運のいい連中だ。

ケナードは通りを渡った。無表情のままだが、こめかみに血圧を感じた。アルヴァレズから急を要する仕事を、大至急すべき仕事を、どっさりもらっていたが、大使館に戻るつもりはなかった。それより先にやっておくことがあった。

さらに一分ほど歩くと、脇道にはいった。また公衆電話を見つけ、ブースにはいっていた若い女が話し終わるまで、やきもきしながら三十秒ばかり待たなければならなかった。やっとブースにはいり、携帯電話を取り出して最近かけた番号を確認した。公衆電話のボタンをすばやく、慎重に押した。用事が済んだら、触れたところをすべて拭こう。

襟首がじっとり湿っていた。予定にない電話連絡はしてはいけないことになっていたが、月曜日のような大事《おおごと》のあとだし、こんな知らせはすぐに伝えないとまずい。すぐには呼び出し音は鳴らなかった。そして、鳴ってからも、永遠に出ないのかと思いはじめていたとき、やっとだれかが出た。ケナードはコード・ナンバーを入力した。

長い沈黙のあとで、つながった。相手の声からさげすみが滴《したた》り落ちているのが、目に見えるようだった。

「重要な連絡だろうな」

ケナードは大きく息を吸ってから続けた。「確認が取れました。やはりミュンヘンのスヴャトスラフのアパートメントに寄っていましたが、すでに立ち去った模様。チェコ共和国に飛んだのはほぼ確実です。そこから先はまだわかっていません」
長い間があいた。「わかった」声がいった。「これからやってもらいたいことは……」

19

スイス　サンモーリス北部
水曜日
八時三十三分　中央ヨーロッパ標準時

ヴィクターの呼吸は苦しそうだった。山の薄い空気が白い息となって肺から吐き出されていた。最初の二百フィートはきつく、最後の五十フィートは殺人的だった。うなるような声を漏らし、凍った滝に刺さっていたピッケルを引き抜き、また頭上の氷に突き刺した。氷と雪が頭に降り注ぎ、はるか下の滝つぼに落ちていった。

ヴィクターはきらめく氷のかけらが落ちていくさまをしばらく見て、何度か息を呑んだ。寒さと息切れとで、顔が赤らんでいた。登山用ゴーグルが頭上からまともに差し込む陽光から目を守っていた。滝の水面は鮮やかな青と白だったが、割れ目や裂け目の奥はずっと暗く、ほとんど黒だった。氷に映るゆがんだ影が、ヴィクターの登りを見つめていた。

ここまで登れば、過去数日の出来事などすぐに忘れることができる。いましていることに意識を集中するしかない。次の体の動き以外のことに、気を奪われるわけにはいかない。別のことを考えたりすれば、それが最後の考えになる。体のほうは時間の許すかぎり休めたが、今度は頭をすっきりさせる必要があった。相談する友もいないし、悩みを打ち明ける相手もいないから、これが次善の策だった。

山にひとりでいると、世界に自分ひとりしかいないかのような気持ちになる。この身ひとつと、大自然の苛酷な真実だけしかない。文明からこれほど離れた地はない。それでも、この地のほうがはるかに文明的に感じられた。

ヴィクターは腕で体を引きあげ、脚で体を押しあげた。登山靴につけたアイゼンをねじって氷から引き離し、少し上にまた突き刺した。疲労で体が震えたが、クライミングに内在する危険が彼の気を落ち着かせた。自分の能力には自信を持っていたが、百パーセントの集中力を維持しなければならなかった。アイス・スクリューも、カラビナも、ザイルも使っていない——したがって、集中を切らせば落ちる。落ちれば死ぬ。それだけだ。

聞こえるのは風の音、金属が氷を打つ音、自分の激しい息の音だけ。完全なる解放感が広がっていた。肩の力が抜け、落ち着きが戻った。

さらに十フィート登り、休んだ。背を伸ばし、ピッケルから片手を放し、ポケットからキャンディーを取り出した。緑色の包装紙だとわかってうれしくなった。中身を口に放り込んだ。これで口の湿り気を保ち、咽喉《のど》の渇きを抑えるのだが、それ以上に味がよかった。キャンディーをしゃぶり、小首をかしげて景色を楽しんだ。見えるものは雪をいただいた山々と木々だけだった。

そのまま何時間でもいたかったが、水滴が顔に落ちてきた。見あげると、ぎらつく陽光に目を細めた。水滴がきらきらと光っていた。氷が溶けはじめている。空には雲ひとつないのだから、不思議はない。ヴィクターはあわてずに登り続けた。危険が迫るまえに登りきれる。

頭上の氷がうめいた。

ヴィクターは動きを止め、見あげた。二十フィート上で張り出していた氷の板が折れた。ヴィクターが体を滝にぴったりつけると、氷と雪の塊がかすめるように落ちていった。さっきの判断を撤回し、ペースをあげた。筋肉がさらなる酸素を求め、乳酸が溜まり、冷たい空気を吸い込むたびに、肺が痛んだ。ヴィクターは急いで登った。ピッケルやアイゼンを力強く氷に食い込ませ、押したり引いたりを繰り返し、ついに頂上にたどり着くと、雪の上に大の字に倒れた。


数時間後、シャレーに戻ると、昼食をつくった。前菜にキノコのブルスケッタ、メインに大きなソーセージ・サンドイッチをふたつ、我流のつくりかたで。これこそ必要なものだ。食べ終えると、プロテイン・シェイクを胃に流し込み、サプリメント剤を片手でひとつかみ飲んだ。入浴後、裸でベッドに腰かけ、脇に装着したホルスターから拳銃を抜いた。弾倉を引き抜き、銃弾を取り出したあと、取り出した順番に再装塡《そうてん》した。そして、拳銃を戻した。

昼近くで、東側の壁のベネチアンブラインドの隙間から、日差しが漏れていた。西側の壁の窓へ歩いていき、ストリングを勢いよく引いて、ブラインドをあげた。氷河が延々と続き、その中間点ぐらいにサンモーリスの村が見えた。三角形の屋根に、白い雪が載っていた。マツの木が山腹を覆《おお》っていた。雪をいただく峰々が地平線を縁どっていた。

なりわいと生活とを分けることができるのではないかと、確信する手前までいったころもあった。だいぶ昔の話だが。いまのヴィクターは自分がただ生きているだけで、そこに暮らしはないことを知っている。ふつうの人は、補強したドアと厚さ三インチの強化ガラスに守られて、人里離れた山あいの村に隠れたりはしない。こんな状況でなかったころのことは、なかなか思い出せなくなっている。

ひとり暮らしは身の安全のためだった。ここではだれも彼を知らないし、彼もだれも知らなかった。都市から離れ、人から離れた土地のほうが暮らしやすかった。異変を見逃す確率も低い。彼にしてみれば、ひとり暮らしがつらかったことは一度もないが、まったき孤独となると、苦しみをもって慣れなければならなかった。しかし、生き延びるために必要な技術はみなそうだが、結局は習得してきた。暇をつくらないことがいちばん重要だった。仕事をしていないときは、毎日何時間もかけて、肉体を最高の状態に保ち、さらに何時間もかけて訓練したり、技術を磨いたりしている。次の契約まで何週間もあくこともあるが、ヴィクターの職業はフルタイムの仕事だった。残った時間はクライミング、スキー、読書、ピアノにあてたり、頻繁に旅行に出かけて地球探検をしたりした。

そんな気晴らしでは代えられないこともある。ヴィクターの場合、人間関係とは、複数回利用するほど好きで、彼に触《さわ》られても不快さを上手に隠す演技力を備えたコールガールにほかならなかった。

趣《おもむき》のある氷河の絶景を眺めていると、パリで起こったことが現実ではなかったように思えてくる。この地にいるかぎり、ヴィクターは人里離れた山荘暮らしを楽しむ、ありふれた実業家でいられる。ここにとどまってもいいのかもしれない。蓄えは充分にあるから、倹約すれば何年も快適に暮らせる。蓄えがなくなったら、まともな仕事につけばいい。外国語を教えたり、あるいはクライミングを教えてもいい。ただ、教えるとなれば、社交術を磨《みが》かないといけない。そのうちほんとうにまともな暮らしがはじめられるかもしれない。そんな暮らしはもう忘れてしまっているが。

やはり、そろそろ潮時だ。

ヴィクターは窓から顔をそむけようとしたとき、シャレーの西に位置する森に覆《おお》われた山々のなかでも、一段高くなっているところに目を引きつけられた。きらりと、一瞬のきらめきが見えた。陽光が金属に反射したのか。

あるいはガラスにか。

その意味を理解したときは手遅れだった。直後、さっきの高台から小さなまばゆい閃光が見えた。ヴィクターが左に身をよけはじめたとき、大きな音とともに目のまえの窓に風穴があいた。

銃弾は胸の真ん中に当たり、すべてが静かになった。強化ガラスのクモの巣状の亀裂が見え、クモの巣の中央にあいた小さな穴が見えた。心臓の鈍い鼓動以外、どんな音も彼の耳には届かなかった。

ヴィクターの視力が弱まった。線がぼやけて重なり合っていた。

窓が急激にヴィクターから離れていき、天井が落ちてくるように感じられた。わけもわからず、後頭部が磨きのかかった床板に打ちつけられた。息をしようとし、あえぎ、空気を肺に送り込もうともがいた。

片手をあげ、むき出しの胸へと少しずつ指を動かしていった。熱い銃弾に素手で触れると、べっとりした血糊《ちのり》と痛みが伝わってきた。穴があき、どくどくと血が噴き出しているのだろうと思っていたが、銃弾の尻が皮膚から突き出ていた。銃弾は胸骨を貫通してはいなかった。

ポリカーボネートと安全ガラスの窓ガラスは、高速のライフル弾でも貫通しない……はずではなかったのか、とヴィクターは思った。

ガラスは銃弾を止めはしなかったが、速度を大幅に削《そ》ぎ落とし、被弾したときには、運動エネルギーがほぼなくなっていた。ヴィクターはやけどにはかまわず、皮膚から銃弾を引き抜き、横に捨てた。それだけで疲れ果てた。立ちあがろうとしたが、手足に命じるすべを思い出せなかった。頭上では、何本かある天井の梁《はり》が溶けてつながり合っているように見えた。

頭ではなにが起こっているのかはわかっていたが、それを阻止しようにも、どうすることもできなかった。被弾して体じゅうに衝撃波が伝わり、正常な鼓動リズムを乱したのだ。しかし、体にはそれが理解できず、強烈な衝撃や外傷に直面したときの唯一の対処法を実行した。

一時的に機能を遮断したのだ。

スナイパーは銃弾が命中し、ヴィクターが倒れたところまでは見ていたが、ヴィクターが正常な動きを奪われて、床でもがく姿までは見ていない。しかし、ひび割れた窓ガラスの分厚さに気づきさえすれば、ヴィクターがまだ生きていることはわかる。そして、仕上げのためにやってくる。

ヴィクターのまぶたが閉じた。

20

十四時十八分　中央ヨーロッパ標準時

スナイパーは、シュミット・アンド・ベンダーの3－12Xスコープで窓ガラスの厚さを見た。ガラスとプラスチックの互層構造になっている。それがどういうものか、すぐにわかった。強化ガラス。しまった。

マクラリーはこれまで気づかなかった自分を胸の内で責めた。シャレーの防御態勢の調査にもっと時間をかけるべきだったのだが、そもそもこの作戦が急ぎの仕事だったのだと自分を慰めた。二十四時間まえの電話にはじまり、ジュネーヴに急行するよう命じられたのだった。車の後部席で町の名前と位置を教えられ、写真をもらった。

だれかの後始末のにおいがぷんぷんと漂っていた。

マクラリーは体全体を覆《おお》っていた軽い雪の層を崩し、ライフルの二脚をたたんで立ちあがった。彼の武器はアキュラシー・インターナショナルL96、イギリス製のボルトアクション・ライフルだ。いわせてもらえば、今回のような目的で使用する道具としては世界有数のオールラウンド・ライフルだ。精確で強力だが、大きすぎず、重すぎない。充分な使用経験をもとに、そういう意見に至った。

　マクラリーは白いゴアテックスのパンツ、フードつきのジャケット、白いスキー・マスクを身につけていた。ライフルの備品は白い絶縁テープでぐるぐる巻きにしていた。ジャケットのボタンをはずし、ジッパーを降ろして、脱ぎ捨てた。迷彩柄の防寒着だが、動きは制限される。その下には黒いサーマル・シャツを着ていた。すぐさま寒気を感じたが、まだ我慢できる。白いスキー・マスクだけはつけたままにしておいた。

　マクラリーの隠れ場所は、五百ヤード弱の距離を隔ててターゲットのシャレーを見おろす位置にあった。マクラリーは、ところどころに木が生えた雪深い岩山の頂き近くに陣取り、敵から見えないように姿を隠した。

　十二時間ずっと戸外に隠れてターゲットのシャレーを監視し、完璧な狙撃のタイミングを窺《うかが》いつつ、横になったまま飲み食いし、尿瓶《しびん》で用を足し、ビニール袋に排便した。ふたつある出入口をひとりで同時に見張ることはできないから、シャレー正面がよく見える場所にした。ターゲットはいつか正面から外に出ると思っていた。ターゲットは正面玄関から出ると同時に死んでいただろう。だが、そう簡単にはいかなかった。

　夜が明けるとすぐに、ターゲットは裏口から出た。戻ったときに銃撃しようと、マクラリーは隠れ場所を変えた。何時間も経ってから、ターゲットがすでにシャレーに戻っていることに気づいた。正面玄関からはいったのだった。一方から出て、他方からはいる。くそ、ずる賢いやつだ。

こうなれば、もうやつが出てくるのを待つのはやめだ。マクラリーは、ターゲットが裸で窓のまえに立って外を眺めていたときに、銃撃した——窓の太い大梁《おおばり》のせいで、頭部ではなく胸部を狙わざるを得なかった。ところが、強化ガラスのせいで、仕留めるには至らなかった。発狂してもおかしくない事態だ。

マクラリーはライフルを片方の肩に、かばんを反対側の肩に掛け、ポーチを腰に留め、十二番径モスバーグ・ポンプアクション・ショットガンのグリップをつかんだ。この男だけは、近くに行って、この手で仕留めなければならない。そうするのはしばらくぶりだ。手口を変えるのが楽しみだ。

マクラリーは斜面をくだりはじめた。空いているほうの腕で木に抱きつくようにして、速度を緩めた。斜面は急で、気を抜くと危なかったが、彼は巧みにくだった。

目は遠くのシャレーとそのなかの獲物に向けていた。


ヴィクターは大きな音に驚いて目が覚めた。すばやく立ちあがり、うめき声を漏らした。胸の痛みが強烈だった。巨大なウエイトを肋骨《ろっこつ》に巻かれ、圧縮されているような感じだった。何度か咳をした。肺が締めつけられた。

ヴィクターはうなり声をあげ、痛みを意識から消した。考えなければならない。発射炎《マズル・フラッシュ》が見えてからきっかり〇・五秒後に被弾した。大口径、高性能のライフルでなければ、このガラスは貫通しない。おそらく初速は三千フィート／秒程度。

とすれば、スナイパーは約千五百フィート離れた丘陵地にいたのだろう。そっちのほうは足場が悪い。ヴィクターでもここまで十分はかかる。それより短時間で移動できるものが、ごろごろいるとは思えない。

六百秒。

長くはない。どれくらい気を失っていたのだろうか、スナイパーが襲撃してくるまで、あとどれくらいあるのだろうかと時計を見たが、撃たれた時刻が思い出せなかった。敵が単独であることは確信していた。チームで来ているなら、スナイパーには頼らず、チームで襲撃していただろう。そして、こっちはすでに死んでいる。

村までたどり着ければ……

アドレナリンが体じゅうを駆けめぐり、一時的に痛みを消していたが、アドレナリンが抜ければ、痛みがひどくなることも知っていた。腹に力がはいらなかったが、どうにか動くことはできる。外に出ないとまずい。だが、どのくらい気絶していたのかがわからなければ、罠に飛び込んでいくことになるかもしれない。シャレーには戸口が正面玄関と裏口のふたつある。ひとりで監視するには、ひとつ多い。スナイパーはどこかに陣取って、ヴィクターが外に出るのを待っているわけにはいかない。正しい戸口を選ぶ確率は半々しかない。家のなかに侵入して仕留めるしかない。

ヴィクターはまだ全裸で、逃げるなら服を着なければならない。服を着ている時間などないかもしれない。息をするのも苦痛だった。どれだけの脚力をどれだけ長く出せるか、自信がなかった。確実にスナイパーのほうが速い。外に出ても、敵が仕事をやりやすくなるだけだ。

家で迎え撃つのが最善だ。家のなかは知り尽くしているし、死角をどう利用すればいいのかもわかる。ヴィクターを仕留めたいなら、あっちからやってくるしかない。ヴィクターは姿勢を低く保ち、片手で胸を押さえてベッドへと移動し、ベッドの下に手を伸ばすと、ホルスターから装塡済みのファイヴ・セヴンを抜いた。床板がきしんだ。

階段だ。

中世の日本において、忍者の脅威に常にさらされ続けていた大名たちは、単純だが有効な手法によって暗殺から身を守った。彼らの城では、うぐいす張りの床を踏む音によって、刺《し》客《かく》の襲撃がわかる仕組みになっていた。

ヴィクターもほかのセキュリティー機器に加えて、同様の方策を導入していた。わざと交互の段がかすかな圧力でもきしむように調整してあった。シャレーのほかの床板も、きしむ音色だけを変えて同様の細工が施されていた。しばしの沈黙。

そして、またきしむ音が聞こえ、すぐさま重そうなブーツが階段を駆けのぼる音が響いた。隠密行動はあきらめたらしい。

ヴィクターはベッドルームのドアをあけ、身を乗り出し、FNを階段に向けた。ショットガンの銃声は耐えがたいほどだった。ドア枠のかなりの部分が吹き飛んだ。ヴィクターが頭をさげてベッドルームに戻ると、また銃声が轟いた。十二番径のショットガンがマツ材のドア枠にまた穴をあけた。手首がひりひりした。散弾のひとつが皮膚をかすっていた。ヴィクターは急いでドアを閉め、鍵をかけた。

モスバーグがまた火を吹き、ドアに拳大《こぶし》の穴をあけて、ヴィクターの左側を飛んでいった。足音で階段をのぼりきったのがわかった。スナイパーがシェルを薬室に装塡するときの金属音が響いた。

ヴィクターは急いでベッドルームの反対側へ行き、ベッド脇でかがんで、ファイヴ・セヴンの銃口をドアに向けた。

マクラリーは階段をのぼりきると、慎重に足を運んだ。右側から、下の階のリビングルームが見えた。彼はモスバーグを常にターゲットのドアに向けていた。

ブーツが木の床を踏むたびに音がするのはわかっていたが、もう関係なかった。音がしようがしまいが、ターゲットはこっちが来ることを知っている。そして、ターゲットがベッドルームから逃げる手だてはない。強化ガラスの窓は割れない。いまこそその防犯設備のつけを払うことになる。

マクラリーはベッドルームのドアに少しずつ近づいたが、正面までは行かなかった。足を止め、腰のポーチに手を入れた。

足音が止まった。敵は壁の反対側、ドアのすぐ右にいる。ドアのまえで立ちどまった瞬間、FNの弾をすべて壁めがけて撃ち尽くすつもりだった。

ドアの外の床板がきしんだ。ドア・ハンドルがまわりはじめた。ヴィクターは発砲した。連射が効くように、右手の力を抜き、左手だけに力を入れてFNを持っていた。右手の人さし指ですばやく引き金を引き、高低に撃ち分けた。

発砲をやめた。三秒ちょっとで十五発を撃ったために、指がずきずき痛んだ。悲鳴も、スナイパーが倒れるときのどさりという音もなかった。ドアにあいた風穴から光の筋が差していた。

敵には一発も当たっていない。

マクラリーは銃撃がやむのをじっと待っていた。壁に背をつけ、モスバーグの銃身をつかんでいた。ドアまえの床板も、階段と同じようにきしむだろうと考え、その広い床板を押すのに使ったのだった。勘は当たった。マクラリーはベルトで輪をつくってドア・ハンドルに引っかけ、ドアのまえに体を出さずにハンドルを引っ張った。どうやらうまくいったようだ。

マクラリーはベルトを放し、ポーチに手を入れて二発の手榴弾を取り出すと、歯でピンを抜いた。すばやく二まで数えてから、ドアにあいていた大きな穴からなかへ投げ入れた。

ヴィクターはドアの穴からなにかが投げ入れられたのを見て、すぐさま走りだした。金属のような物体がふたつ床板に落ちる音を聞き、それがなんなのかはっきりとわかった。隣のバスルームにはいり、床に転がり落ちた手榴弾を目の片隅でとらえた。バスルームのドアを急いで閉め、ドアに体重をかけた。

手榴弾が鈍い破裂音とともに爆発した。

ものすごい勢いでドアがあき、ヴィクターは壁に吹き飛ばされてうめき声を漏らした。煙と埃《ほこり》が充満した。焼けるような榴弾片がドアから突き出ていた。

ヴィクターはすぐにバスルームから飛び出した。直後、ショットガンが轟き、ベッドルームのドア・ハンドルとロックを破壊し、ドア枠の一部を吹き飛ばした。ヴィクターはベッドルームのドアの片側へ飛び移り、壁に背をぴたりとつけると、左腕を曲げて、前腕を顔のまえで斜めに構えた。

ドアが蹴破られ、ヴィクターのほうへとひらいてきた。ドアは勢いよく腕にぶつかったが、おかげで顔に激突せずに済んだ。スナイパーが戸口から発砲し、バスルームにショットガンを撃ち込んだ。シンク上の鏡が砕けた。ガラス片がけたたましい音とともに、シンク内や床に飛び散った。

スナイパーがバスルーム内をもっとよく見ようと踏み出す音が聞こえた瞬間、ヴィクターはドアをスナイパーに打ちつけて、ベッドルームの外へ押し出した。そのままくるりと回転して、ファイヴ・セヴンを構え、二度発砲した。ドアの胸の高さにふたつの穴が穿《うが》たれた。うめき声に続き、ベッドルームの外でよろめくような音がした。ヴィクターは敵が死んだのかどうかわからず、ためらった。散弾がドアを突き抜けた。

まだぴんぴんしている敵の咆哮だ。


マクラリーは生暖かい血が胸を伝うのを感じて、顔をゆがめた。左側の鎖骨のすぐ下を撃たれたが、弾は貫通していないので、大きな貫通傷から大量出血していることはない。臓器の損傷も、骨折も、動脈の損傷もない。ほとんどは体組織の損傷だ。やたら痛いが、さしあたっての危険はない。

弾薬の残量は少なく、ターゲットは死なず、応戦している。どちらかといえば、マクラリーの傷のほうが深いだろう。こんなはずじゃなかった。あとは仕留めるだけだと思っていた。部屋から部屋へと移動しながら銃撃戦を繰り広げることになるとは、思いもしなかった。まずい。

彼は急襲部隊員ではない。狙撃者《スナイパー》だ。

ならば、狙撃に徹しろ。彼は自分にそう命じた。

21

十四時三十四分　中央ヨーロッパ標準時

　ヴィクターは待っていた。ドアの右側の隅でうずくまっていた――スナイパーが手榴弾を投げてきても、身を投げ出せば、バスルームに逃げ込める程度の距離だった。FNは再装塡済みで、スナイパーが姿を見せると同時に頭蓋骨《ずがいこつ》を撃ち抜けるように、照準を調整していた。しかし、なにも起こらない。ヴィクターは休息の機会をありがたいと思いつつ、時が過ぎゆくまま息をひそめていた。胸の小さな傷口の出血は止まっていた。痛みまでは止まらなかった。

　スナイパーの傷のほうがひどいことを祈りつつも、あてにするわけにはいかなかった。敵もこちらとまったく同じことをしているのはわかっていた。ドアに銃口を向け、ヴィクターが姿を見せた瞬間に撃てる態勢を取っているのだ。根比べなら負けはしないが、時が刻々と過ぎゆくにつれ、スナイパーがバスルームに突っ込んでくる見込みもなくなっていった。

　外から、エンジン音が聞こえてきた。

ヴィクターは音を立てず、ドアから目を離さずに、壁に背をつけたまま窓に移動した。ガラス越しにさっと外に目を向けると、警察のマークがついた二台の大型SUVが、ヴィクターのシャレーへと通じる険しい道をのぼってくるのが見えた。やるじゃないか、とヴィクターは思った。

ヴィクターは急いでドアのまえへ行き、親指をドアの下に引っかけて引きあけた。散弾は飛んでこなかった。ドア枠に肩をつけ、すばやくまわりを確認した。スナイパーの姿はない。思ったとおり。靴ひもを解いた一足のブーツが、床に置いてあった。音を立てずに出ていくために脱いだのだろう。

ヴィクターは急いでベッドルームの奥へ行き、カーキ色のパンツ、フリース、冬のジャケット、防水ハイキング・ブーツを身につけた。フラッシュメモリーをジャケットのポケットにしまい、ベッド脇の引き出しをあけ、残っていたFNの弾倉を取った。

階下のボイラー室に行き、二百五十ガロンのプロパンタンクのパイプを切断した。ガスが噴き出し、ボイラー室に急速に充満し、シャレーじゅうに広がりはじめた。ヴィクターは高性能爆薬の起爆コードを入力した。タイマーが三分のカウントダウンをはじめた。

正面側の窓から警察車両が近づいてくるのが見えた。それぞれ四人ずつ、武装警官が乗っているのか。通報したのはスナイパーだろう。誘い文句で呼び寄せ、ヴィクターをシャレーからあぶり出すつもりだ。うまい手だ。だが、いま正面玄関から出るわけにはいかない。八対一で、向こうには車もある。銃撃をはじめても、さらに多くの警官がやってくるだけだ。

ヴィクターはシャレーの反対側に移動した。裏口のドアは成形爆薬に吹き飛ばされて、ぐらぐらになっていた。そのときの爆音で、ヴィクターは目を覚ましたのだろう。スナイパーは反対側のどこかに隠れ、十字線を裏口にあてている。ヴィクターがあわてて外に出ようものなら、楽に撃ち殺せる。しゃれた罠だ。認めるべきは認めよう。

正面から出ることはできない。裏口から出ることもできない。なかにとどまることもできない。

プロパンガスのにおいがきつくなってきた。あまり長く逡巡していると、身元確認の必要もないほど粉々《こなごな》に吹き飛ぶことになる。逃げたい衝動が高まった。二分もすれば、そうなる。まばゆい陽光がブラインドの隙間から差し込み、ヴィクターは目を細めた。まばたきをしながら、光をのぞいた。敵を思い描いた。ライフルを構え、気を削ぐものを遮断し、揺るがぬ集中力を保ち、片目を閉じ、片目でスコープの接眼レンズをのぞき込み、視線をじっと裏口に向けている。シャレーの裏手には、照準線を妨げる密生するマツ林があった。スナイパーが狙撃の配置についているにしても、二カ所にいるわけにはいかない。

ヴィクターはその場でさっと振り返った。裏口近くに掛けてあった鏡に、自分の姿が映っているのに気づいた。その鏡に近づいた。面積約二平方フィート、なめらかで、汚れはない。完璧だ。ヴィクターは鏡をフックからはずした。

胸が痛み、心臓が高鳴っていたが、マクラリーは呼吸を一定に整えた。シャレーから百ヤード離れたなだらかな斜面の中腹で、L96の二脚を枯れ木の幹に載せ、木々に隠れて低い姿勢を取っていた。シャレーの裏口を照準線にはっきりとらえられるのは、ここだけだった。太陽は真うしろだから、スコープの反射で位置がばれることもない。距離もいい。隠れ場所もいい。罠もいい。

寒さも、痛さも、スコープで見える像を除くすべてを忘れた。ドアをスコープの真ん中にとらえた。シュミット・アンド・ベンダーは、距離、ウィンデージ（風の影響の補償）、やや下向きの角度に調整済みだ。十字線《レティクル》を安定させることができなかった——痛みで片腕が震えていた。しかし、この距離なら問題はない。目のちょっと上だろうが、眉間だろうが、そのへんに弾を撃ち込めば、結果は同じだ。ドアがあき、ターゲットがあわてて出てきたら、終わりだ。

近づく警察車両のうなりが大きくなり、シャレーのすぐそばまで来ていた。獲物はそろそろ飛び出してくるはずだ。

来た。壊れたドアが勢いよくあき、マクラリーは息を止め、裏口の影からターゲットが出てくるのを待った。動くものが見えたが、あわてて引き金を引くのは思いとどまった。やつではない。ぴかぴかして、妙な動きをしている。反射。鏡だ。

ターゲットはまだ隠れているが、大きな鏡を裏口に立てているのだ。ターゲットの腕こそ見えていたが、頭部、胴体、脚は見えなかった。マクラリーは待った。いったいどうなっているんだと思いながらも、気を落ち着け、鏡を見ていた。だれかに合図でも送ろうというのか？　そんなばかな。腕一本だけでも吹き飛ばしてやろうかと思ったが、そうなればやつは姿を見せないだろうし、警察に逮捕されても殺されることはない。そのとき、日差しが鏡の表面に反射し、スコープで十倍に強まった陽光が目にまともにはいった。マクラリーは目がくらんで顔をしかめ、視界に大きな不透明な斑点《はんてん》ができた。とっさにスコープから目を離し、銃撃した。

銃弾がガラスを砕き、無数の破片を飛び散らせた。

目はかろうじて見え、ターゲットが裏口から走り去るのがわかった。頭をさげて、森に向かってジグザグに走っていた。マクラリーは悪態をつき、ライフルをつかんで左目をスコープにつけた。ライフルを横に動かし、視界に死角ができたままターゲットを追い、走る速さに合わせて、十字線をターゲットの少しまえにもっていった。

マクラリーは発砲した。銃弾がターゲットの足先の雪を蹴あげた。二脚の支えがないので、銃撃の跳ね返りで腕が急に持ちあげられた。すばやいボルトアクションで銃弾を薬室に送り込み、また銃撃した。今度は木を削った。くそったれ。

マクラリーはまた弾を込め、スコープでターゲットを追い、発砲したが、ターゲットはすでに森にはいっていた。

逃がした。

ヴィクターは走った。肺が燃えるように痛かった。心臓が鼓動するたび、激痛が走った。

雪は足首ほどの深さで、速くは走れなかったが、もう森にはいっているから、密生したマツの木々がスナイパーの十字線を妨げるだろう。視界を遮《さえぎ》る森がなくても、動くターゲットに命中させるだけでもむずかしい。ヴィクターは割れた鏡で腕や手を切っていた。しかし、気にしなかった。

スナイパーの目のくらみも数秒で治るだろうから、それまでに完全にスナイパーの視界から消えたかった。裏口を狙うには、シャレーの裏から百ヤードほど離れた小高い丘に陣取るのが自然だ。丘の手まえはなだらかな斜面しかないが、向こう側はちょっとした崖があり、底には小川が流れている。ヴィクターはそこへ向かった。ここは彼の庭であり、彼の縄張りだ。この土地のことなら、だれよりもよく知っている。

もう銃撃はなかった。よし。

今度はヴィクターがハンターになる。

ボイラー室では、ガスタンクがプロパンガスを排出し続け、シャレー一階全体に充満していた。近くの電子タイマーが〝2〟から〝1〟に達した。そして、ゼロへ。

C－4成形爆薬が起爆し、シャレーの構造上なくてはならない耐力壁をあらかた破壊した。直後、ガスに引火し、正面玄関のドアと一階の窓を吹き飛ばし、あいた穴から巨大な火柱を突き出した。衝撃がすさまじい勢いで外へと伝わり、周囲の木々の雪を振り払った。

シャレー正面のドアが宙を飛び、警察の先頭車両に当たって、フロントガラスを粉砕した。強化ガラスの破片が車体に飛び散った。銃声を聞いて車両の陰に身を隠していたスイス警察の警官たちは、瓦礫《がれき》が周囲の雪に突き刺さるなか、あわてて雪原に伏せた。

背後で爆音が聞こえたとき、マクラリーはとっさに伏せた。振り返ると、シャレーがまるでマッチ棒でできていたかのように、大破して激しく燃えているのが見えた。自らの重みで崩れていた。火と煙がぱっと空に向かって広がっていた。きれいだ。

マクラリーは急いで立ちあがり、L96を肩にかけた。五発を再装塡し、両手で握りしめた。胸にあいた穴よりも、獲物を三度も仕留めそこなったという事実のほうが、こたえていた。

見失うまえ、ターゲットは南へと走っていた。マクラリーも南へ向かった。シャレーから出たときに、ターゲットに足音を聞かれないようにブーツを脱いでいたので、分厚い靴下をはいていたが、足は雪で冷たかった。マクラリーは目をまっすぐまえに向け、すばやく移動した。ときどき立ちどまり、木に背をつけて体を隠し、耳を澄ました。

警察については気にしていなかった。しばらくは燃えさかるシャレーに目を奪われ、銃声のことなど忘れていることだろう。だが、首を突っ込んではいけないところに、あくまで首を突っ込んでくるというなら、その首を吹き飛ばしても良心の呵責《かしゃく》など感じはしない。二年に及ぶヨーロッパ勤務で、この大陸ともったいぶったそこの住人が、大嫌いになった。その嫌悪を愚かなスイス警察にいくらかでもぶつけられるなら、喜んでそうするまでだ。

足跡が見えた。マクラリーは急いで足跡のほうへ行った。深い足跡が約一ヤード間隔で南へと連なっていた。ターゲットは逃げている。できるだけ離れようとしている。マクラリーは足跡をたどり、すばやく動いた。足跡はさらに森の奥へと続き、土地がなだらかなくだり斜面になっていた。ばかめ。ターゲットは高所から遠ざかっている。戦場での鉄則を知らないのか。

急いで移動してきたために呼吸が荒くなっていた。撃たれたことが脳裏を離れなかったが、その点を考えるのはあとまわしだ。これまでカネをもらって人を殺してきたが、記憶に残っているかぎり、ターゲットを逃《のが》したことはない。いま逃すつもりもない。

足跡が丘のふもとをたどって右へ折れ、北の斜面に出た。こちら側は岩だらけの険しい斜面で、頂上は三十フィートほど頭上に見えていた。細い小川を渡り、地形に沿って連なる足跡をたどっていった。やっぱり、こいつはばかだと思った。小川を利用して足跡を隠せばいいものを。時間が経つにつれ、有能ではなく、運のいいだけのやつに思えてきた。

足跡は小高い丘のふもとに沿って続き、ターゲットは家のほうへと戻っているように見える。わけがわからん。警察に投降すれば、生きていられると思っているような腑抜《ふぬ》けなのか。マクラリーはにやりとした。勝手にそう思っていろ。

石がぽろぽろと落ちてくる音が聞こえ、小石が崖の下の雪原に落ちるのが、目の片隅にはいった。なにかがおかしい。マクラリーは振り向き、片膝をついた。低い崖の上を見あげた。頂上に黒い人影が見えた。

銃声が轟き、こだまが森を抜けた。

野球のバットで腕を殴られたかのような衝撃だった。モスバーグを掲げて発砲しようとしたとき、二発目が肩に命中し、右腕がだらりと垂れさがった。血が雪に飛び散った。

ショットガンが足元に落ちた。よろめくのがわかり、動くほうの腕をまえに突き出し、掌《てのひら》を木の幹につけて体を支えた。いままで撃たれたことなどなかったのに、今日だけで三度も撃たれた。笑ってしまいそうだった。また小石が背後にぽろぽろと落ちてくる音が聞こえ、ターゲットが岩の斜面を降りてきているのだとわかった。丘をぐるりとまわって高台の利を得るために、この低地におびき出しやがったのか。

雪を踏む音がした。

背後から声が聞こえた。「いくつか質問をする」

マクラリーの答えはそっけなかった。「くそくらえ」

「あまり上品とはいえんな」

「おれはしゃべらん」

声が話し続けた。「それでも私は質問し、きみは答える」

モスバーグはマクラリーの目のまえにあった。空いているほうの手のほんの数フィート先。だが、その手は動かせない。

「いずれにしてもきみは死ぬ」声が続けた。「包み隠さず答えれば、泣き叫びながら死ぬことはない」

マクラリーはその言葉を疑わなかった。どんな人間でも、拷問を受ければしゃべる。それは経験からわかっていた。ショットガンがこれほど近くにあるというのに、一マイル先にあっても同じだった。動くほうの手でつかもうとしても、体ごと銃も雪にめり込んでしまうだけだ。体を回転させられるかもしれないが、そのまえにターゲットに仕留められる。木の幹についている手が、すでに震えていた。あとどれくらい体を支えていられるか、わからない。

「おれは仕事をしただけだ」マクラリーはあえぎながらいった。

「もっと上手にすべきだったな」

マクラリーはうなずいた。こいつのいうとおりだ。体を支えていた手を放し、ショットガンをめがけて体をまえに投げ出した。

しばらく、マクラリーは胸の下を手で探った。


ショットガンがアメリカ人の頭蓋《ずがい》をあらかた吹き飛ばし、血が雪に三角形を描いた。血から蒸気が立ちのぼっていた。ヴィクターは首を振った。雪が降っていた。死体を探ったが、めぼしいものはなにも見つからなかった。しかし、このスナイパーの足跡が雪にくっきりと見えていた。ヴィクターはそれをたどり、まず燃えさかるシャレーへと戻った。まだ警官がうろついているから、低い姿勢を保った。さらに足跡をたどり、スナイパーがシャレーの裏口を監視していた高台にたどり着いた。雪の上に真鍮《しんちゅう》の薬莢《やっきょう》が残っていた。

足跡はそこで二手に分かれ、一方はシャレーへ、もう一方はさらに北へと延びていた。ヴィクターはシャレーから遠ざかる北への足跡をたどった。こちらの足跡は深く、くっきりと残っていた。スナイパーは雪のなかをすばやく移動したのだろう。ブーツを脱ぐまでは。

行く手の木をよける以外、足跡はだいたいまっすぐに延びていた。十分もたどると、岩山のふもとに着いた。足跡は途切れていたが、その険しい斜面の根元に雪溜まりがあり、岩がひっくり返されて、地肌が露出したところが見えていた。ヴィクターは木々を支えにして、岩山を登っていった。息が切れていることに気づいた。登っていくにつれて、息がますます荒くなっていった。すでに相当な無理をしていた。けがもしている。最低でも数日は休息を取り、体を癒《いや》す時間が必要だ。もうじきだ。彼は自分にいい聞かせた。

岩山の頂上近くに、スナイパーの隠れ場所があった。そこで夜を過ごしていたようだった。冬のコート、バックパック、半分ほど尿がはいった二リットル・ボトル、糞が詰まったビニール袋が置いてあった。コートにはなにもはいっていなかった。ヴィクターはバックパックを取り、片方の肩にかけた。もう一方には自分のをかけていた。そして、森の奥へと続く足跡をたどりはじめた。十二時間ほどまえから雪が降っていたが、一インチ程度しか積もっていなかった。雪原にはまだ浅いくぼみが残っていた。これほどのくぼみなら、楽にたどれる。

四十分も進むと、スナイパーの車にたどり着いた。トヨタSUVが路面をはずれて停めてあった。ヴィクターはバックパックのサイドポケットを探り、キーを見つけ、ロックをはずした。

不意に手を止め、胸を押さえた。ヴィクターは嘔吐《おうと》した。鉄の味がした。咳き込んで血を吐いていた。一分ほどかがんでいると、痛みが引いていった。雪をひと握りつかみ、口についた血を落とし、地面についた血を雪で隠した。

彼を殺そうとした男の身元が確認できるようなものは、車にはなにもなかった。レンタカー会社のステッカーがフロントウインドウとリアインドウに貼ってあり、グローブボックスにレンタル契約書がはいっていた。偽名で借りたのはまちがいない。ふたつのバックパックを後部席に放り込み、エンジンをかけた。数分のあいだエンジンを暖めてから、慎重に車を路面に戻した。

ヴィクターは大きくため息をついた。こちらの死を願っていたものに、すみかまで突き止められていたとは。ありえないことだ。だが、こうしてはっきりと目のまえに突きつけられてしまった。燃えているシャレーから木々と空との境界線を越えて、煙が立ちのぼるさまが、バックミラーに映っていた。ここまで追ってこられたなら、どこまでも追ってこられる。

ふつうの暮らしを思い描いていたが、それも終わりだ。

22

フランス　パリ
木曜日
十五時十六分　中央ヨーロッパ標準時

アルヴァレズは砂糖を三杯入れたコーヒーをがぶがぶと三口飲み、太股《ふともも》に載せたキーボードを不器用な手つきでたたいた。脱いだ靴を床に置き、両足を机に載せて座っていた。インクがほとんど空《から》になったボールペンを口にくわえ、ゆっくりと噛《か》んでいた。彼は在仏アメリカ大使館二階のＣＩＡパリ支局の仮設オフィスにいた。

仮設オフィスは自分と机がやっとはいるほどのスペースしかなく、あまりに小さいので、アルヴァレズは靴箱といっていた。ただ、静かではあり、気が散ることはなかった。学校でやったキリスト降誕劇のときのクリストファーの写真が、足元に置いてある。クリストファーは羊飼い役だった。羊役の子供たちがメエエの泣き声さえまともに出せないなか、この小さな役者は自分の役を完璧に演じきった。

オゾルスの殺人犯の追跡は、すぐにどうなることはない。犯人がアラン・フリンのパスポートで移動しているのだとすれば、チェコ側の話ではまだ国を出ていないものの、きっと別のパスポートを使って、人知れずどこかへ姿を消している。アルヴァレズはそう思っていた。ヨーロッパ全域にまたがる追跡を遂行するには、時間も人員も足りない。だから、死んだ七人の襲撃者の調査に全力を傾けてきた。七人を雇ったものがわかれば、オゾルスの殺し屋の情報も得られて、そいつを雇ったやつもわかるかもしれない。そうなれば、ミサイルを回収する可能性も出てくるかもしれないし、とにかく、そのテクノロジーがアメリカの敵の手に渡るような事態は、回避できる。

この二日ほどのあいだに、アルヴァレズは多くの情報を得た。殺し屋がなりすましたミハイル・スヴャトスラフは、元スペツナズの隊員だった。八〇年代にアフガニスタンで軍務に服してから、一時期KGBにはいっていた。冷戦終結で追い出されてフリーランスとなり、主に東欧圏で、犯罪組織の親玉といった悪党のために、〝ごみ〟の処理をするようになった。

この男の仲間は、見たところギャングあがりと思われる数人のハンガリー人と、女ひとりを含むセルビア人不正規兵だった。アルヴァレズはやれやれと首を振るしかなかった。要するに、バルカン半島諸国からウラル地方に至るあらゆる悪の吹きだまりから、世界最悪のごろつきを集めてきたわけだ。うちふたりはコソヴォでの戦争犯罪で指名手配されていた。死んでよかった、とアルヴァレズは思った。いろいろ訊けないのが玉に瑕《きず》だが。成金ヨーロッパ人が雇いたがる殺し屋集団だ。思ったとおりだ。

思ってもいなかったのは、アメリカ人のジェイムズ・スティーヴンスンという元アーミー・レンジャーが、殺し屋集団にはいっていたということだった。スティーヴンスンはデルタ・フォースにも応募していたが、合格しなかった——それだけにとどまらず、除隊後にCIAにも応募したが、やはり落第。現場業務の素質はあったが、いつ噴出するかわからない規律上の問題を抱えていて、CIAで雇うにはリスクが大きすぎたようだ。古いつきあいの陸軍時代の友人のつてで民間部門にはいり、ベルギーに本拠を置いた。ブリュッセルの警備会社で身辺警護の仕事や雑務を多くこなした。

アルヴァレズのコンピューター・スクリーンには、銀行記録、通話記録、電子メール、メモ、公共料金の請求書までが映し出されていた。最近、顔に二発ぶち込まれた元兵士、元傭兵、元ごろつきのジェイムズ・スティーヴンスンのものだ。詮索《せんさく》嫌いの銀行の口座に巨額のユーロを入金してもらっていた。二発の五・七ミリ弾とたいそうご親密になる二週間まえのことだ。

その後、そのカネの四分の一が、ほかのチーム・メンバーの七つの口座に送金されていた。仕事が終わったら、各メンバーは同額を受け取るのだろう、とアルヴァレズは思った。ただし、総額の半分はスティーヴンスンの懐《ふところ》にはいる。

そもそも、だれがそんなカネをスティーヴンスンにくれてやったのか？　アルヴァレズはそこのところが知りたかった。スティーヴンスンは契約殺人史上もっとも抜け目ない殺し屋とはいえず、パソコンのハードディスクにいくつか手がかりを残していた。それのコピーがはいっているポータブル・ハードディスクが、いまアルヴァレズのラップトップに接続されていた。

　スティーヴンスンは整理好きのようで、ほかのチーム・メンバーの詳細な情報を表計算ソフトで管理していた。メール・アドレスや電話番号も適宜《てきぎ》、記入してあった。おかげで、確認が取れなかった死体二体の身元が特定できたが、スティーヴンスンの雇い主につながる情報はなかった。

　スティーヴンスンは今回の仕事を〝パリ仕事〟と呼んでいた。いわせてもらえば、想像力に欠けるネーミングだが、この際、ネーミングなどどうでもよかった。スティーヴンスンが警備の仕事を何度か請け負っていたブリュッセルの民間警備会社は、すでに警察に厳しく問いつめられ、パリでの一件とは無関係だと主張していた。アルヴァレズは警備会社のいい分を信じた。合法的に傭兵を貸すだけでも大金を手にしているのだから、リスクの大きな契約殺人などに手を染めるわけがない。

　もっとも、スティーヴンスンを雇ったものが、かつてこの警備会社の顧客だった可能性もないわけではない。雇い主になりうる人物の数は膨大で、世界各地に広がっている。民間実業家、多国籍企業、サウジの石油王、アフリカの政府。スティーヴンスン自身も、実にさまざまな顧客の仕事を受けており、そのだれもがアルヴァレズの追う人間であるかもしれないし、雇い主は警備会社とはなんの関係もないのかもしれない。仮にそうなら、雇い主になりうる人物の数は大幅に増える。

オゾルスの殺人犯を雇ったものが、スティーヴンスンをはじめとするチームも雇い、オゾルスの殺人犯を殺そうとしたのではないか。アルヴァレズはそんな気がしていた。オゾルスの殺人犯がへまをしたのか、それとも、〝仕上げ〟のためか——どっちでもかまわんが。だが、ほんとうにそうなら、さらに、自分の雇い主が自分を殺そうとしたとオゾルスの殺人犯が考えているなら、その人間がまだ情報を持っている可能性はある。つまり、ミサイルはまだ海に眠り、回収できるということだ。

電話が鳴り、アルヴァレズはぶっきらぼうに出た。「はい」

大使館付きのCIA局員のひとり、ノークスだった。ノークスはオタク連中と地下室で作業していた。カフェインと砂糖のとりすぎでテンションがちょっと高く、ずっと一緒にいるのは耐えられないが、悪い男ではなかった。

「そちらが興味を示しそうなものがあります」ノークスがいつもの時速百マイルの早口でいった。「スティーヴンスンはハードディスクの中身を隠そうと、ファイルを安全に消去するソフトを使っていました。そのソフトというのが、うちの父親が使うような代物《しろもの》で。つまりですね、いやもう——」

アルヴァレズはすぐさま遮《さえぎ》った。「つまり、取り扱い説明書で謳《うた》ってるようなものじゃないってことだろ」

「そうなんです」ノークスがいった。「とにかく、取り扱い説明書にあるとおりではないんです。最近消去されたファイルはいくつか回収できましたが、古いファイルはもっと時間がかかります。ディスクのどこかにまだあることが前提ですが、それもわかりません。あるかもしれないということです。完全に消えてしまっているかもしれませんが」

アルヴァレズは受話器を耳から少し離していた。「どんなものを見つけた?」

「ああ、そうそう」ノークスが笑った。「忘れるところでした。スティーヴンスンと身元不詳の人物とのあいだで交わされた消去済みメールをいくつか回収できました。まだ進行中と思われる話題に関する最近のメールだけですが。〝パリ仕事〟とかいうものに対する支払いの話でした」

「よくやった」アルヴァレズはいった。「できるだけ早くそのメールを送ってくれ」

「ただいま」

アルヴァレズは受話器を置いた。多少の進展はうれしいが、実際問題、ほとんど情報が得られていないこともわかっていた。立ちあがり、窓際へ歩いていった。窓ガラス越しに、パリを一望し、この混乱を引き起こした人物を見つめようとした。

「どこにいる?」彼はささやいた。

23

アメリカ合衆国　ヴァージニア州　中央情報局
水曜日
十六時五十六分　東部標準時

見かけは優しそうな老紳士だった。いかつい日焼けした顔、細いのに頑強そうな体つき、白髪は混じっているが、ふさふさした髪。ケヴィン・サイクスは、ファーガスンがつや消しのスチール・ポットからコーヒーをカップに注ぎ、ひとくち飲むさまを見ていた。苦くて、味気ないコーヒーだったが、とにかくカフェイン含有量だけはファーガスンにも認めてもらえるだろう。

「部屋は〝掃除〟してあるのかね？」ファーガスンが訊いた。オフィスの窓に映るサイクスを見ていた。

サイクスはうなずいた。「あなたがここに到着する少しまえに」

ファーガスンが振り向き、いった。「それでは、いったい何事が起こったのか、説明してくれたまえ」

サイクスは見るからにこわばっていた。「テッセラクトがスイスに現われました」

「それで？」

サイクスは首を振った。「スイス警察がサンモーリス村の北にある森で死体を発見しました。私が派遣した男です」

ファーガスンが大きくため息をつき、腰をおろした。「テッセラクトはどうなったのだ？」

「はっきりとはわかっていません。家は焼け落ちました。彼がなかにいた可能性もあるとは思います」

「そういうのを、愚か者の期待というのだ、ミスター・サイクス。テッセラクトがきみの派遣した男を殺したのだとすれば、そのあとでわざわざ焼け死ぬとはとても思えんな」

「残念ながら、そのとおりです」

「それでは、テッセラクトは逃げたのだな？　フラッシュメモリーを持って？」

サイクスはうなずいた。

「爆発で焼失したかもしれんが。もっとも、そうなれば、ただの惨事ではなく、大惨事だ」

ファーガスンが付け加えた。「こんなことになったのはいつだ？」

「数時間まえです」サイクスは答えた。独り言のようでもあった。「いや、まだ終わってません。手がかりもあります。こちらには――」

「なぜもっと早く知らせなかった？」

「私の仕事ですから。いままでずっと指揮を執《と》ってきたんです。実情をとらえずに報告しても、状況を悪化するだけで、どうにもならないからです。私がすでに取った対策以外に、あなたができたことなどありません」

ファーガスンが眉をひそめた。「今度はだれを使った？」

「カール・マクラリー。汚れ仕事の経歴が長い元CIA特殊活動部隊員で、その後、特殊部隊員となった男です。彼ならよけいなことを訊いてくることもありませんでした。現在はフリーランスで、CIAの請負仕事をしていました。チューリッヒ大使館の警備員という身分でしたから、後始末をさせるにはもってこいでした」

「ばかも休み休みいえ」ファーガスンが怒りの形相で歩み出た。「CIAの雇い人を使ったのか？　頭がおかしくなったのか？」

「元雇い人です。もう名簿には載っていません」

「見くびるなよ、ミスター・サイクス。同じことではないか。それを知られたら、どうなると思う？」

「なにも起こりません」サイクスは自信に満ちた口調で答えた。「マクラリーはたしかにCIAの請け負いの殺し屋ですが、CIAの請負業者がほかの連中の仕事も請け負っていることは周知の事実です。マクラリーがほかにどこの仕事をやっているかなど、だれにもわかりません。ヨーロッパは広大です。クライアントになってもおかしくない連中はたくさんいます。彼が死んでも、労災として片づけられるだけです。それに」サイクスは付け加えた。「マクラリーとテッセラクトとの関連性はなにもありません。マクラリーを殺した男が、パリの銃撃戦を引き起こした男と同一人物である証拠もありません。それに、お忘れではないと思いますが、われわれとマクラリー、あるいはわれわれとスティーヴンスンのチームとを結びつけるものも、いっさいありません。われわれは処女のように汚れない」

ファーガスンが細い指で髪を梳《す》いた。「残念だが、私にはそれほどの確信は持てんな」

「われわれとマクラリーとのあいだには、少なくともふたりの人間がはいっていますし、どちらも命令の出所を知りません。マクラリーとは代引き契約ですが、彼は品物を届けられなかった。彼の前任者スティーヴンスンには前金で支払っています。しかし、アルヴァレズはカネの出所を突き止められません。しかも、そのカネは――仲介者、オフショア口座、などなど――いつもの手法で届けられています。足跡は残っていません。スティーヴンスンには自前のチームを集めさせてあります。でしたよね？　心配することはひとつもありません」

「それはまだわからんぞ」

「たしかに、マクラリーが死んだおかげで、微妙な状況にはなるでしょうが、彼は狡猾《こうかつ》な工作員です。非常に細かい。スティーヴンスンとはちがい、たどれるような足跡は残しません。加えて、マクラリーは生きていても、口が固い。死んでいれば、なおさらです」

「そいつの〝品質表〟に〝無能〟と書き加えるのは忘れたようだな」

「実績には目を見張るものがあります」

「殺されるまではな」

「そうかもしれませんが、この任務の特質を考慮すれば、彼しかいませんでした。迅速に送り込めるものが必要だったのです。それに、使い捨ての殺し屋は、すぐ見つかるとはかぎりません」

もっともな報告なのに、ファーガスンには手で振り払われただけだった。サイクスは腹で膨らむ怒りを呑み込んだ。だれに向かって話しているのかを考えろと自分にいい聞かせ、それ以上の口答えはしなかった。ファーガスンはボスであると同時に、この陰謀の黒幕でもあり、いかなるときも、たとえ明らかにまちがっているときでも、服従を求める。

「マクラリーの一件はどう処理するつもりかね？」

サイクスにはすでに青写真があった。「スイス警察がマクラリーの身元を特定するのに一日、元ＣＩＡエージェントだという情報が要人に伝わるまでに、少なくともさらに一日かかります。それだけあれば、マクラリーの名声を汚すのは造作もありません。たいそう好ましくない人々の仕事を請け負っていたように見せかけます。悪党の仕事を引き受けたものの、失敗して消されたように見せかけます。足跡を消すにはそれで充分でしょう。マクラリーの死と、ほかの国で発生している事件とを結びつけようと思うものなどいません」

ファーガスンは長い時間をかけてカップを置いたように見えた。左手の親指と人さし指で口の両端をきれいにぬぐった。サイクスはどうにか笑みを漏らさずに済んだ。この爺《じじい》が納得したのがわかった。サイクスを褒《ほ》めたくないだけなのだ。

「これまで、状況は悪化してきました。その点は認めます」ちょっとした謙遜で株もあがる、とサイクスは思った。「ですが、まだ終わったわけではありません。テッセラクトはまだ逃亡中であり、おそらくフラッシュメモリーも持っているでしょうから、われわれは決断しなければなりません。大勢の人々がテッセラクトを探しています。フランス、ドイツ、スイス、CIA。おかげで、われわれはテッセラクトの包囲網を狭めることができます。そのときに備えて、別の請負業者を待機させています。危険が伴うのは承知していますが、ほかの連中にテッセラクトを消されたように見せかけます。こちらの望んでいたほどきれいな処理ではありませんが、結果は同じです」

「次はない」

「まだわからないじゃないですか。あきらめるのは早すぎます」

ファーガスンはしばらく間を置いた。「今後はいまからいうとおりにことを進める」

「まだ計画は生きています。切り抜けられます」

ファーガスンが続けた。「きみの楽観的な状況評価には、残念ながら賛同しかねる。これまでのきみの無能ぶりのおかげで、この作戦の救済はずっと困難になってしまった。ことの重大さを忘れたのかね？　私は忘れておらんぞ」

「もちろん覚えています。目的を見失いつつあるのは、私ではなくあなただ」

「この生意気な若造めが」ファーガスンがいい、にやりと笑った。「私はこれまで、だれにも邪魔をさせずに任務を次々とこなし続けてきたのだぞ。目的を見失ったことなどない。ただの一度もな。だが、きみがたったひとりの男を殺せないからといって、私の自由まで奪われるのはまっぴらごめんだ」

「テッセラクトの力を買いかぶりすぎです」

「きみは自分の力を買いかぶりすぎだ」

「これまでも修正不可能なことはなにも起こっていません」

ファーガスンが首を振った。「ただちに雇い人たちの待機を解け」

「なんですって？　だめです、準備させておかないと」

「理由をはっきり聞かせてもらおうか？　テッセラクトがわれわれの追跡に気づいていなかったときでさえ、あの男を追跡するのは非常に困難だったのだぞ。もう忘れたのかね？　いまでは大勢の人々に追われていることを知っているというのに、あの男が見つかりやすくなったとでも思っているのか？　率直にいって、こんな状況でも、きみがまだそんなことが可能だと考えているのが驚きだ。しかも、マクラリーがあんなことになったばかりだというのに、さらに多くの人々を危険にさらそうというのだから、あきれるばかりだ」

「ほかにどうすると？　テッセラクトがわれわれにミサイルの場所を教えるよう遺書に書き残して、自然死することを祈れとでも？」

「そんなことをほざいても、私を納得させることはできんよ、ミスター・サイクス。きみのせいでこうするしかなくなってしまったのだ。この任務をきみの手から取りあげざるをえない」

「いったいどういうことですか？　どうするつもりですか？」

「はじめからこうしておけばよかったのだ。この殺し屋がこれほどしぶといと知っていたら、いままで待っていることもなかった。これから連絡を取る」

「なんですって？　だれに？」

「手を貸してくれる人にだ。以前使った男がいる。熟練者だ」

「熟練者？」

「殺しのな」

「何者ですか？」

「われわれの名簿には載っていない。ＳＩＳだ」

「イギリスの秘密情報部ですか？　いかれてる。イギリス政府はどうするんですか？」

「知られることはない。彼は契約エージェントだ。われわれの仕事はちょっとした副業だ」

「〝副業〟？」

「ＳＩＳには、私が出すような額は払えん」

「その男の名前は？」

「聞いたことはあるまい。私が知っている呼び名にすぎないが、リードとだけ呼ばれている男だ。いまから、この作戦の実務は彼に任せる」

「そんなばかな。部外者など必要ありません。事態がさらに複雑になるだけです」

「複雑になってもかまわん。このごたごたをすっぽり埋めることしか考えておらん。それには部外者を使うしかない」

「そんな無茶な」

「大人の物言いができないのなら、口をひらくな。ほかにどうするというのだ？　また間の抜けた傭兵どもをかき集めるのか？　またCIAで仕事をしたやつを送り込み、そいつが生きて戻れなくても、点と点をつなぐものが出ないようにと祈るのか？」

「なんとかなります」

「まだわからんのか。マクラリーが死んだからには、どうにもならんのだ。きみはチャンスをもらい、しくじった。こちらにスポットライトを向けさせることなく、この状況をきれいに掃除するには、もはやリードを使うしかない」

「そのリードとかいうやつをどこに派遣するつもりですか？　あなたもいっていたはずだ。テッセラクトがどこにいるのか、われわれにはもうわからないのですよ」

「テッセラクトはしばらくあとまわしだ。リードは朝にはパリに行っている」

「なぜパリに？」

「もう無駄にできる時間はないと思うのだが、ちがうかね？」なにが訊きたいのだろうかといぶかりながらも、サイクスはそのとおりだと首を振った。「よろしい」ファーガスンが続けた。「リードには、パリ入り後すみやかに、きみの小間使いに会ってもらいたい旨《むね》を伝えている。なんという名だったかな？」

どういうことなのかまったくわかっていないことを悟られないように、サイクスは顔色を変えなかった。「ジョン・ケナードですが」

「そうだった」ファーガスンがいった。「ケナードに、この作戦に積極的にかかわったものたち全員のリストをリードに提供させろ。あとはリードが処理する」

「どういう意味ですか？　なぜそんなリストが必要なんですか？」

　ファーガスンは答えなかったが、カップから立ちのぼる湯気を貫くまなざしが、すべてを物語っていた。

「汚い」サイクスはようやく意味が呑み込めて、あえぐようにいった。「全員ですか？」

　たいしたことでもなかろうとでもいうかのように、ファーガスンがあごを引いた。「残念なことだが」あわてる様子などみじんも見せなかった。「だが、大義のためなら犠牲も必要だ」

「大義ですって？」

「まあいい」サイクスの気にくわない半端な笑みをたたえて、ファーガスンが認めた。「大義のためではないかもしれんが、きみと私のためだ。きみだって、この先、死ぬまで鉄格子のなかで暮らしたくはないだろうが？」ファーガスンが一呼吸、置いたが、サイクスはなにもいわなかった。「いやだろう。いやなら、今回の失敗の代償としてそれを受け入れたまえ、ミスター・サイクス。わかったかね？」

「わかりました」

「今回のわれわれの作戦は失敗したのだ」

「ですが、そう断定するのはまだ——」

「黙れ、最後まで聞け。この作戦は失敗した。当初の目的の達成は、いまとなっては二次的な案件だ。ちょっとした奇跡でもなければ、あのミサイルを手に入れることはできん。したがって、われわれは目をほかのところに向けたほうがいいといっているのだ」

「買い手のリストをまとめていたのに、それはどうするんですか？」

「当座のあいだ、カネのことは忘れていい。現時点では、この苦境を無傷で確実に抜け出すのが先決だ。作戦を成功させるためには、仕上げを完璧にする以外になかったが、時機はとうに逸している。いまや主眼は傷口を小さく抑えることに移っている。秘密工作が大失敗に終わったことを知るものを、ほうっておくわけにはいかないのだ」

「しかし、われわれがなにをしようとしているのか、詳細を知るものはひとりもいないのですよ。だれのために動いているのかさえ知らないのに。いずれにしても、ＣＩＡとかかわりのあるものはひとりだけです。それに、作戦を成功させるには、また彼らを使う機会が出てきます。彼らは有能であり、あてにできます」

「甘い考えは捨てろ。連中などきみ同様、あてにならん」サイクスは目をすぼめ、ファーガスンの話を聞いていた。「私も同様だがな。連中のだれかが、細切れの事件をつなぎ合わせたらどうする？　その連中をどうする？　連中が他言しないように祈るのか？」サイクスは顔をそむけた。「アルヴァレズはすでに手がかりをいくつかつかみ、まるで一件落着できるかのような勢いだ。あるいは、でぶのプロクターがしばらく出世の心配をやめて、あの間抜けにありがちな猪突猛進をはじめるかもしれん。たとえ断片とはいえ、この大失敗がわれわれ以外のだれかに知られても、ずっと隠しとおせると、本気で思っているのか？」

「そんな、ふたりはアメリカ人ですよ」

ファーガスンの表情は変わらなかった。「やむをえん」

サイクスはゆっくり顔をあげた。「いま決めたわけではないのですね？　ことが完璧に運んでいたとしても、彼らを殺すつもりだったんですね」

ファーガスンがうなずいた。「まあ、いつかはな。ある程度長期にわたって、リードを使うつもりだった。だが、緊急度は高まっている」

「いつ私に話すつもりだったんですかね？」

「あまりうるさく訊くな、ミスター・サイクス」ファーガスンがいった。「この作戦を成功させるには、完璧な仕上げが必要だと、当初からいっておいたはずだ。われわれに結びつくようなものを残すわけにはいかんとな。それがどういう意味だと思っておったのだ？」サイクスはほんの少し目を伏せた。「きみもこの商売は長いのだから、私のいうことぐらい、わかりそうなものだが。まだ受け入れられないのかもしれんが、きみは自分がどんなことに首を突っ込んでいるのか、よくわかっていたはずだ。いまさら動揺したふりなどするな。この種の作戦には、必ず事後処理の局面があり、リードは常にそういう処理にかかわってきた。また、不測の事態に備えてバックアップが必要になることも、経験からわかっていた。その場合、リードが切り札になることもな。さらに、こういう事態に発展したいま、私にそういった先見の明があったことは幸運だった。いまに至るまで、きみは細部を知る必要はなかった」

「そのようですね」

「それで問題はなかろう?」ファーガスンが間を置いた。「どうかね?」

サイクスの声は小さかった。「はい、ありません」

「では、これで終わりだ。リードにはただちに詳細を伝えなければならない。いいか、すべての詳細をだ」

「ただちに伝えます」

「それでいい」いかにも物わかりがよさそうな笑み。獣医への支払いを避けるため、飼い犬を安楽死させることを息子にいい聞かせる父親のようだ、とサイクスは苦々しく思った。

「そうするのがいちばんだ」

「了解しました」サイクスはいった。知らず知らずのうちに宙を見つめていた。ファーガスンにじっと見つめられているのに気づき、背筋を伸ばした。

「きみにもこれに動じない胆力が備わっていることを切に願う、ミスター・サイクス」ファーガスンがいった。

「もちろんです」

ファーガスンの声が数デシベル低くなった。「なにしろきみへの信頼が見込みちがいだということにでもなれば、落胆の度合いが非常に大きくなる」

「ご心配には及びません」

「それを聞いて安心した」

「リードという男ですが」サイクスは自分に向けられていたスポットライトをはずそうと、そういった。「腕は確かなのですか？」

ファーガスンがけげんそうに眉をあげた。

「やつはスターリンよりも多くの人間を殺してきた」

24

フランス　シャルル・ド・ゴール空港
木曜日
七時三十分　中央ヨーロッパ標準時

彼女は彼が近づいてくるのを見た。落ち着き、彼を取り囲む空港の喧騒《けんそう》にも動じることなく、一直線に歩いてきた。身長五フィート十インチほど、肩幅は広いけれど、ほっそりしている。黒っぽい髪。上等な黒いスーツの上着を前身をあけて着て、ワイシャツの第一ボタンをはずしていた。ネクタイはなし。

動作のひとつひとつが正確で、統制されているところなど、なんとなく機械のような身のこなしだった。すでにパスポートを出していたので、彼女はそれを受け取り、ひらいた。ボーランド、ジェイムズ・フレデリック。ジェイムズ。ジェイムズって顔してるわ。

今日はひげを剃《そ》らなかったのね。黒いぽつぽつのせいで、力強いあごのラインがわかりにくくなってる。ちょっと顔色が悪いし、髪はただざっくり短くしただけで、きまってない。

顔の骨格はいいのに、それをまるで生かしていない。

「フランスへはどういった目的でいらしたのですか、ミスター・ボーランド？」

男の返事はぶっきらぼうだった。「仕事で」

教養を感じさせる洗練されたイギリス訛《なま》り。本物の紳士の口調だわ。無理なく自然に気品を醸《かも》し出してる。ちょっと手直しすれば、世の女が振り向いて見るような男になるのに。

目は青、信じられないくらい鋭いまなざし。すごくハンサム。でも、よく見ないとハンサムだってわからない。パスポートの写真と目のまえの顔とを見比べ、この人はこれまでずっとこのまじめくさった顔つきだったのね、と彼女は思った。思慮深いタイプなんだわ。まばたきしてるのかどうかさえ、わからない。

彼女はやるべきことがあるのを思い出した。「どういったお仕事ですか？」

やはり返ってきたのはひとことだけ。

「引っ越し」

おしゃべりじゃないみたいだけど、関係ないわ。しゃべりっぱなしの男は最悪だから。

「ロンドンから来たんですか？　ロンドンは大好きなんです。すてきな街ですよね。イギリスの人って世界一すてきだと思います」

返事はなし。無駄話はお嫌いなのね。変わらぬ無表情でじっと待ってる。内気なのかしら。そうね、きっとそうだわ。彼女はちらりと男の左手を見た。指輪はしてない。それどころか、宝飾品のたぐいもなし、腕時計なんか、ビジネスマンじゃなくてダイバーが巻いていそう。

この人どうしちゃったの？　まるでわざとかっこ悪くしているみたいじゃない。せっかくかっこいいのに、だれにも見られないなんて。まっすぐ歩いてこられたって、これじゃきっと気づきもしない。

彼女はほほ笑み、舌先で下唇に触れ、首を切るように指を動かし、激しく目をしばたたいた——口説いてほしい気持ちを伝えられるなら、なんだっていいわ。彼は餌に食いつかなかった。いまのところはね。人をからかうのが好きなのかも。

彼女はコンピューターで彼の情報をチェックした。いろんなところへ飛んでる。ルクセンブルク、エジプト、香港。しかも、先月だけで。彼女は彼の美点に、旅慣れているという項目も加えた。そして、キーボードのキーをいくつか打ち、パスポートを返した。彼がとてもなめらかに受け取ったので、彼女は自分の指を見て、彼がほんとうに受け取ったのかどうかを確かめないといけなかった。

「フランスをごゆっくりお楽しみください」

彼女は最後にもう一度、試してみた。小首をかしげ、雌鹿のような目で、食事に誘って抱いてとでもいいたげなまなざしを向けた。彼はひとこともいわずに歩き去った。

失礼なやつ、と彼女は思った。きっとホモだわ。

25

ハンガリー　ブダペスト
木曜日
十七時四十六分　中央ヨーロッパ標準時

　街の空は雲に覆《おお》われていた。雨がヴィクターのオーバーコートを濡らしていた。ヴィクターは震えながら、水たまりに縁どられた狭い通りを歩いた。路面は丸石で、歩道には不ぞろいの板石が敷いてあった。街灯はなく、路面を照らすものは、上から見おろす窓の明かりだけだった。このあたりでは、だれも歩いていなかった。足音が響いた。

　スイスにとどまろうとは思わなかった。警察も追跡者も彼を捜している。ハンガリーならいいだろうと思った。ブダペストには、ここ数年、立ち寄っていない。したがって、ほかの街に行くよりも、追跡される可能性は低い。民間部門が情報も与えられずに、サンモーリスまで彼を追ってきたとは考えられない。腕のいい〝影〟を要する複数のチーム、精密な調整、防犯カメラの映像、航空機および人工衛星による監視などを利用しなければ無理だ。

それほどの手段や人員を有しているのは、一国の諜報機関だけだ。しかも、そういったことを実現できる機関となると、数は限られる。スイスで彼の暗殺を試みた男はアメリカ人だった。パリでの暗殺チームのリーダーもアメリカ人だった。ヴィクターは偶然の一致など信じない。CIA以外ありえない。

ヴィクターの世界を取り囲む壁が崩れ落ちた。地上最大の秘密工作機関の処刑名簿に、自分の名前が載ってしまった。

死んだも同然だ。

彼のホテルは、ブダペストの赤線地区でも寂れたあたりに埋もれていた。部屋には頑丈な金属枠のベッドがあり、引き出しには、売春婦だけでなく男娼のチラシもぎっしり詰まっていた。考えをまとめ、今後のことを決めるまで、好きなだけ身を隠していられるようなところだった。

ヴィクターは路地を離れ、歩き続けた。人を避けて脇道を通り、尾行に気をつけた。考えたり、分析していたりしたら、予定よりも長く歩いていた。パリのこと、炎に包まれたシャレーのことを考えた。一週間のうちに二度も命を狙われた。嫌われ者になった気分だ。

人生の砂時計の砂が刻一刻と減っている。CIAはすでにスイス当局や他国の情報機関と連携し、監視記録をくまなく探している――じりじりと調査の輪を狭め、彼を包囲しているはずだ。ヴィクターはインターネット・カフェを見つけ、出入口が見える席についた。計画を立てるにも、いくつか確認しなければならないことがあった。それに、どんな計画であれ、実行に移すには資金が要る。ＣＩＡが彼のすみかをつかんでいたのなら、銀行口座を凍結していることも考えられる。スイスの銀行が顧客情報を決して漏らさなかった時代もあったが、二〇〇一年九月のあの日を境に、すべてが変わってしまった。

メインとして使っていた銀行口座にまだ預金があるとわかって、ヴィクターは安堵《あんど》した。念のため全額を引き出すことになる。彼は銀行の予約を取った。ヨーロッパ各地の貸金庫に現金を入れているが、いま気がかりなのは、スイスの資金だけだった。ふと、しばらく食べ物を口にしていないと思い、近くのカフェでチーズバーガーを三つ、がつがつと食べた。ミルクシェークは路上で飲み終えた。

わけがわからなかった。ＣＩＡはパリの一件のせいで彼を狙っているのか？　それとも、はじめから仕組んでいたのか？　ＣＩＡが彼を雇ったのか？　彼を殺そうとした連中を雇ったのか？　あるいは、みんなＣＩＡが雇ったのか？　フランスからスイスまで追跡したのか？　それとも、もともと彼のすみかをつかんでいたのか？　どんな答えに行き着いても、疑問は増える一方だった。憶測や推測ばかり。それが我慢できなかった。

仲介者のいっていたことを考えた。〝思いちがいだ〟。何者なのかは知らないが、仲介者はそういっていた。耳を貸していればよかったのか。ＣＩＡが彼の仕事に関する情報を得ていて、仕事のあとで彼を殺そうとしたのかもしれない。オゾルスはＣＩＡの情報提供者だったのかもしれない。あのフラッシュメモリーはＣＩＡのものなのかもしれない。ＣＩＡはそれを手に入れたかっただけなのかもしれない。仲介者もこの罠に加わっていたのかもしれない。仲介者もCIAなのかもしれない。仲介者も彼と同じ暗殺リストに載っているのかもしれない。〝かもしれない〟ばかりで、確かなものが足りない。

ヴィクターはタクシーを停めたが、最後の最後でやっぱり歩くことにした。タクシーの運転手がハンガリー語でののしった。大半はヴィクターの母親に関することだった。彼は振り返らなかった。降っていた雪に雨が混じりはじめた。肌に当たると気持ちよかった。ホームレスの集団とすれちがった。漂ってくるにおいからすると、酒瓶をまわしているようだった。じっと見られているのがわかった。

ヴィクターはしばらく胸に手をあてた。痛みは気になるが、動けなくなるようなものではなかった。長引きそうな傷もないが、胸の真ん中に大きな痣《あざ》ができてしまった。この苦境から抜け出したら、あのガラスを仕入れた会社を訪問して、実際、ガラスにどの程度の防弾性能があるのかを、独創的な手法でわからせてやろうと思った。

仲介者はなにかを知っている。その点はまちがいないと思っていたが、はめられたと思うあまり、ほかの可能性についてはなにも考えてこなかった。だが、こうして命がけで逃げるはめに陥ったのは、あるいは、そんな頑固さのせいなのかもしれない。

脇道をたどり、引き返し、バスに乗り、別のバスに乗り換えたりと、ヴィクターは意識せずに尾行を巻くように移動した。さっきとは別のインターネット・カフェにたどり着くよりだいぶまえに、仲介者への連絡を決断していた。パラノイアともいえる不安が和らぐような手はないかと思いめぐらしたが、思いつかなかった。思っていたとおり、仲介者がパリでの一件にかかわっていたとしても、状況は変わらず、見通しが明るくなったりはしない。だが、仲介者は役に立つようなことを知っているかもしれない。こっちにはフラッシュメモリーがある。交渉の切り札として使える。

ヴィクターはゲーム・サイトの伝言板にログオンした。仲介者はログインしていなかったが、ヴィクターのプロファイル・ページの受信箱にメッセージがはいっていた。差出人は仲介者で、日付は月曜日。ヴィクターはそのメッセージをひらいた。さっきの通信に対するレスだった。契約を守れだの、よりにもよって〝信頼〟がどうのと、わめいていた。ヴィクターはメッセージを消去した。そして、自分からのメッセージを作成した。

〝パリの件の真相を教えるなら、品を送付してもかまわない〟

〝簡にして要〟だと思った。あとは待つのみ。

26

フランス　パリ
木曜日
二十二時二十二分　中央ヨーロッパ標準時

ケナードは両手をポケットに深く突っ込み、人のいない通りを歩いていた。足を踏み出すたびに、頭から湯気が立ちのぼった。作戦に関するメールのチェックとか、やることが山ほどあったが、いちばん重要なのはこれだった。ケナードは公衆トイレのまえまで来ると、周囲をさっと確認した。まず周囲を確認することになっていたが、寒すぎてマニュアルどおりになどやっていられなかった。

靴音を響かせて、地下のトイレへとコンクリートの階段を降りていった。LAに比べれば、パリのほうが小便のにおいはきつくないのかもしれないが、いやなものはいやだった。ケナードはスロットにコインを入れ、きしむゲートを押してなかにはいった。

天井灯は三つあったが、ついているのはひとつだけだった。ひとつの裸電球が不気味な光を発し、備品の深い影を落としていた。空気は外より冷たいくらいだった。薄暗闇のなかで、自分の白い息が見えた。壁は染みだらけで、小便器は割れ、蛇口は錆びつき、床は濡れていた。

なんてくそ溜めだ。こんな公衆トイレを使わなければいけないとは、フランス人が惨《みじ》めな国民だというのもうなずける。ざっと見たところ、だれもいなかった。ケナードは時計を見た。時間きっかりだった。掌《てのひら》をこすり合わせ、早く協力者が来ることを祈った。

水を流す音が聞こえる少しまえに、個室のひとつに人がいることに気づいた。その後、ドアがあき、ひとりの人が出てきた。シンクへと移動し、ケナードをすばやく横目で見た。

男は黒っぽいスーツとオーバーコートを着ていた。金属がこすれる音を立てて蛇口をひねり、手を洗いはじめた。寒さなど気にならない様子で、やたらゆっくりと、ばか丁寧《ていねい》に洗っていた。シンクの上の鏡から、男の青い目がケナードを見つめていた。この男にちがいない。

「ブレイクか？」ケナードは訊いた。

「ドースンだ」ドースンでもブレイクでもない男が答えた。

ケナードはイギリス訛《なま》りに面くらい、しばらく口ごもった。だが、訛りなどどうでもいい。合言葉は符合した。ケナードはシンクへと歩み寄り、コートのなかに手を入れた。男が急にケナードに向き直った。あまりの速さにケナードは途中でたじろいだ。

「そういう所作は感心しない」男が抑揚のない口調でいった。

ケナードもたしかにそうだと思った。ゆっくりと手を動かしはじめ、内ポケットから小さいが分厚いマニラ封筒を取り出した。

「これを」彼はいった。

男はしばらく封筒を見ていたが、背中を向け、手首の外側でハンド・ドライヤーに触れた。ケナードは封筒をもったまま立ちつくした。ばかみたいだと思いながら、イギリス人が手を乾かし終えるのを待っていた。ドライヤーの乾燥時間が終わると、男はまた振り向き、ケナードから封筒を受け取った。

「この場であけるようにとのことだ」ケナードは説明した。

男が封筒をあけ、なかに指を入れた。ぴかぴかのスマートフォンを取り出し、両手を使ってひっくり返してから、上着の内ポケットにしまった。

「この場でファイルにアクセスしてもらう」ケナードはいった。「パスワードは知っているといわれているが」

イギリス人の男がしばらくケナードを見て、スマートフォンのスイッチを入れ、ファイルをあけた。男の顔が画面の鈍い光に照らされ、目がファイルの情報を読み取るさまを、ケナードは見ていた。スマートフォンには、ケナードが雇い主から預かっていたいくつかのファイルがはいっていた。ファイルの中身はまったくわからなかった。スマートフォンにはパスワードがかけてあった。おそらく作戦計画だ。それを見れば、だれのせいで計画が大失敗に終わったのかがわかる。ケナードの接触相手がイギリス人だということは、おそらくSISとの合同秘密作戦なのだろう。しかも、厳しい反響が予想される作戦だ。だからこんなスパイ映画のようなくだらないことになるわけだ。

イギリス人は長々とスマートフォンを見つめていたが、ようやく顔をあげた。そして、身振りでケナードを呼び寄せた。

「おたくもこれを読んだほうがいい」

スマートフォンが差し出され、ケナードはうなずいた。小さな画面いっぱいにテキストが表示されていた。ケナードは文書を読もうとしたが、明かりで目がちかちかして、目を細めた。人物の詳細情報が記されていた。身長、体重、頭髪の色、経歴。どうもＣＩＡの記録のようだ。身上調査かなにかだ。写真があった。ゆっくり目の焦点が合っていった。顔。彼の顔。その上に単語がふたつ。恐ろしい単語がふたつ。

〝ジョン・ケナード〟

ケナードは現場経験が豊富な局員であり、高度な訓練も受けていた。彼はとっさに反応した。電話を捨て、すぐに拳銃をつかもうとした。しかし、男はすでに突進していた。信じられないほど速い動きだった。両手でなにかをしたようだが、ぼやけて見えるほどの速さで、ケナードにはよくわからなかった。銃をホルスターから抜こうとした瞬間に、手首をつかまれた。

ケナードは銃を抜いて、発砲できる角度にあげようとした。男は怪力なうえに、近すぎた。銃口がどっちを向いているのかもわからなかった。とにかく引き金を引いた。

耳をつんざくような銃声が轟き、閃光で目がくらんだ。はずした。弾はシンクのまわりのタイルを割っただけだった。ケナードはまた撃った。今度は小便器に当たり、粉々《こなごな》に砕き、かけらがぽろぽろと床に落ちた。

ケナードは銃を持っていないほうの手で男の腕をつかもうとした。ケナードのほうが少なくとも三インチは背が高く、体重もはるかに重かったが、腕力とバランスで負けていた。そして、気づいた――男のもう一方の手がどこにあるのかがわからないことに。

ナイフが腹の皮膚と筋肉をするりと切り裂いて突き刺さると、息が咽喉《のど》に詰まった。苦痛がどっと吹き出し、体じゅうを駆けめぐった。つかむ力もなくなった指先から、拳銃が滑り落ちた。刃が引き抜かれ、繰り返し突き刺されるたびに、息が止まった。そして、もう一度。ナイフは深く突き刺さり、切っ先が骨盤の先まで達した。

ケナードのひざが折れた。目を見ひらき、自分を殺している男を、力の抜けた手でまだつかもうとしていた。最後にナイフが引き抜かれると、がくりとひざをついた。細切《こまぎ》れになった胃をつかんだ。生暖かい血にまみれた指が、もはや腹に収まっていないぬめった臓物に触れていた。ケナードは絶叫しなかった。できなかった。

男の指が頭に触れるのがわかった。髪をつかみ、上に引っ張っていた。そして、男がケナードの髪でナイフの血を丁寧に拭き取った。

ナイフがきれいになると、男はケナードの髪を放した。刃は金属のようには見えなかった――つや消しの黒。ケナードは、男がナイフをたたみ、左前腕につけた鞘《さや》に戻すのを見ていた。男はまた洗面台のまえに行き、もう一度、入念に手を洗いはじめた。ケナードはどうすることもできず、切り刻まれ、異臭を放つぬるぬるした自分の臓器をつかんだまま、ただ見ていた。とても疲れたような気がした。

男が手を乾かし終えたころには、ケナードの頭は力なくうなだれていた。男の靴がタイル張りの床を歩く乾いた音が聞こえた。男が横を通り過ぎるとき、鈍い黒革の靴が見えた。ケナードはコートをくぐるときのきしむ音が聞こえ、階段をのぼる足音がゆっくりと小さくなっていった。ケナードはコートの内ポケットの携帯電話に手を伸ばしたが、見つけられなかった。財布もなくなっていた。まったく気づかなかった。そばの床に落ちていた。中身はなくなっていた。強盗に襲われて死んだように見せかけるつもりか、と思った。スマートフォンもなくなっていた。

ケナードは動かなかった。這《は》って逃げようともしなかった。無駄だ。どうしようもないことはわかっていた。

27

フランス　マルセイユ
金曜日
五時三分　中央ヨーロッパ標準時

レベッカ・サムナーは拡大鏡を調整し、ラップトップの画面に映し出された情報を、下までスクロールした。アメリカ大使館付きのアメリカ人が、昨夜、ほんの数時間まえに、パリで刺殺された。犠牲者の財布と携帯電話が奪われていたことから、警察では強盗殺人だと考えている。さらに読み進むと、大使館付きの文化アタッシェだったとあった。ほんとうに文化アタッシェだったのかもしれないし、CIAではありがちだけれど、真の身分を隠すための地位だったのかもしれない。名前はジョン・ケナード。名前はどうでもいい。

心臓の鼓動が早まるのがわかった。タイミングが悪い。月曜日に大量殺人事件があったばかりなのに。動かず、今後の指示を待てとの指令を受けていたから、そのとおりにしてきた。そうしたら、思いもしない〝コミュニケ〟が受信箱に届いた。でも、それに則《のっと》った指示がさっぱり来ない。そしてこれ。たまたまこういうことが続いただけで、つながりはないなんて、とても思えなかった。それとも、ちょっとあわてているだけなの？　この数カ月のあいだ自宅にしてきた、たいして家具も入れていないこのアパートメントの机をまえに、彼女は座っていた。画面の明かりが顔を照らしていた。ほかに明かりはつけていなかった。

指揮官の名前は知らないし、会ったこともない。交信には、安全な衛星電話回線とインターネットしか使わなかった。ほかにだれが作戦にかかわっているのかも、だれが作戦を命じたのかも知らなかった。必要なことしか知らされていなかったけど、どうやらそれはあまり多くなかったようね。ただ、だれに聞いたわけでもないけれど、この作戦が〝帳簿外〟だということは、帳簿にはとても載せられないということは、知っていた。

とんでもない事態になってから、もう五日。指揮官から最後に連絡がはいったのが火曜日で、動かずに新しい指令を待てとの指示を受けたきり。だから、こうして待っていたのに。四日も戸棚にあったもので食いつなぎ、一度も外に出ず、ずっとコンピューターに張りついて、ずっと待っていたのに。十二時間まえ、状況が一変するようなことが起きた。殺し屋がメッセージを送ってきたのだ。そういうのはマニュアルには載ってなかった。

それで、殺し屋のメッセージが到着して数分のうちに、指令に反して指揮官に電子メールで連絡した。いつもなら、数時間もすれば、指揮官からの返信が来るのだが、半日過ぎても音沙汰なし。メールしたことが、今回の作戦に厳格に適用されている規則に反するのは確かだけれど、あんなメールが来たのだからしかたないと思ったのだ。作戦を正常化する好機だとも思った。上のほうにいる人たちで返答内容を考え中だから、指示が来ないのだろうと思っていた。ところが、このジョン・ケナードという人が殺害されてしまった。

電話で話したとき、指揮官には西海岸の訛《なま》りがあった。LAで生まれ育ったのだろうと思った。さらに一分ほど画面と向き合い、読み進んだ。ジョン・ケナードはカリフォルニア出身だとの記述が出てきた。

ひょっとして、指揮官からの音沙汰がないのは、昨夜パリで刺殺されたからなのかもしれない。

このケナードという人がほんとうに指揮官だとしたら、殺害されたあと、どうしてだれも代わりの人が連絡してこないの？　その人が死んで七時間以上も経っているのに。それくらいあれば、電話一本、電子メール一通ぐらいよこしてもいいのに。こっちは夜遅いけど、アメリカはちがうし、どっちみち、こんな場合には悠々と寝ていられない。指揮官にも、この作戦での彼女の役割を知る上役がいるはず。でも、指揮官が死んだことを、だれも知らなかったとしたら？　作戦の状況を把握してる人がいないんじゃ、立て直しなんか無理だわ。

話をする必要があれば、必ず指揮官のほうから電話してきたけれど、きわめて緊急を要するときのために、特別な電話番号も教えられていた。携帯電話の番号だった。いまほど緊急を要するときもないだろう。レベッカは受話器を取った。

しかし、番号が利用できないとの自動音声が聞こえてくると、目を見ひらいて暗闇を見つめるしかなかった。しばらく待って、またかけた。ご利用いただけません。またかけた。やはり、ご利用いただけません。こういう番号がご利用いただけなくなることはない。レベッカは背筋が冷たくなり、無性にアパートメントのドアが気になった。

どういうことなのかが急にわかり、レベッカは受話器を乱暴に戻した。まず月曜にパリであんなことがあって、次にゆうべアメリカ大使館員が殺され、今度は緊急用の回線がつながらなくなった。思い当たる理由はひとつだけで、恐ろしくなったが、絶対にあわてるものかと思った。見逃していることがきっとある、と自分にいい聞かせた。情報をもう一度、隅々《すみずみ》まで読み、アクセスできる機密情報もすべて確認した。自分の判断がまちがっているのか、正しいのかを見きわめなければならない――すぐに。

インターポールがレベッカの恐れていた答えをくれた。レベッカはスイス発の報告書を読んだ。ジュネーヴの北で一軒の家が焼失し、ひとりの男の死体が発見された。警察が犯人を追っている。レベッカの目はその住所に焦点を合わせていた。見覚えのある住所だった。その住所の割り出しを手伝っていた。彼らはまた暗殺を企てた。でも、彼女には情報が伝わっていない。蚊帳《かや》の外だ。考えられる理由はひとつだけ。

レベッカは机のファイルをまとめ、キッチンに持っていくと、シンクに入れた。戸棚を探して、〝雨の日〟のために取っておいたとびきり強いラムを取り出した。今日は外でも内でも大雨だ。封を切り、栓を抜き、中身を少しシンクに流した。フックに引っかけておいたコンロ用のライターを取り、ライターの先をシンクに近づけたまま、うしろにさがった。

ライターのボタンを押すと、ラムに火がついた。レベッカはボトルからじかにひとくち飲み、ファイルが燃えるのをしばらく見ていた。多少の着替えをスーツケースに放り込むのに、時間はそれほどかからなかった。きれいなものではなく、実用的なものを選んだ。ワードローブには、大好きな服がぎっしりあったが、感傷に浸っている暇はない。なるべく早くここを出ないといけない。

後始末がはじまっている。レベッカは確信した。すべての兆候がそろっている。作戦は失敗した。上のほうにいる人は作戦を打ち切り、あまったヒモをすべて切り落としているのだ。この種のことは過去には起こったけれど、いまどきまだ起こるなんてとても信じられない。信じるしかない、とレベッカは思った。

人を殺す必要がどこにあるの？ ほんとうのところ、いったいなにがどうなってるの？ 今回の作戦は単なる〝帳簿外〟ではなく――〝オフィス〟にさえはいっていないような気がする。そう思うと、気が沈んだ。

指揮官はもう死んでる。ほんの七時間まえに。ここにもだれかを送り込むはず。もう送り込んだのかもしれない。レベッカは時計を見た。一秒過ぎるたびに、自分の死がぐっと近くなる。

ラップトップをしまい、所持品を持ったときも、心臓がどくどくと鳴っていた。通信機器は持たなかった。必要ないし、ファイルはぜんぶコンピューターにはいってる。キッチンに行き、もうもうと立ちこめる煙にむせながら、水道の蛇口をひねり、シンクの火を消した。

レベッカは恐怖を咽喉《のど》に詰まらせてアパートメントを出ると、いつサプレッサー付きの拳銃を持った男が現われるのかと思いつつ、通路を歩いた。いいえ、と彼女は思った。彼らはそんな手は使わない。事故に遭ったり、薬物を過剰摂取したりすることになるはず。それか、トイレで強盗に遭うとか。

レベッカはエレベーターには乗らず、階段を使った。急いで下に降りた。顔が汗で光っていた。一階にたどり着くと、正面玄関は使わず、裏の非常口を見つけて、そこから裏通りに出た。冷たい風が髪をかき乱し、肩に垂らした。雨が彼女をずぶ濡《ぬ》れにした。

近くを走る車の音が聞こえたが、ほとんど見えなかった。走れば、足音で気づかれるかもしれないから、裏道の突きあたりまで、ゆっくりと慎重に歩いた。大きな通りに出たときには、安堵《あんど》が体じゅうを駆けめぐった。

思いちがいだったのかもしれない。そして、指揮官は運が悪かっただけなのかもしれない。でも、レベッカは確率を分析することによって、キャリアを積みあげてきた。そしてその確率が、彼女に早く逃げろと訴えていた。車はあるけれど、使わないことにした。向こうだって車があることは知ってる。本名で登録してあるから。裏に爆弾が仕掛けてあるかもしれないし、ブレーキ・ケーブルが切断されているかもしれない。

雨に頭を打たれるまま、レベッカは通りを歩いた。ほかの人々の近くにいるほうが、安心できた。タクシーを呼び止め、運転手に空港へ向かうように告げた。行ってもいい場所があった。だれにも見つからない場所。車中、いったいなにが起こったのか、そして、これからなにが起こるのかと考えていると、ある計画が脳裏に浮かんできた。タクシーを降りるころには、これからすることがはっきりしてきた。危険は伴う。ばかげたことかもしれない。

でも、生き延びることはできるかもしれない。

28

フランス　パリ
金曜日
八時十二分　中央ヨーロッパ標準時

アルヴァレズは、針のむしろが敷いてあるようなホテルのベッドから巨体を起こし、シャワールームへ行った。三分間ほど体をしっかり洗ったりこすったりしたあとで、あがって体を拭き、服を着た。最近はほとんど毎晩そうだったのだが、前夜も数時間しか寝ておらず、ぼろぞうきんのような気分だった。怒りに身を任せて突っ走ってきたが、その怒りも失速してきた。若いときには、仕事で要求されることなら、いつでも、なんでもできたが、〝ルート35〟を超えたあたりでくだり坂になった。〝ルート40〟も間近に迫っている。

仕事の面でも、体力の面でも、さっぱり楽にならない。時は最悪の敵だ。アルヴァレズにいわせれば、時に逆らっても負けるとわかっているものは賢いが、戦わないものは腰抜けだ。アルヴァレズは脳と体力を回復しようと、あと三十分だけベッドにいることにした。思わず出た大あくびが、それではとても足りないことを物語っていた。オゾルス殺しの犯人捜しは暗礁に乗りあげたが、七人の殺し屋を雇ってその犯人を殺そうとしたやつの捜査では、ちらほら手がかりが生まれていた。

七人の死んだ殺し屋全員の身元が割れた。なかでもスティーヴンスンというアメリカ人に、アルヴァレズは追跡の主眼を置いていた。ノークスがスティーヴンスンのハードディスクから一連の写真を見つけていた。スティーヴンスンと身元不明の男が会っているときの写真で、日付はパリ大量殺人事件の二週間まえだった。第三者がこっそり撮影していた。主に写っているのは、その謎の男だった。ブリーフケースをさげた、五十代と思われるでっぷりと太った男だ。太った男がブリュッセルのカフェに到着する場面、スティーヴンスンの待つ外のテーブル席に腰をおろす場面、コーヒーを飲み、ペストリーを食べながら、ふたりで話をしている場面、男がテーブルの下にブリーフケースを置いたまま立ち去る場面などが写っていた。

カメラマンは太った男が車に乗るまで尾行し、走り去るときの写真も何枚か撮っていた。どういうわけかナンバープレートを写したものはなかったが、ノークスは街のガラスに映っていた画像から、全力をあげて読み取りにかかっていた。いまのところ、成功してはいない。

銀行口座の取り引き記録では、スティーヴンスンは撮影の翌日に十万ユーロを現金で入金している。その入金の際、銀行側では入金者に対する問い合わせも、当局への通報もしなかった。結果、頭取が解雇された。アルヴァレズは、ブリーフケースの男の身元を必ず突き止める決意を固め、いつものように落ち着いて着実に最終目標に向かって邁進《まいしん》しはじめた。

危機的な状況下でも冷静でいられる点は、アルヴァレズの優れた資質のひとつだった。ちょっとやそっとのことでは感情的にならないし、さらに、よほどのことがないかぎり、その感情に身をゆだねることもない。軍にいたころには、背筋の凍る状況など茶飯事で、中央情報局の諜報員になってからも、一度ならず銃口を顔に突きつけられた。死ぬかもしれないと本気で思ったことが一度だけあるが、そのときは恐怖が彼の神経を研ぎ澄まし、恐ろしいまでの力を発揮させた。

どちらかといえば、日常の雑多なストレスよりも、危機に対処するほうが楽だった。人がくされ電話に出ないときのほうが、四五口径の銃口を向けられるよりも腹が立つ。

ケナードがレーダーから消えてしまった。短縮ダイヤルで電話するたびに、あの完璧すぎるほどなめらかな声が留守番電話のメッセージを繰り返し、アルヴァレズをいらだたせた。前夜、アルヴァレズは小汚くて狭苦しいパリのバーで、ケナードと酒を飲んだ。いつもなら、アルコールは特別なときに取っておくのだが、ケナードが、二日ばかりハラペーニョをしゃぶり続けたみたいな顔をしていたのだった。アルヴァレズも士気の大切さは承知していた。

それに、アルヴァレズのほうも、羽を伸ばしてくつろぐことができた。この一週間はやたらきつくて、そのつけがまわりはじめていた。多少のビールで肩の力が抜けたが、ケナードはぴりぴりしたままだった。なにかを気にしているのはまちがいないが、口を固く閉じていた。女か、と思った。女に愛想をつかされて、メールしても返事がもらえないとか、そんなところだろう。アルヴァレズはビールのグラスを干し、レストランにでも行こうかと誘ったが、ケナードは首を振った。

「行きたいのは山々ですが」ケナードはいっていた。「用事があるんで」

アルヴァレズは少し目を見ひらいた。「用事なのか？　野暮用じゃなくて？」

「だったらいいんですけどね」

アルヴァレズがラップトップを立ちあげ、二杯目のコーヒーに口をつけたとき、電話が鳴った。それから六十秒もしないうちに、アルヴァレズは玄関から外に出ていた。

大使館までは地下鉄ですぐだった。オフィスに向かっているとき、とんでもないまちがいであってほしいと願っていた。だが、まちがいではなかった。警察の報告書と写真が待っていた。アルヴァレズは座り、オフィスの電話から受話器をはずし、携帯電話の電源を切り、丹念に報告書を読んだ。

ケナードが死んだ。殺された。腹部を何度も刺され、最終的に出血多量で死亡した。争った形跡あり。携帯電話が奪われ、財布の中身もなくなっていた。目撃者なし。パリ警察は強盗だと断定。ばか野郎。

人を失ったことは以前もあったが、入局して以来ふたりだけだから、めったにはなかった。ただし、そのふたりは協力者だった。正規の局員ではなかった。そのときは、この業界の仕事に付き物のリスクだと思って受け入れたが、慣れるようなものではなかった。アルヴァレズは椅子に深く座り、大きなため息をついた。

ケナードのことはそれほど好きでもなかったし、死んでも嘆き悲しむようなことはないが、ろくでもないフランス人のごろつきに殺されたのは、心の底から残念に思った。おおかたホームレスの薬中《ヤクチュウ》が薬《ヤク》のカネ目当てにやったのだろう。中央情報局員の死に様ではない。小便をしてる最中に殺されるくらいなら、任務中に殺されたほうがはるかにましだ。

フランス警察では、犯人はケナードにいきなりナイフを突きつけ、金品を要求したものと考えられていた。アルヴァレズもそう思った。そして、銃を抜こうとしたケナードを執拗に刺した。うぬぼれの強いケナードなら、そんなばかなまねをしてもおかしくはない。財布を渡し、そいつがその場を離れてから、背骨をめがけて三発ぶち込めばよかったのだ。

アルヴァレズは少し考えた。ケナードだって、〝リーサル・ウェポン〟とはとてもいえないまでも、数多くの訓練を積んだ局員だ。どこかのごろつき相手に下手《へた》を踏むとは考えにくい。アルヴァレズは太い首のうしろを掻《か》いた。ため息を漏らし、かぶりを振った。考えすぎだ。あいつは殺された。どんな腕利きだって、殺されないとはかぎらない。それに、ケナードは腕利きでもない。

ケナードがいなくなったからには、仕事がたんまりまわってくる。プロの殺し屋の追跡で忙しいときに殺されるとは。最悪のタイミングだ。

アルヴァレズはファイルを置き、電話の電源を入れた。三件の着信と一件の伝言がはいっていた。伝言を聞いた。ノークスからだった。スティーヴンスンのハードディスクにはいっていた写真のことで、話があるという。アルヴァレズはノークスに電話した。

「なにをつかんだ？」

「スティーヴンスンと男が会っていたときの写真数枚に、あるものが写っていた」

「というと？」

「謎の男が立ち去る写真に、男の車が写っていた――」

「だが、ナンバープレートは写ってないんだろ。わかってるさ」

「ああ、まあ、そのとおりなんだが、画像を拡大したら、フロントガラスのステッカーが写ってるのが二枚ばかりあった。レンタカー会社のステッカーだった」

「どこの会社だ？」

「ブリュッセルに本拠を置いてる会社だ。ステッカーは完全には見えなかった。社名の半分と電話番号しかわからなかったが、候補を絞り込んで特定するには、それで充分だった。ブリュッセルには、似た名前のレンタカー会社がそう多くあるわけじゃない。関連する情報をそっちにメールしておいた」

アルヴァレズはしばらくして電話を切り、期待に胸をふくらませてノークスの電子メールをあけた。警察の報告書は脇にどけた。ケナードの件は残念だったが、あいつの死に関する雑務はあとにまわそう。

いまはもっと差し迫った問題がある。

29

ハンガリー　デブレツェン
金曜日
二十時十二分　中央ヨーロッパ標準時

ヴィクターは午前中のうちに、チューリッヒにあるメインの取り引き銀行の口座を空《から》にして、二万ユーロを除く全額を地中に埋めた。しばらく支払いは現金に頼ることになる。これ以上の額を所持して国境を越えれば、怪しまれるし、別の銀行に預けるなど論外だ。

スイスに戻るのは危険だったが、これからも暮らしていくつもりなら、現金が必要になる。その後、空路でブダペストに戻り、念のため、そこからデブレツェン行きの列車に乗った。ひとつのところにあまり長くとどまらずに、移動し続けることが大切だった。CIAに追われているのだから、あらゆる手を尽くして追跡されないようにしなければならない。

CIAは莫大な資金力と広大な影響力を持っているが、全能ではない。移動を続け、人目を避けていれば、しばらくのあいだは十字線を当てられることはない。ただし、いつまではずしていられるかとなると、わからなかった。

気温は摂氏零度前後だった。ヴィクターは一時間ばかりコーヒー・ショップにとどまり、監視されていないことを確認した。その後、似たような店に移動し、さらに一時間かけてもう一度確認した。一週間まえなら、監視されていないと断定していただろうが、いまでは自分の能力に全幅の信頼を置けなくなっていた。二万人の常勤者と何万人もの外国人エージェントや協力者を抱える組織を相手にしているのだから、なおさらだ。

ヴィクターはタクシーでデブレツェンの中心街にはいった。きれいな通りを走っているときも、尾行を気にして、しきりにバックミラーに目を向けていた。バックミラーばかり見ていれば、タクシーの運転手が不安がるだろうから、会話を続けていくらか気を落ち着かせてやった。サッカー、女、政治、仕事の話をした。

「ご職業は？」運転手がヴィクターに訊いた。

保険会社の壮大なビルのまえを通っていたので、ヴィクターはこう答えた。「生命保険の営業です」

運転手がにやりとした。「みんな死んでばかり、ですか？」

ヴィクターはサイドミラーから目を離さなかった。「私がいると、そうなるんでしょうかね」

タクシーを降りると、しばらく人ごみに紛れて歩き、ときどき立ちどまったり、何度も引き返したりした。いろんな店にもはいったが、ものを買ったわけではなく、あとからはいってきたものはいないか、外でドアが見える位置に立っているものはいないかと、目を光らせていた。尾行されていないと確信してから、別のタクシーを拾い、後部席に乗った。

十五分後、デブレツェンのダウンタウンで降りた。ここの通りは静かで、チームでの尾行はしやすいだろうが、ヴィクターのほうもチームを見つけやすい。彼の危険察知レーダーを作動させたものはいなかった。ヴィクターはさらに別のタクシーで街の中心部にはいり、ほんとうの目的地へと向かった。

インターネット・カフェはかなり広く、客の数も充分に多く、たばこを吸っているものもいた。ヴィクターは吸わなかった。受動喫煙で欲求が満たされていた。さっき仲介者に出しておいたメールの返信が、きっとはいっていると思っていた。ただ、どんな内容なのかは予想できなかった。

ヴィクターはいちばん人目につかない古いパソコンの席についた。ちらつく画面のせいで、すぐに目が潤みはじめた。やかましいハードディスクの音が聞こえてきた。ハチの羽音のようでもあり、咽喉《のど》を鳴らすような音でもあった。ヴィクターは掲示板にログオンした。心拍数が少しあがるのがわかった。

メッセージはあった。

メッセージをあけようとクリックしたとき、コンピューターが爆発するのではないかとさえ思ったが、異常なことは起こらなかった。心のどこかで、起こってほしいとも思っていた。

〝電話したくないかもしれないけれど、話をする必要があります。協力できます〟

内容についてでは予想すらできなかったが、予想していたとしても、こんな文面でなかったことだけは確かだった。ヴィクターは長いあいだ画面を見つめていた。仲介者の文面とは思えなかった。微妙な表現がまったくない。ずばり直球で、さらなる交信を求めている。電話番号も記されていた。

このメッセージを送ってきたのは、仲介者ではないのではないか？　ＣＩＡはヴィクターの居所さえつかんでいたのだから、仲介者の居所もつかみ、メッセージを餌にしておびき出すつもりなのかもしれない。あるいは、はじめから彼をはめるつもりだったのか？　これも罠のひとつなのか？　実際に異常事態だから口調が変わっただけなのかもしれないが。頭が痛くなってきた。

ヴィクターには真の友人も、真の仲間もいなかった。知り合いがひと握りいるだけだった。それだからこそ、ここまで生き長らえたのだ。周囲の世界とのつながりが少なければ、情報が漏れる可能性も減る。ところが、いまはそのために孤立し、襲撃されやすくなってしまった。ひとりきりで追われる身、しかも、追われる理由さえ、よくわからない。追われる理由がなんにせよ、一時間過ぎるごとに、生存確率が減っているのもわかる。

なにかを変えなければならない。

腕には自信がある。だが、認めるのは癪《しゃく》だが、今回は手に余る。このままでは、切り抜けられない。可能なかぎり気をつけていたというのに、二度も見つかった。三度目もあるだろう。数週間後かもしれないし、数年後かもしれない。だが、この先何度、敵の手を逃れられるだろう？　それに、早晩、腕は鈍る。

唯一の手がかりをたどったが、行き詰まった。ひとりきりで動いているかぎり、また命を狙われるのを待つしかない。だれかの協力が必要だ。それを申し出ているのは、彼を罠に陥れたものとして真っ先に思いついた人物のみ。いまのところ、その人物が彼を罠に陥れていないという証拠はない。

だが、選択の余地はもうない。

ヴィクターは番号を暗記し、カフェを出た。人目につかない公衆電話を見つけ、その番号にかけた。相手が出るまでの二十秒間が、これまでの人生でいちばん長い時間に思えた。

「もしもし？」

女の声で、一瞬、面くらった。だれが出るだろうかとは考えてもいなかったが、女が出るとは思っていなかった。アメリカ人の女だ。

やっと自分の声が出た。「私だ」

すぐさま返答があり、驚きがありありと声に出ていたが、演技とは思えなかった。「そんな、ほんとうなの？」

「そうだ」

「電話をくれるかどうかわからなかったから」

ヴィクターは通りに視線を向け、人や車をチェックしていた。「どうなっている？」

「電話じゃいえない」

十秒。

ヴィクターはいった。「私は五年のあいだ規則を破ったことはない。したがって、私のやり方でなければ、なにもやらない。いいかね？」

「ええ」

「それなら、知っていることを話してもらおう」

「まだだめ」

「では、ごきげんよう」

はったりではなかった。

「ちょっと、待って」

二十秒。

仲介者が早口でいった。「彼らが何者なのか、あなたを殺そうとしてきたのが何者なのか、わたしは知ってる。わたしなら協力できる」

「聞こう」

「直接会ったときにいう。それまではだめ」

「いまいわないなら、私は消える」

「ひとりじゃどうにもならないわ」

「その意見には同意しかねる」

「ほんとうにそう思っているなら」女が声を落としていった。「電話なんかしてこないはずよ」

三十秒。

ヴィクターは電話ボックスのガラスに映る像を見つめた。自分の目を見るのは耐えがたかった。一度、息を吸った。「会うとすれば、どこで会う？」

「パリ」

「いつ？」

「今夜」

「なぜ急ぐ？」

「明日は生きてないかもしれないから」

四十秒。

「具体的な情報をいえ」

「パリにはいったらまた電話して。もう切らなきゃ」

電話が切れた。

向こうから会話を断《た》った。腹は立ったが、いい兆候だ。一分間まで話を引き伸ばして、相手の出方を探るつもりだった。六十秒以上、通話を続けていたら、信頼できないことがわかる。もっとも、早めに通話を切ることによって、裏がないと思わせるつもりかもしれない。もしそうなら、彼女はとても驚くことになる。ヴィクターは人を信用しない。

しかし、彼女の声には必死さがにじんでいた。彼女がほんとうのことをいっていて、彼を罠にはめるつもりなどなく、彼と同様に危機的な状況にあると思わせるものがあった。もっとも、演技がうまかったり、顔に銃を突きつけられていたりすれば、そうした必死さを非常にうまく出せるものだ。

この件はパリではじまり、いままたそこへ呼び戻されようとしている。すでにその地で命を狙われたわけだから、自殺したいのなら、舞い戻るのは名案だ。今日のうちに行くと敵がわかっていれば、空港や鉄道の駅は監視されているかもしれない。暗殺チームが待ち受けているかもしれない。すぐに見つかってしまう。無事に街に出られたなら、貸金庫の武器を出せるには出せるが、それで居場所が突き止められるかもしれない。そんな危険は冒せない。つまり銃は使えないということだ。丸腰で敵の玄関に乗り込むのだから、相手は仕事がやりやすくなることだろう。絶対にやってはいけないことだ。

しかし、わずかとはいえ、仲介者が耳よりな話をつかんでいる可能性はある。そうなら、どんな危険があっても、ぜひ聞かなければならない。行ってみるか、一目散《いちもくさん》に逃げるかのいずれかだ。なんとなく罠ではないかと思った。いくら考えても、飛んで火にいることになりそうな気がした。そして、その火のなかに、自分の意思で飛び込むことになりそうだという懸念は、振り払えなかった。

いずれにせよ、パリへ戻れば、どういうことなのかはわかる。彼女が真実をいっているのなら、大いにけっこう。彼女が持っている情報を利用して、次の行動を考えればいい。罠だったとしても、とにかく頼れるものはひとりだけだということがはっきりする。あるいは、殺されて、そんなことさえどうでもよくなるのかもしれないが。

二者択一だ。

パリへ行くか、永遠に姿を消すか。

どちらの道もそそらないが、この先ずっとＣＩＡのターゲットのまま生き続けるのだけは、死んでもいやだった。

30

フランス　パリ
土曜日
零時九分　中央ヨーロッパ標準時

あれほど複雑な事象に満ちた人生を送った人物の名を冠しているというのに、シャルル・ド・ゴール空港はそっけないほどに地味だった。ヴィクターには、そこに皮肉がこめられているように感じられた。ご機嫌で歩いていても、どこへもたどり着けないような気がするところだった。真夜中ではあったが、ターミナルは特に人がまばらで、自分のフライトが遅れる知らせが出てはいないかと、出発時刻表示板を気にかける人が多少いるだけだった。西ヨーロッパの大半で、天気が大荒れなのか。それとも、フランスの航空管制官たちがまたストライキでもしているのか、とヴィクターは思った。

尾行だと思われるものは、空港にはひとりも見当たらなかったが、確実にいないともいえなかった。空港にいるかぎりは、拘束されることはあっても、殺されることはない。武装して油断なく警戒している警備員がいて、銃を抜くそぶりを見せるものがいれば、躊躇《ちゅうちょ》なく撃つ。ヴィクターは武器を持っていないから、とにかく、彼らに撃たれることはない。市内にはいれば、状況はがらりと変わる。もっとも、それまでに警察に逮捕されているかもしれないが。殺人事件が毎日起きるような街では、ヴィクターがひとり殺されたところで、世間が注目することもない。ただ、すんなり死ぬつもりはない。罠に向かって突き進んでいるにせよ、敵のためにいわせてもらえば、せめて一個小隊ぐらいは配置しておいたほうがいい。

入国審査を抜けたことから、フランス当局は彼が現われるとは思っていないと確信した。フランス当局などたいして気がかりではなかった。まだ警察や情報機関にも気をつけなければならないが、いまのところ、彼がいちばん神経をとがらせているのはＣＩＡだった。ヴィクターは尾行を巻く行動を省略し、まっすぐ出口に向かった。監視されているとわかったところで、尾行をすべて振り払うことはできない。それに、空港内にとどまる時間が長くなれば、それだけ敵の仕事をやりやすくすることになる。できるかぎり早くパリ市内にはいるしかない。市内にはいれば、景色と同化し、姿を消せる。

何事もなく出口にたどり着き、自動ドアをくぐった。外に足を踏み出した瞬間に、銃撃されるにちがいないと思っていた。空は黒く、雲が怒り狂っていた。冷たい風が肌に突き刺さる。腸にしみる。雨が激しく降っていた。一斉射撃のように、雨滴が地面を打ちつけていた。

外には、せいぜい十人程度しかいなかったが、そのうちのだれが自分と同じ殺し屋であってもおかしくはない。もはや引き返せないところまで来た。いい悪いはさておき、腹を決めたのだから、最後まで突き進むだけだ。しかし、銃撃してくるものはいなかった。目を合わせるものさえいなかった。死ぬ運命にあるにせよ、ここで雨に打たれて死ぬことはなさそうだ。

パリで襲撃されてから五日が経ったが、あのときは、週も明けないうちに戻るとは思いもしなかった。だが、その五日でいろんなことが起きた。頬のひっかき傷はほとんど消えたが、胸はまだ痛むし、手や手首にはかさぶたが残っている。これまで何人になりすましてきたことか、自分でもよくわからなかった。ヴィクターはタクシーに乗り、いちばん近いパリの質屋に行くように運転手に告げた。

「どこもあいてませんよ」

ヴィクターはシートベルトを探した。「とにかく探してくれ」

彼らは市内にはいった。運転手が何度か会話に引き込もうとしていたが、ヴィクターは黙っていた。

「たばこを吸ってもかまわんか?」

運転手がかまわないと首を振った。

やっとタクシーが路肩に停まったのは、だいぶ経ってからのように感じられた。質屋には、鉄格子と網に覆《おお》われた窓と、金枠《かなわく》で補強されたドアがついていた。黄色いネオンサインは、文字ふたつ分が黒ずんでいた。

ヴィクターは運転手に待つようにいい、なかにはいった。五分後に出てきたときには、数百ユーロ分軽くなっていたが、刃渡り四インチ半の黒いタントー・ブレードのついた〈ベンチメイド〉のニムラバス・ナイフ一本、ＳＩＭロックが解除された携帯電話二台、そして、シガーソケット充電器ひとつ分重くなっていた。店内でナイフをじっくり確かめてきた。やせこけた店主が見つめるなか、刃の切れ味とバランスをチェックした。ヴィクターはタクシーの後部席に戻り、運転手に一台の携帯電話を充電してもらった。

「近くにバーはないか？」

運転手がバックミラーに向かってにやりと笑った。「野暮用ですか？」

「まあな」ヴィクターはいった。「そんなとこだ」

運転手が近くのバーへと車をまわした。交差点の近くの店だった。表の道路は人や車が行き交っていた。

「別の店に行ってくれ」

運転手に一瞥《いちべつ》されたが、ヴィクターはなにもいわなかった。次の二軒もやはり却下した。四軒目は静かな通りに面し、近くに交差点はなかった。

「どうです？」運転手が訊いた。

ヴィクターは財布をつかんだ。

バーにはいり、ウォッカを注文したときに、困惑顔のバーテンダーにテープを貸してくれといった。トイレの個室にはいると、ナイフの切っ先を上に向けて、腰のあたりにテープでじかに貼りつけた。シャツの裾《すそ》はまえだけズボンのなかに入れた。武器を身につけると、いくらか気分も良くなった。これで、とにかく何人かは道連れにできる。

ヴィクターはバーの有料電話を使った。何回かのベルのあと、つながった。

「いま、ド・ゴール？」それが仲介者が真っ先にいった言葉だった。

「市内だ」

「いまからいう場所をメモして」仲介者がいった。「そこで会いましょう」

「いや、ここに会いに来てもらう」ヴィクターはバーの住所を教えた。「三十分で来なければ、来ても待っているのは空《から》のグラスだけだ」

「そんな。それじゃだめよ。あなたが来て」

「こちらのやり方でできないのなら、次の飛行機で出国する。どうするかね」

少しの間。そして、「わかった」

「赤いものを身につけてこい」

ヴィクターは電話を切った。

バーはすかすかで、いつも入り浸っているらしい大酒飲みしかいなかった。よそ者だと思われていることは知っていたが、その点はたいしたことではなかった。みずから当局に通報するようなやつはいない。アルコールで脳みそが溶けて、ヴィクターがいたことさえ覚えていないような連中ばかりだ。

ヴィクターは酒の代金を払い、冷たい外に出ていった。通りの両方向を見た。左へ行くと工業地区、右へ行くと、フリーウェイと交わる。地下鉄駅の標示が見えなかったので、仲介者が徒歩で来ることはないと思った。遠くでサイレンが鳴り響いていたが、雨音のほうが大きく感じられた。

ヴィクターは道路を横切り、バーの入口を監視できる路地を見つけた。こういった場合、通常なら、銃を抜き、薬室に弾薬を送り込み、安全装置をはずした状態で、ズボンの前側に挟んでおく。ベルト・バックルの左側に差しておけば、すぐにつかめる。だが、いまは銃はない。あるのはナイフ一本のみ。暗殺チームが送り込まれてくるなら、とても足りないが、なにもないよりはましだ。

風と土砂降りの雨をしのごうと、待合所のようなところにいたが、雨はそれでも吹き込み、冷気が肌を刺した。ヴィクターは気にならなかった。気持ちよかった。

ずぶ濡れで、体は冷えていたが、まだ生きている。

きっかり二十分間そこに立ち、味わい深い一本のたばこを吸い終えたとき、白いタクシーがバーの表に停まり、背の高い女が路肩に降りた。排気ガスの煙が彼女のまわりの空気と混じり合い、消えていった。丈が足首までのグレーのコートを着ていた。ポニーテールにまとめた黒っぽい髪が、ウールの帽子を盛りあげていた。バーガンディー色のスカーフが首に巻かれていた。

仲介者だ。

少し気を落ち着けてから、バーのなかへとはいっていった。彼女が目的地の真んまえでタクシーから降りたことにも驚いたが、周囲を確認しないでなかにはいっていったのを見て、さらに驚いた。自分がなにをしているのか、まったくわかっていないのか、あるいは、そういう人物を演じているのか。

通りに暗殺チームがいる気配はなく、道路はがらがらで、車の音は遠くのほうで聞こえるだけだった。男がひとり犬を連れて歩いていたが、気にしなかった。腹まわりに脂肪という名の分厚い〝断熱材〟がついている。犬はドーベルマンで、抑えるのもやっとの様子だった。暗殺チームが犬を使うことはない。欺く目的でもない。

ヴィクターはそそくさと路地を出た。顔をさげ、襟を立てたその姿は、近道をしようと、先を急いでいる男にしか見えなかった。道路を横切るときにドーベルマンをなでた。渡り終えると、バーの入口の右で立ちどまり、壁に背をつけた。外気は冷たかったが、ポケットに入れていた両手をまえに出した。そして、たばこに火をつけ、ゆっくりと吸った。ヴィクターは道路を監視した。

五分後、ドアがあいた。女が夜の外気へと踏み出した。ヴィクターは、相手に考える暇を与えずに腕をつかんだ。

「来い」

息が詰まる音が聞こえたが、抵抗はなかった。ヴィクターは彼女を西へと連れていった。通りに沿って進み、最初の路地にはいった。彼女を壁に押しつけ、体を探った。彼女が息を詰まらせた。

「銃は持ってないわ」

彼女が丸腰なのはすぐにわかった。自分で使いたかったから、銃を持っていたほうがよかった。ヴィクターは彼女を路地から連れ出した。

「どこへ行くの？」

ヴィクターは答えず、彼女の腕をしっかりつかみ、歩き続けた。ヴィクターのペースに合わせようと、彼女は足をすばやく動かしていた。彼女が目の片隅でこちらを見ているのがわかったが、ヴィクターは目を合わせなかった。周囲に目を配り続けていた。

ヴィクターは彼女を連れて通りの先端まで行き、工業地区にはいった。道路は広く、空いていた。歩道に沿ってフェンスが張ってあり、その先に工場があった。照明がついているものも、消えているものもあった。一台の車が現われ、ふたりのほうへ走ってきた。ヴィクターは手を腰に持っていった。十ヤード先で車が停まるそぶりを見せたら、仲介者の首を切り裂き、体を車の手まえに放り投げてから逃げる。裏通りにはいって隠れる場所を探し、最後に車から降りてきたものを待ち伏せし、背中にナイフを突き刺して銃を奪い、残りの連中を殺す。あるいは、銃撃戦でこっちが死ぬかもしれないが。

車は停まらなかった。

仲介者がいった。「どこへ行くのか教えて」

ヴィクターは答えなかったが、彼女は五分後にその答えを知った。ふたりはひとけのない通りをまた先引き返した。そのバーは道路の先にあった。

「どうしてここに戻ったの?」

ヴィクターは彼女を連れてなかにはいり、ふたり分の飲み物を注文し、いちばん奥のトイレに近いテーブルについた。さっき、入口とは反対側の通りで、〝従業員専用〟と記されたドアを見た。そっち側に裏口があるはずだから、いざというときには使える。

仲介者が女だとわかったときも驚いたが、いまこうしてその姿を見ると、また驚いた。予想より若かった。三十、いや、二十八かもしれない。そうだとしたら、この女は有能なのだろう。それとも、彼を惑わすために送り込まれたのか。ヴィクターは驚きが顔に出ないようにした。

仲介者もいまではヴィクター同様にずぶ濡れだが、気持ちがいいとはまったく思っていないようだった。ということは、現場を知る諜報員ではない。面長で、黒っぽい目をしていた。指でグラスを包むようにして持っていた。あまりヴィクターに目を向けなかった。

「わたしはだれも連れてきていない」

ヴィクターは信じかけた。ヴィクターが抱いてしかるべき疑問は、向かいの女にはそぐわないように思われた。あまりに若く、怯《おび》え、間が抜けていて、人を罠にはめることなどできそうもなかった。手に負えない事件に巻き込まれて、ヴィクターに助けを求めているだけなのかもしれない。もっとも、こちらの役に立たなければ、助けるつもりなどない。役に立っても助けるとはかぎらんが。いずれにしても、この女が生き残る確率はあまり高くなさそうだ。ヴィクターは両手をテーブルに載せた。

「なぜパリに呼び寄せた？」

「だれかがわたしたちふたりを殺そうとしているわ」

皮肉のひとつでもいってやりたかったが、やめておいた。「月曜の件がらみだな」そういうと、彼女が首を振った。「パリの件はあなたが思っているようなものじゃない」

店内を見まわした。「ここじゃ話せない」

不安のあまりじっとしていられないらしく、しきりにドアを気にしていた。おおかた映画で覚えたのだろう。目立ちすぎる。

「いいだろう」ヴィクターはいった。「どこへ行く？」

「市内東部にアパートメントがある。そこなら安全よ」

ヴィクターは疑いをこめて眉をあげた。

「きのうからそこにいる」彼女がいった。「でも、まだ殺されてないんだから、わたしがそこにいることはだれも知らないはずだわ」

もっともないい分だった。

ヴィクターはグラスを干した。「連れていってもらおう」

31

一時三十五分　中央ヨーロッパ標準時

「ここよ」

仲介者がヴィクターをちらりと見てから鍵をまわし、ドアをあけた。仲介者は夢にも思っていないだろうが、彼女の次の行動によって、ヴィクターが彼女をこの場で殺すかどうかが決まる。彼女がなかにはいった。お先にどうぞなどといったり、身振りで示したりしていたら、ヴィクターは罠だと確信して彼女の首の骨を折っていただろう。だが、彼女はそうしなかった。これでしばらくのあいだは、生かしておくことになった。

仲介者のアパートメント・ビルは特色のない七階建てだった。戦前に建てられて、そろそろ修繕が必要だった。かつてはきれいだったのかもしれないが、そんな日々はとうに過ぎ去っていた。抜け殻のようなところだった。家具や設備は最小限のものだけで、内装も質素。都心によくある安物賃貸物件だった。仲介者が照明をつけ、部屋の中央へと歩いていった。ヴィクターはすぐに照明を消し、背後のドアを閉めた。仲介者が振り返った。ヴィクターの行動を誤解したらしく、彼女の顔に恐怖の色が広がるのが、暗がりのなかでもわかった。ヴィクターはかまわず壁際のテーブルへ歩いていき、ランプをつけ、薄手のカーテンにふたりの影が映らない角度に変えた。

その際、必要よりわずかに長く仲介者に背中を見せ、たくらみがあるなら実行に移す隙を見せた。動く気配に耳を澄ました。足音が変化したときこそ、正体を現わしたときだ。しかし、彼女はなにもしなかった。はっきりさせるためにも、妙なまねをしてほしいとさえ思っていたのだが。ヴィクターは彼女と向き合った。

「わたしはレベッカ」彼女がいった。

「どうでもいい」彼女がまた口をひらきかけたが、ヴィクターは遮った。「黙れ」

ヴィクターは部屋を見まわし、備品、コンセント、テーブルの下を見た——盗聴器がないことを確認した。ほかの場所も見てまわった。粗末なキッチン、バスルーム、ダブルベッドが置いてあるベッドルームがあった。狭いバルコニーには、キッチンからも出られた。時間が問題になるかもしれないから、手早く済ませなければならなかった。なにも見つからなかった。

居間に戻ったときも、彼女は同じ場所に立っていた。ふたり掛けのソファーも肘掛け椅子もあるから、座っていてもおかしくはなかったが、座っていなかった。不安がありありとわかった。いい兆候だ。

「体を調べさせてもらう」ヴィクターはいった。

「え？　もう調べたじゃ――」

「コートを脱げ」

「盗聴器をつけてるとでも思ってるの？　どうして？」

「コートを脱げ」

ヴィクターの口調は変わらなかったが、まなざしで服従を要求した。不服をいおうとするかのように、仲介者の口があいたが、口には出さなかった。仲介者がロング・コートのボタンをはずし、袖を抜いた。そして、ヴィクターに目を向けた。

「そこに行って、両腕を広げろ」

仲介者がテーブルのまえに移動し、扇形に広がるランプの明かりのなかにはいった。肩の高さまで両腕をあげた。壁に十字架の形をした影が差した。

ヴィクターは彼女のまえに行った。ヒールはそれほど高くなかったが、彼より数インチ低いだけだった。オリーブ色の肌や黒っぽい目からすると、地中海系の血が混じっているのだろう。立ち姿や物腰から、訓練を受けてきたことがうかがえる。軍かもしれない。いや、情報機関だろう。目に恐怖をたたえているが、その恐怖は抑制されていた。首の皮膚がかすかに、ぴくりと動くのがわかった。敏捷《びんしょう》だ。だが、それほどでもない。

ぴちぴちではないが、だぶだぶでもないダーク・ジーンズをはき、クリーム色のブラウスの上に地味な色のカーディガンを着ている。スマート・カジュアルというやつか。派手な格好ではないが、それでも、機能性より品のよさを重視する靴を履《は》いている。

ヴィクターは掌《てのひら》で彼女の腕の表と裏側、背筋、脇、胸のあいだをなぞった。彼女が身をこわばらせているのもかまわず、身体検査の一環として乳房にも触れた。その後、かがんで腰のくびれと太股《ふともも》をチェックしてから立ちあがった。

「靴とジーンズを脱げ」

「だめ、いやよ。脱がないわ」

「下着のなかに手を突っ込まれたくなければ、いわれたとおりにしろ」

仲介者が啞然《あぜん》とし、嫌悪に満ちた目で、ヴィクターをにらみつけた。ヴィクターは感情のかけらも見せずに、そのまなざしを受け止めた。有無をいわすつもりはない。こっちのいうとおりにしてもらう。しばらくすると、彼女から戦闘意欲が抜け出るのがわかり、ゆっくりとうなずいた。まず靴を脱ぎ、次にヴィクターの顔を見ずに済むように自分の顔をそむけると、ジーンズのボタンをはずし、するりと腰からさげた。ジーンズが足元に落ちた。

「足も抜け」

彼女は従った。

「もう少し足をひらけ」

またいわれたとおりにした。

ヴィクターはしばらく入念に見た。「うしろを向け」

彼女がその場でゆっくりと体の向きを変えた。

「いいだろう」ヴィクターは納得して、そういった。「服を着ろ」

ヴィクターはその場を離れ、居間の窓際に立ち、壁に背中をつけた。彼女が服を着る姿を見つめている自分に気づき、ばつが悪くなった。気づかれるまえに、目をそむけた。

「これで気が済んだ？」服を着たあとで、彼女がいった。

「まだだ」ヴィクターは声を落として答えた。「数えきれないほどルールを破って、わざわざここに来たのだから、それなりの情報はいただかないと困る」

「さもなければ？」彼女がけんか腰にいった。「わたしを殺すの？」

「ああ」

こけおどしではなかった。仲介者にもそれがはっきり伝わったのがわかった。すぐに態度が変わり、うなだれたり、足をもじもじと動かしたりしはじめた。そうしたふとしたしぐさの変化は、抵抗なんかできないし、するつもりもないから、手荒なまねはしないでと訴えかけているようだった。これまではヴィクターと渡り合えると自分にいい聞かせてきたのかもしれないが、まるで見当ちがいだったことが急速にわかってきたのだろう。

仲介者が訊いた。「名前は？」

ヴィクターはその質問に虚をつかれた。「なんだって？」

「なんて呼べばいいの？　あなたのことは、これまでテッセラクトと――」

「なぜ四次元超立方体《テッセラクト》だ？」

「知らないわ。ただのコードネームでしょ」彼女が答えた。「それで、なんて呼べばいいの？」

「呼ぶ必要はない」ヴィクターはいった。

「わかった」

「知っていることをいえ」

「あなたに死んでもらいたがっているのは、CIA《カンパニー》よ」

一世一代の告白でもするかのような口ぶりだった。だが、ヴィクターは顔色ひとつ変えなかった。

「知ってたの？」彼女は驚いた様子でいった。

ヴィクターはうなずいた。

「どうして知ってるの？」

「びっくりすると思っていたなら、予想を裏切って申し訳ない。あの一件がはじまって以来、こちらも無為に過ごしていたわけではない」

「ほかになにを知ってるの？」

「きみの質問に答えるために、ここに来たわけではない。いまはそちらの知っていることを話してもらう」

仲介者はうなずき、胸のまえで腕を組んだ。「こっちの話をするなら、そっちの話も聞かせてもらうわ」

「そういったことに同意した覚えはない」

格別に気の利いた切り返しを考えているかのように、彼女はしばらくにらんでいた。しかし、ヴィクターのまなざしに意志が折れたのか、こういっただけだった。「あなたに死んでほしいと思っているCIAは、あなたの雇い主でもあった」

顔色こそ変わらなかったが、心のなかでは疑問が渦巻いていた。「どうしてそうだとわかる？」この女に訊くしかない状況が、どうにも気に入らなかった。

「わたしはCIAで働いていたからよ」彼女が答えた。

「働いていた？」

「いまではわたしにも死んでほしがってる」

「どういうことだ」

「彼らはわたしの指揮官を殺し、連絡を絶った。あなただけじゃなくて、わたしにも死んでほしがってるということだわ」

「フラッシュメモリーについては？」

「彼らの欲しいものがはいっているんでしょう。情報でしょうけど」

「どういった情報だ？」

「知らない」

「さっぱり役に立たんな」

「別のことを訊いてみればいいじゃない」

「おれが殺した男は何者だ？」

「アンドリス・オゾルス」

「名前など訊いていない。何者だ？」

「元ロシア海軍士官」

「資料には書いてなかったぞ」

「あなたは知る必要がなかったんでしょ」

あごの筋肉がしばらくぴくぴくと動いた。「その男はパリでなにをしていた？」

「フラッシュメモリーを何者かに売り渡そうとしていた」

「だれにだ？」

「知らない」

「きみも知る必要がなかったということか？」

「でしょうね」

「フラッシュメモリーについては？　解読できるか？」

「いま持ってるの？」

「いや」ヴィクターはいった。

「でも、別の場所にあるのね？」

「解読できるか？」

「かもね。でも、やってみないとなんともいえない。ＣＩＡに知り合いがいるから――」

「だめだ」ヴィクターはいい、不意にあることを思いついた。それまで考えもしなかったことを。

ヴィクターが考えている姿を見て、仲介者がいった。「どうしたの？」

「なにも」ヴィクターはいった。彼は別の話をした。「CIAはフラッシュメモリーが買い手に渡るまえに、私に奪わせたかったのか？」

「ええ」

「その時点では、相当に入手困難だったようだな。買い手は厳重に警備されていたか、みずからの手では殺せない人物だったのだろうな」

「だれだと思うの？」

ヴィクターは口に出さなかった。「なぜCIAは独自にやらずに、私を使った？　それから、なぜいまになって私を殺そうとする？」

「そのふたつの質問の答えは同じだと思う」仲介者が一歩まえに出た。「でも、わたしにはわからない」

「それなら、きみの話を聞く意味はどこにある？」

「聞くしかないからよ」

ヴィクターはその言葉に不意をつかれ、彼女の口調の力強さに、さらに不意をつかれた。彼女の意志の強さを見そこなっていたらしい。

「わたしだって聞くしかない」彼女が続けた。「でも、彼らが作戦を隠蔽《いんぺい》するために、あなたを消そうとしたことはわかってる。オゾルスの死があとあと跳ね返ってくるのがいやだったのよ」

ヴィクターは表情を変えずに聞いていた。

彼女が続けた。「計画がうまくいっていたら、捜査をしようにも、パリのホテルの一室に殺し屋の死体があるだけで、だれに雇われたのかはまったくわからない。どこにも属していないプロの殺し屋だとわかるくらいがせいぜい。あなたとオゾルス暗殺を命じたものたちとのつながりは、すっぱり切断されていたでしょうね」

「そうか？　私が実際にやった仕事を隠蔽するために、私に死んでほしかったというのか？私が自分のやった仕事を宣伝してまわるとでも。少なくとも、新規顧客を開拓するには、あまり賢い方法ではない」

ヴィクターは思いのほか感情を声に出してしまったことに気づいた。

「それはそうだけど」仲介者がいった。「でも、彼らは、あなたが逮捕されて尋問されるというリスクを冒すわけにはいかなかった」

「なにも知らないのだから、漏らしようがない」

「そうかもしれないけど、あなたが死んでくれたら、心配がなくなる。暗殺を命じた人たちとのつながりも、あなたと一緒に消えるんだから」

「しかし、なぜ私を使う？　どこかのちんぴらを使えばいいものを？　オゾルスなど、ど素人《しろうと》でも殺せた。私にやらせる必要はなかった」

「どこかのちんぴらじゃ、あなたのかけらほども用心しないからよ。ほかの人なら、手がかりを残していたからよ。理由は知らされてなかったけど、あのときは前歴のない殺し屋が必要だといわれた。腕は確かでも、いってみれば存在しない殺し屋が必要だと。必要だったのは、姿の見えない殺し屋で、あなたはその条件にぴったり合っていた。褒《ほ》め言葉だと考えていいと思う」

「それはどうも」

「嫌味《いやみ》な人ね」

ヴィクターはその言葉を黙殺した。「それで、きみはどういう形でかかわっていた？　なぜ彼らはきみの命まで狙っている？」

「わたしは連鎖のひとつだった。作戦は失敗し、あなたは生き残り、フラッシュメモリーも手に入れられなかった。だから、つながりをぜんぶ切って、きれいに後始末しなければいけなくなった」

「連座制を適用したということか？」

「そんな感じ」

「だが、きみにはまだ手が及んでいない」

「隙を見せなかったもの」

「なぜ私をここに連れてきた？」

仲介者が、それまでいたところから一歩、二歩と左に動いた。不安の現われか。ヴィクターは動きを見ていた。ランプの明かりが彼女の頬骨を強調し、ふっくらした唇の上で躍っていた。

「助け合えると思ったから」彼女がいった。

「助け合ってどうする?」

「生き続けるのよ」

「彼らにフラッシュメモリーを差し出して、手出ししないでくれることを祈るなんていうんじゃないだろうな」

「あたりまえよ」

「それなら、どうする?」

「敵を消すのよ」

〝消しゴムでも使うのか?〟とヴィクターはいいたくなった。ある種の人々は、なぜか〝殺す〟という単語を使いたがらない。ところが、ばかげた婉曲表現はいってもいいらしい。そうしないと寝つきでも悪くなるのか。

「で、どんな方法を使う? CIAを丸ごと潰すことはできないぞ。そんなに多くの弾は持っていない」

「オゾルスの暗殺は正規に認可されたわけじゃなかった」仲介者がいった。「完全に〝帳簿外〟だった。よくある違法工作だった。命令を下した人がいて、実行したものがいる。だけど、組織全体としては知らない」

「そう考える理由は?」

「理由はいろいろあるわ」彼女が説明した。「まず、この仕事の依頼のしかた。匿名《とくめい》の人物と電話でやり取りしたり、直接会ったりした。でも、だれの下で働いているのか、どういった目標に向かっているのかも知らされなかった。そういったことは、わたしの知るべきことではなかった。それに、あなたでなければならないという事実。ＣＩＡとのつながりが表に出てきたことのない、プロの殺し屋。通常の仕事なら、失敗に終わっても、あとであなたや、わたしや、わたしの指揮官を殺す必要はなかった。そもそも身内とかなじみの契約者を使えば済む話だから。背後にいる連中は、自分たちのたくらみを、絶対にほかのＣＩＡに知られたくないのよ」

「パリで私を待ち伏せしていた連中だが」ヴィクターはいった。「民間部門だった。だれのもとで動いているのかは、知らなかったようだが」

「そのとおりよ」

「その後、自宅でアメリカ人の殺し屋とやり合った」

どこの自宅かはいわなかった。ある意味、どうでもいいことだった。あの家に戻るつもりはないが、要らぬ個人情報を漏らす癖だけはつけたくない。

「スイスの件ね、知ってる」彼女がいった。彼女が知っているという事実が、いささか意外だったが、顔には出さなかった。「局員ではなく、契約者だと思う」

納得できる理由はいっていないが、彼女の声には重みが感じられた。ヴィクターは彼女の言葉を信じた。もっとも、当初、彼が正反対の見解を抱いていたことは、ここでいう必要はない。

「あなたはすでにパリで暗殺チームを片づけていた」彼女がいった。またばかげた婉曲表現をひとつ披露した。「だから、彼らはリスクを冒しても、身内に近いものに仕事をやらせるしかなかった。外部から別の暗殺チームをかき集めているあいだに、あなたに姿を消されちゃ困るから」

ヴィクターはうなずき、その推理に納得した。「ならば、とにかくCIAとしては、私たちを追ってはいないことになる」

「ええ、いまのところは。でも、なにかの拍子に、この件が表に出るかもしれない。パリのホテルでの大惨事は多くの耳目を引いた。まっとうなほうのCIAも、きっと調査している。それに、フランスとスイスではもうはじまっている。ずいぶんといろんなところがかかわっているうえに、わたしたちに死んでほしいと願ってる人たちもいる」

「向こうがこっちを探し出すまえに、こっちが向こうを探し出すというわけだな」

「そうよ」

「どうやって？」

彼女がヴィクターをじっと見つめた。「じゃあ、この話に乗るのね？」

「考えているところだ」

32

一時五十分　中央ヨーロッパ標準時

ヴィクターは、首をまわさなくても玄関とキッチンへの入口が見える位置に立っていた。仲介者が水を一杯、汲みにいった。食器棚をあける音が聞こえ、四秒後に蛇口から水が流れる音が聞こえた。水が金属のシンクを打つ音。その音が四秒以内に変わらなければ、ヴィクターはキッチンに行き、彼女がほんとうにやっていることを確かめるつもりだった。だが、三秒後に、水がグラスに溜まる音に変わった。

これ以上この女と一緒にいても、自分の情報がさらに漏れるだけだと、ヴィクターは心のどこかで思っていた。この女には、すでに一度、罠にはめられている。二度目がないともかぎらない。すぐに殺して、終わりにすべきだ。これまで、危機管理を怠《おこた》ったことはひとときもなかった。そんな彼の生存本能が、こんな女にかかわるのは、あまりに危険が大きすぎると悲鳴をあげていた。

しかし、その裏の意味も相当に重い。ちょっと話しただけで、自分が数日かけて得たよりも多くの情報がはいってきた。そして、まだ知らないことや、わかっていないことがある。彼女の話を聞いてから、殺すかどうかを判断すればいい。殺すにしても、仕返しのためではなく――それはどうだっていい――自分の身を守るためだ。この仲介者は知りすぎた。自分が命を懸けて話をしているとは、知る由《よし》もないだろうが。

彼女が戻ってきた。水をひとくち飲み、グラスをテーブルに置いた。「どこまで話したかしら?」

「違法工作の話までだ」

彼女がいった。「はじめのころは、その作戦は認可されていないだけだろうと思った。完全に違法だなんて知らなかった。知ってたら、引き受けたりしなかった。でも、いまのわたしたちにとって、その点はかえって好都合だわ。敵は少人数だということだから。敵が少ないままであれば、こっちにも手はある」

「たとえば?」

「向こうがわたしたちに消えてほしがっている理由は、オゾルス暗殺とのつながりを断ち切るためでしょうけど、それはこっちも同じ。わたしたちは暗殺を命じた連中と、この件を知っているものをすべて見つける。ふたりか三人だと思う。首を切り落とせば、体は死ぬわ」

「〝わたしたち〟といってるが、切り落とすのは私なんじゃないのか?」

「でも、わたしだって、彼らを探す手伝いはするわ」彼女がいった。「いまは敵がだれなのか、わかっていない。わたしが接触していたのはひとり、指揮官だけで、もう殺されてしまった。でも、だれが裏にいるのかは探し出せる」

「方法は？」ヴィクターは訊いた。

「お金をたどるのよ。それが方法」

「どういうことだ」

「お金があったところには、必ず足跡が残る。パリの仕事のお金は、わたしが管理していた番号口座から、あなたのスイスの口座に入金された。ご想像のとおり、わたしの口座にあったお金も、別の番号口座から入金された」

「それがどうした？ その口座はオゾルス暗殺のためだけに開設されたかもしれない」

「それはちがう」

「なぜ断言できる？」

「わたしはCIAにいたのよ、忘れたの？」

「忘れてはいない。つまり、どういうことだ？」

「つまり、あなたもCIAの仕事をしたことがあるということ」

「いや、ない」この女の首を絞めて真実を吐き出させたくなった。「私はフリーランスだ。民間の仕事しかしない。それに、ゲームは嫌いだ。さっさといってもらおう」

「あなたがCIAの依頼を受けたのは、オゾルスの仕事が最初じゃなかったということよ。この三カ月のあいだだけでも、あなたは三件のCIAの仕事を、わたしを通じてこなしている」

「冗談だろ」

「嘘だと思ってるの。嘘をついてどうするっていうの？」ヴィクターは答えられなかった。

「わたしが仲介者だったのよ。三件とも、わたしが別人になりすまし、使い分けていた。前回のスウェーデンでの仕事では、あなたは兵器のディーラーを殺した。そのまえはサウジアラビア人。もっと続けましょうか？」

ヴィクターは顔をそむけた。

「だから居場所がわかったのか」ヴィクターは、なかば自分に向けていった。ようやくわかった。「その三件は私を追跡するためのダミーの仕事だったのか」

「必ずしもそうじゃないわ。前回までの三人は正規のターゲットだった。極悪人だったし。でも、それにかこつけてあなたの調査をしたのは確か。三人がかりでちんけなモンタージュ一枚しか得られなかった。でも、住んでいる家をつかんだ」どことなく得意げな語り口に、ヴィクターは歯を嚙《か》みしめた。「あんなに手間取るなんて、だれも思ってなかった。あなたは考えられないくらいに手ごわかった」

ヴィクターはやれやれと首を振った。「貴様らときたら」

「よくいうわ」彼女はほんとうに腹を立てているように見えた。「あなたはプロの殺し屋なんでしょ？　人がなにをしようと、とやかくいう権利はないわ」

そのとおりだと認めないわけにはいかなかった。

彼女は続けた。「わたしだって、ここにいたくない。あなたみたいな人のそばにいるだけで、反吐《へど》が出る」

「なんですって？」

「汚い言葉を使うなといっている」

彼女がヴィクターをにらみつけた。「汚い言葉ですって？　なんなのそれ《ホァイ・ザ・ヘル・ノット》？」

ヴィクターの眉間にしわが寄った。「不敬な言葉もだ」

彼女はしばらくしてやっと、ヴィクターが本気だとわかったようだった。彼女は少し足を広げた。「はっきりいっておくわ。これをしてもいいとか、しちゃだめとか、わたしに指図しないで」

「思ったことをいったまでだ。慣れるんだな」

彼女が目をむいた。「わたしはあなたの下で動いてるわけじゃないのよ。協力しているだけ。それなら、指図したりされたりはしない。わかった？」

ヴィクターは時計を見た。「それだけか？」

彼女が怒りを鎮めようと、何度か深呼吸した。まだいいたいことはありそうだった。たっぷりと。鏡のまえで怖い顔を練習していた姿が見えるようだった。

「カネの足跡の話だったが」ヴィクターは冷静にいった。

彼女が息を吐き、また吸った。話なんかしてもしかたないから、やめなさい。心のなかで、彼女がそう自分にいい聞かせているのが、目つきでわかった。やっと話しはじめたのは、一分ほど経ってからだった。それくらいが、そう簡単には引きさがらなかったとエゴを満足させられる時間なのだろう。

　仲介者がいった。「あなたの口座に振り込まれたお金は、わたしの口座にあったもので、それは別の人の口座にあったもので、おそらく、それはさらに別の人の口座にあったものということ。だから、口座から口座へ足跡をたどっていけば、最初の口座を開設した人が見つかる」

「その方法を知っているのか？」

「ええ」

　ヴィクターはうなずいた。この話がどんな意味合いを持つのか、この女は知っているのではないかとさえ思った。「その方法は？」

　彼女はもう立っていなかった。ソファーの肘掛けに腰かけていた。そして、しきりに手振りを交え、強調したり、視覚に訴えたりしながら話した。ヴィクターは座らなかった。仲介者とドアが同時に見られるように、背を窓の横の壁につけていた。

「最初の口座がだれの、あるいはどこのものなのかを突き止める」彼女がいった。

　外が騒がしくなった。ぽん引きが〝商売道具〟に向かって怒鳴っていた。ヴィクターは窓をあけ、野次馬が集まってくる音に耳を澄ました。

「それはすでに聞いた。どうやって突き止めるんだ？」

「銀行に訊くのよ」

「銀行家というものは、顧客情報を教えたりはしないものだが」

「訊き方さえわかればいいのよ」

「わかっているのか？」

彼女はうなずいた。

「私の役割は？」

「ないわ。とにかく、いまのところは。わたしが情報を手に入れたら、それをあなたに使ってもらう」

「ざっくりした分担だな」

彼女が肩をすくめた。

「きみのこの提案だが、うまくいくと自信を持っていえるんだな？」

話は終わりだ。

イエスなら、生かす。

ノーなら、殺す。

仲介者は慎重に答えを考えていた。ヴィクターはじっと見つめていた。彼女が、しばらく唇を結び、生つばを飲み込んでから答えた。

「ええ《イエス》」彼女がいった。自信に満ちた力強い声だった。

「よし」

彼女がかすかに笑みを漏らした。意味を取りちがえているらしい。

ヴィクターはポケットに手を入れ、フラッシュメモリーを取り出した。手首をすばやく返し、仲介者に向かって飛ばした。感心したことに、彼女はさっとつかみ取った。反射神経もいいし、手先も器用だ。彼女がしばらくフラッシュメモリーを調べたあと、顔をあげて、いぶかしげにヴィクターを見た。さっき持っていないと嘘をついたわけを知りたいのだろうとヴィクターは思ったが、彼女はなにもいわなかった。彼女はコンピューターのまえに行き、フラッシュメモリーを横のスロットに入れた。ヴィクターも近寄って見た。パスワードを要求されたとき、彼女がため息をついた。

「きみもパスワードは知らされてないのか？」ヴィクターは訊いた。

彼女が首を振った。「それどころか、これをこんなに間近で見てはいけないことになっていた。暗号技術のことならちょっとは知ってるけど、これがどの程度のものかはわからない。簡単なものなら、数日もあれば、わたしのコンピューターにはいってるソフトウェアでたぶん解読できる。単純なブルートフォースでいける。でも、人を殺してでも手に入れたいものがはいっているとしたら、わたしなら確実にハイエンドな暗号技術を使う。できるだけ複雑なやつを使う。それくらいの暗号になると、わたしのラップトップの処理能力じゃまったく歯が立たない」

「知り合いがいる」ヴィクターはいった。「解読に力を貸してくれるかもしれない。あくまでも〝かもしれない〟わけだが。きみが口座に関する情報収集に当たっているあいだに、問い合わせてみよう」

「これをハックできる人というと、ラングレーにいるわたしの知り合いならできると思う」

「だめだ。敵に近すぎる」

「関係ないでしょ？　敵はそれを手にしたら、わたしたちの追跡をやめるかもしれないじゃない」

「彼らが私の殺害にどれだけの力を入れてきたのかを見れば、すんなり追跡をあきらめるとはとても思えない。それに、実際にフラッシュメモリーを手に入れたら、私がそれをきみに与えたことも伝わる。私はきみと会ったことで、よけいなリスクを背負っている。彼らにそれを知られたくない」

「それじゃ、わたしが解読してみる」

「こちらのやり方でやらせてもらう」

「どっちもやってみましょう」彼女がいった。

「同時は無理だから、最初に私が試す」

「同時にできないなんて、だれもいってないけど」

「物理法則だ。フラッシュメモリーはひとつしかない」

彼女は答えなかった。しばらく指がキーボード上を動いた。ヴィクターはファイルがフラッシュメモリーから彼女のコンピューターにコピーされるさまを見た。ものの数秒だった。

「コピーできるとはな」ヴィクターは思わず口に出した。

「暗号はフラッシュメモリー全体じゃなくて、ファイルだけにかけられているのよ。これは市販のもので、ただの入れ物だから、ハードウェア・ベースのセキュリティーはないわ。これであなたのつてにも、わたしのつてにも頼めるわね」

「確率も二倍になる」

彼女がヴィクターにほほ笑んだ。「ね？　わたしたち、もうなかなかのチームになってる」

ヴィクターはふと、自分が彼女の唇を見つめていることに気づいた。「そこまでにしておけ」彼はいい、視線を彼女の目に戻した。「私たちはチームではない」

「じゃあ、なんなの？」

ヴィクターはしばらく自分たちの関係を表わす言葉を考えていたが、思いつかず、肩をすくめていった。「なんでもない」

仲介者が顔をそむけた。「わかった」

「われわれがこうしている理由については、ふたりとも勘ちがいしてはならない。きみが私に協力するのは、きみが私の力を必要としているからだ。私がきみに協力しているのは、当面のあいだ、きみが私の役に立つからだ」ヴィクターは彼女が必要だとは、あえていわなかった。「それだけだ」

「それじゃ、わたしがあなたの役に立たなくなったらどうなるの？」

なかなか訊けることではない。ヴィクターは敬意を表した。

「そのときは別々の道を行く」彼はいった。「きみは二度と私に会わない」

33

フランス　マルセイユ
土曜日
一時五十九分　中央ヨーロッパ標準時

リードはシンクの上で掌《てのひら》を広げた。熱は感じないが、焼けた紙とアルコールのにおいがかすかに漂っていた。キッチンをゆっくりと動きまわったあと、居間にはいった。通信機器は最新式のようで、洗練された感じがした。リードは暗がりに立ち、アパートメントにしみ込む街の薄明かりと、自分の暗視装置を頼りにあたりを見た。ベッドルームにはいると、ワードローブと引き出しがあいており、服がベッドに乱雑に置かれているのに気づいた。

リードは終夜営業のカフェを見つけ、紅茶を注文すると、スマートフォンで電子メールを書き、ターゲットがついさっきあわてて逃げたことを簡潔に説明した。そして、これからどうすべきかを尋ねた。

紅茶を運んできたウエイトレスが色目を使ってきたが、リードはフランス語が話せないふりをした。しかし、言葉の壁があるとわかっても、相手がやめなかったので、丁重に無視した。不細工に生まれてきたほうが暮らしやすいと思ったのは、これがはじめてではない。リードはできるかぎり人目を引かないように気をつけて紅茶を飲み終え、店を出た。海岸通りの上等なホテルに部屋を取っており、そこへ向かって歩きだした。雨で地面が濡れていたが、風はひんやりと心地よかった。

バーやクラブから漏れてくる話し声や笑い声や音楽に耳を傾けながら、リードは散歩を楽しんだ。ターゲットは資料に記載されていた場所にいなかったが、気を落とすことも腹を立てることもなかった。仕事中に感情的になる性質《たち》ではない。匿名《とくめい》の依頼主の意向しだいでは、次の襲撃地点に行くこともあるだろう。

依頼主に除去を頼まれたターゲットは計五人。最初のひとりは、パリによくある不衛生なれんが造りのトイレで殺した。失踪したマルセイユのターゲットを除くと、残りは三人。ミラノにひとり、ロンドンにひとり、三人目の行方はまだわからず。

これらターゲットの消去法はまだ明示されていないが、リードは能率的かつ巧妙かつ確実な殺害を自負していた。だからこそ雇ってもらったのだし、これほどの報酬を請求できるのだ。自殺と事故死が専門だが、その分野の才能を発揮する機会が得られないときには、それ以外の、暗殺だと悟られない死に方を選択する。

この商売を営んでいれば、もっと直接的な方法が必要とされることもある。厳重に警備されていたり、戦闘に慣れていたり、用心深くて静かに除去できないターゲットもいる。そうした場合には、通常の方法ではなく、もっと適した方法を選択する。通常なら九ミリ銃で充分なのだが、個人的な触れ合いが欲しかったので、今回は鋭利なセラミック・ブレードを選んだ。

リストの最後に載っていたターゲットには、特に興味を引かれた。名前はなく、コードネームのみ。それだけでも、かなりのことが推測される。この名無しの男はプロの殺し屋だった。しかも、腕利きなのはまちがいない。もらった情報が正しければ、このテッセラクトという男は、ホテルで待ち伏せしていた七人の殺し屋を返り討ちにしたばかりか、スイスでの暗殺もすり抜けていた。たいしたやつだと認めないわけにはいかなかった。もっとも、手際のよさという点では、自分の基準からすると物足りないが。

このターゲットを仕留めるのが楽しみだった。プロの殺し屋をきれいに仕留めるのは、どんな場合も非常に難しいものだが、リードは困難な仕事が好きだった。リード自身もそうだが、熟練の殺し屋は自分の行動に異常なまでのこだわりを持ち、とてつもなく広範な警戒態勢を取っていることも多々ある——しかも、反撃する能力を持ち合わせているという点も忘れてはならない。彼らを殺すのがこれほど楽しい理由も、まさにそこにある。

この獲物がいい腕をしているという事実は、仕留めた獲物の質の面で仕事を評価するリードにとっては、魅力的だった。リードはカネのために殺す。自国政府のカネでも、民間の依頼主のカネでもかまわないが、自分の技能には誇りを持っていた。これほどの能力を備えているから、どうしても自分に有利になるのは残念だが、狩猟競争でもそこそこの満足感は得られる。しかし、自分の真の能力を測るには、最高の敵と対決するしかない。

リードはファーストフード・レストランの裏の、がらがらの駐車場を横切った。せっかくの心地よい夜風が、心臓に悪そうな食べ物のにおいで台なしだった。こっちがたどり着くまで当局につかまらないくらいの技量が、このテッセラクトという男にあることを祈るばかりだった。当局の手に落ちるなど、つまらなすぎる。

足音。

ブーツ、スニーカー。背後のアスファルトに複数人の足音が響いた。音を立ててもかまわないと思っているらしい。プロではない。

リードは振り向かなくても、どんな連中がいるのかはわかっていた。若いちんぴらや二十歳前後の不良どもの一団が近づいてきた。人種はさまざまだが、ほぼ全員が頭髪を剃《そ》り、だぶだぶの運動着とまがい物のブランド服を着て、安っぽい宝飾品をごってり身につけていた。

一団が広がった。リードは取り囲まれるにまかせた。勇ましいやつが自然と正面に来た。うしろの臆病な連中は気にしなかった。奇っ怪なポーズを取るものもいたが、注意して見ないと、背骨が曲がってるのかと思ってしまう。敵は十二人いて、そのうちの六、七人は、体つきを見るかぎり、自分の身は自分で守るつもりのようだ。態度を見れば、その気が大いにあるのがわかる。ほかの連中は、そういった強さも自信も持ち合わせていなさそうだった。

「あんた、おれの王国を通行してるぜ」ひとりがフランス語でいった。いちばん体格がよくて、意気がった服装の男だった。「だから、税金を払ってもらわねえとな」

リードはその男と目を合わせていた。「悪いことはいわない。やめておいたほうがいい」

その巨軀《きょく》の若者は、怯《おび》えしか見慣れていないらしく、信じられないといったまなざしでリードを見つめていた。リードのぴくりとも動かない目には恐怖のかけらもなく、若者の顔にためらいが浮かんだ。若者がほかの連中を見た。もう引き返せないところまで来てしまった。リードにはわかった。

若者が上着から銃を抜き、あまり力を入れずに構えた。ニッケルメッキのベレッタ。よく磨《みが》いてあるようだが、なかの部品まで手入れしているとは思えなかった。若者がリードの顔に銃口を向けた。頼りない握り方だ。クールだとでも思っているのか、銃を水平に構えていた。

「財布、電話、時計」若者が要求した。

ほかにもふたりが銃を見せた。ひとりがリボルバーを持った手を脇に垂らし、もうひとりはシャツをめくり、ベルトに挟んだセミオートマチックに指を載せた。リードはなにもいわず、目のまえの若者をまっすぐ見据えていた。この若者も、リードにはかなわないことがわかっているようだ。

「よこせ」

リードの表情はまったく変わらなかった。「なぜだ?」

「なんだと?」

相手のなかで困惑と不安が交じり合ったその瞬間、リードは突き出されていた腕をつかんだ。左手で相手の手首をわしづかみにしてぐいと引き寄せ、銃口が横を向くようにひねった。もう一方の手で三頭筋の腕側を抑え、つかんでいた手首をひねり、腕をロックした。腕を下へと、きつく締めつけ——関節とは逆に——肘のところで腕を折った。腕はVの字を逆さにしたような形になった。

銃が硬質な音とともにアスファルトに落ちた。すさまじい悲鳴に、しばらくのあいだ、ほかの連中が唖然としていた。手首を放すと、若者がくずおれた。絶叫の合間に、なんとか言葉をひねり出した。

「殺せ」

リードは抜かれようとしていた銃に飛びつき、銃口があがって発砲される直前にたたき落とすと、突進力で威力が倍増した肘を敵の顔にめり込ませた。口から血をまき散らしながら、首がうしろに折れ、その若者はどさりと倒れ、気絶した。あごの骨が折れていた。

銃を持っていたもうひとりの若者は、掌《てのひら》を見せ、目を見ひらき、しきりに首を振りながら、あとずさった。リードはそいつにはかまわなかった。飛び出しナイフの刃が出る音が聞こえ、振り向き、とっさに横に動くと、別の若者が突進してきた。しかし、勢いあまってよろめき、完全にバランスを崩して、両腕をばたつかせていた。

背後から次の襲撃が来た。地面を擦《す》る足音がした。リードはくるりと振り向き、手刀で相手の咽喉《のど》を強打した。若者は倒れ、痙攣《けいれん》をはじめた。

さらにふたりが同時に襲いかかってきた。ひとりはドロップポイント・ブレードのハンティング・ナイフを、もうひとりがバールを振りまわしていた。最初に左側から、リードの頭を狙ってバールが飛んできた。リードはバールと襲撃者の手を同時につかみ、相手の勢いを利用して下に引き、両手をねじってバールを奪い取った。

リードはその若者の脇腹に肘を打ち込み、うしろ向きに倒した。肋骨《ろっこつ》が折れ、若者が息を呑んだ。さらにバールをバックハンドで相手の側頭部にたたき込んだ。取り囲む仲間の顔に、血が飛び散った。

ハンティング・ナイフがリードの顔をかすめるように飛び抜けた。狙いも定まらない、びくついた軌道だった。リードはさっとさがり、次の攻撃に備えた。前腕を盾《たて》がわりにして、ナイフを横にはね、バールで襲撃者の両足を刈った。続けて、倒れた相手の顔に上から振り下ろすと、鼻がべったりとつぶれた。

飛び出しナイフを持っていた小柄な若者が体勢を立て直し、わめきながら、また攻撃をはじめた。やみくもにナイフを突いていた。リードは難なくかわし、相手の突きを誘った。そして、無防備な腕にバールを上からたたきつけ、骨を砕いた。若者が絶叫し、ナイフを落とした。手首から先がだらりと垂れさがっていた。リードはバールを握り直して上向きに振り、相手のあごを突きあげた。その衝撃で相手の体が宙に持ちあがると、声もなくどさりと地面にくずおれた。

七秒もかからずに、すべてが終わった。濡れた地面に、六人がぴくりとも動かずに横たわり、ほかにも、うめいたり、もだえたりしていたものもいた。みな生きるだろうが、以前のような生き方はできないだろう。ほかの連中は、恐怖のあまり、麻痺《まひ》したかのように立ちつくしていた。リードはしばらく彼らを見ていた。数秒もあれば、ベレッタを拾って、全員を撃ち殺すこともできるが、この連中は愚かな若者にすぎないし、十二発も発砲すれば、警官が飛んでくる。ちんぴら集団の半分が打ちのめされたのだから、死体にしなくても人の耳目は充分に引くことになる。それに、ここでやめておけば、半殺しにしなかった若者たちも、生き方を考え直すことだろう。こうやって公共のために奉仕できたことを、誇りにさえ感じた。

リードはバールを掌でくるりとまわしてから、渋る受け取り手に渡した。その若者は受け取ると、金属にべったりついていた仲間の血や皮膚が手について、顔をしかめた。リードは乱れていた上着を直し、まだ二本の足で立っている幸運な連中をじろりと見た。

「どけ」

彼らは恭《うやうや》しく脇にどき、リードを通した。

34

アメリカ合衆国　ヴァージニア州　中央情報局
土曜日
十時四十九分　東部標準時

チェンバーズが国会《ヒル》のボスのように振る舞っていたので、プロクターは会議の仕切り役にまわった。サイクスと、サイクスの嫌味《いやみ》ったらしい上役のファーガスンのふたりには、きつい週が続いているようだ——サイクスは特にそう見えた。もっとも、一段と黒さを増した顔を見ると、このまえ会ったあとも、日焼けサロンに行く暇は見つけたようだった。

スピーカーフォンでは、アルヴァレズが、スティーヴンスンと、スティーヴンスンを雇った謎の人物に関する情報を伝えていた。

「スティーヴンスンは、足跡を消すにあたって、いくつかミスを犯していました」アルヴァレズがいっていた。「コンピューターから機密情報を消去するのを怠《おこた》っており、ハードディスクから電子メールをいくつか取り出すことができました。依頼主との通信ですが、依頼主の名前はいっさい記載されていませんでした。この人物がスティーヴンスンにスーツケースに詰めた現金を与え、それをスティーヴンスンが自分の口座に移したのだと思われます。

電子メールでは、現金授受のために会うことが取り決められていました。この会合の場所と時間は暗号めかして書かれていましたが、スティーヴンスンと依頼人との会合が持たれたのは、三週間弱まえであり、場所はブリュッセルであることがわかっています」

ファーガスンの額のしわが深くなった。「暗号を解読したのか？」

「いいえ、解読するまでもありませんでした」アルヴァレズが答えた。「スティーヴンスンがわれわれに代わっていい仕事をしてくれていました。スティーヴンスンがブリュッセル中心部のカフェのまえで、依頼人と思われる男と会っている写真が、ハードディスクの片隅に残っていました」

プロクターは身を乗り出した。「どんな写真だ？」

「盗撮写真です。スティーヴンスンは疑り深い男のようで、依頼人に伏せて、人を連れてきていたのでしょう。死んだ七人のうちのひとりだと思われますが、まだ断定はできません。写真からカフェの名前が確認できるうえに、日付と時刻も記されています。まずいことが起きたときに備えて、保険のつもりで撮影させたのだと思います」

「スティーヴンスンが会いに行った相手については、なにかわかったかね？」プロクターは訊いた。

「その人物が到着した場面と、立ち去る場面がはっきり写っている写真が何枚かあったので、顔面認識システムで検索してみましたが、ヒットしませんでした。しかし、ほかの写真を拡大したところ、多少の情報が得られました。スティーヴンスンの依頼主が使ったレンタカー会社の名前がわかりました。その会社に連絡すると、写真と同じ製造国、車種、色の車で、ふたりが会っていた時点で貸し出していたものは一台だけでした」

「で、借り主は？」プロクターは訊いた。

「セバスチャン・ホイト」アルヴァレズがテーブルのスピーカーフォンを通じていった。

「オランダのビジネスマンであり、ミラノの金融コンサルティング会社のＣＥＯをしている男です。当日のブリュッセルの発着フライトを確認したところ、ホイトは同日に到着し、出発していました」

「よくやった」プロクターはいった。「このホイトという人物の情報は？」

「たいしてありません」アルヴァレズが答えた。「ただ、調査ははじまったばかりです。民間のビジネスマンだという点は、はっきりしています。イタリアの局員にも手短に説明しており、すでに調査を要請しています」

「イタリア当局には、私から連絡しよう」プロクターは付け加えた。「この人物に関して得られた情報はすべてまわしてほしい。迅速に」

「かつてのわれわれの協力者だ。八〇年代だが」ファーガスンが淡々といった。

プロクターとサイクスがファーガスンを見た。

「ほんとうか？」プロクターは訊いた。

「おそらく」ファーガスンが答えた。「私の協力者でしたからな」

「詳しく説明してくれ」

ファーガスンはうなずいた。「裕福な家系のベテラン弁護士ですが、非常に不適切な人々とのつきあいがあります。私が知り合ったときには、腐敗したソビエト陸軍将校の案件を扱っていました。その将校経由で、私に赤軍の情報を流していた——訓練法や軍備といった情報ですが。その見返りとして、私はホイトが例の将校のもとで武器密売の仲介をしていたことを見逃してやりました。大半はAKやRPGをアフリカに密輸していました」

「その後、ホイトはどんなことに首を突っ込んでいた？」プロクターは訊いた。

ファーガスンが肩をすくめた。「さあ。〝壁〟が崩れてからは、あまり利用価値がなくなったのに加えて、私に残された予算では、報酬を払い続けることなどできませんでしたからな。得意な仕事をいまも続けているんだろうと思っていたが。禁制品、兵器、人間、情報のやり取りといったことを。自分の会社を興したのなら、大いに儲《もう》けているだろうし、まだ〝情報収集〟をしているなら、違法なものから抜け出せていないにせよ、つかまったり、だれかのつま先を踏んだりしないだけの才覚は持ち合わせていると思っておりました」

「ちがっていたわけだ」プロクターは冷たく付け加えた。「こいつのファイルはあるか？」

ファーガスンがうなずいた。

「あなたが作成したファイルもいいかね？」

「持ってきましょう」

「それから、アルヴァレズ」プロクターはいった。

「はい」

「ジョン・ケナードのことは聞いた。残念だった」

「私も残念です」

「会ったことはないが、いいやつだったそうだな。なにがあった?」

「まずいときにまずいところにいたようです。運が悪かったんでしょう」

ファーガスンとサイクスはただじっと座っていた。


サイクスは会議室を出ると、廊下でファーガスンが出てくるのを待った。胸の鼓動が高鳴っていた。くそを漏らしているようにしか見えないだろうと思った。ファーガスンは会議室に残り、プロクターと話をしていた。すぐに指示を仰がないといけないというのに。アルヴァレズがホイトのすぐそばまで迫っている。事態は悪い方向から最悪の方向へと、〝ワープ10〟のスピードで向かっている。

五分ほどして、ファーガスンがプロクターの少しあとから現われた。サイクスには五時間にも思われた。それまで、少なくとも三度は顔の汗をぬぐっていた。

プロクターが声の届かないところへ行くと、サイクスはファーガスンのそばへ移動した。「口をひらくまえに」ファーガスンが先にいった。「深呼吸して落ち着け」

サイクスは深呼吸したが、あと百回しても、落ち着くとはとうてい思えなかった。「もうおしまいだ」サイクスはいった。

「それがきみのプロとしての意見かね？」

ファーガスンがほんとうにあわてた姿は、見たことがなかった。いまもあわてているようには見えなかった。「こんなときに、よくも落ち着いていられますね？」

「きみとちがって、〝課外活動〟ははじめてではないからな」ファーガスンがいった。「それに、こいつも持っている」そういうと、片手を股間に持っていった。

「いったいどういうことなんです？」サイクスは声を殺していった。「ホイトとの関係はいつからですか？」

「ずっとだ」

「どうしていってくれなかったんです？」

「必要がなかった」

「必要がなかった？　関係者は絶対にこの作戦に使うなとかいう話はどうなったんです？」

「ホイトを使う以外になかったのだ。ＣＩＡのファイルに載っていない殺し屋が必要だった。きみはどうか知らんが、私の場合、そういう知り合いはあまり多くないのでな。そこへいくと、ホイトはそういった連中ともつきあいがある。われわれの目的を達成するには、必要な人材だ。かつて私の協力者だったという事実は、また別の話だ」

「ところが、いまではアルヴァレズがホイトの存在に気づいた。そのうちわれわれにも気づきます」

「ホイトがスティーヴンスンにじかにカネを手渡すとは思いもしなかった。もっと用心深いやつだと思っていた」

サイクスはファーガスンを見た。「強欲が用心を忘れさせるんでしたっけね」

ファーガスンはサイクスの口調には反応しなかった。「加えて、スティーヴンスンが顔合わせ場面を写真に撮らせるようなパラノイアだとも思わなかった。この業界の大人であるわれわれが災難と呼ぶような事態だ」

「備えあれば憂いなしですがね」サイクスはまた皮肉をこめていった。

「たしかにな」ファーガスンも同意した。皮肉に気づかなかったのか、気づかないふりをしているだけなのか、サイクスにはわからなかった。「だからこそ、リードを用意しているのだ。なるべく早いミラノ行きの便を手配し、ホイトを処理させろ」

「もうレベッカ・サムナーの追跡に戻っているころですが」

「ホイトのほうがはるかに緊急を要する」

「しかし、アルヴァレズはどうします？」

「あの男は、ホイトに関する情報をすべてつかまないかぎり、動きはせん。リードが魔法をかける時間はたっぷりある」

「了解しました。しかし、なぜ会議でホイトとの関係をいったのですか？　あの連中を真相解明に向けて一歩近づけてやらなくても、しばらく黙っていてもよかったでしょうに」

「よく聞いて、勉強しろ。明日あるいは明後日までには、連中もホイトが私の協力者だったことをつかむからだ。しかも、ホイトはすぐに忘れられるような協力者ではない。あそこでいわなければ、どう思われるかね？　ちょっと怪しまれるくらいではすまんぞ」

「あの女は同じところにぐずぐずとどまっていないかもしれませんよ？　リードはすでにマルセイユでも逃がしてます」

「承知の上だ。サムナーなど、ホイトを始末させてからでも間に合う。もうひとつの襲撃地点は調べてあるな？」サイクスはうなずいた。「では、心配無用だ。あの場所からいなくなったとしても、あの女は現場の諜報員ではない。そう長くは生きられん」

「だといいのですが」

サイクスは壁に寄りかかり、大きなため息をついた。彼は首のうしろを掻《か》いた。

「プレッシャーがこたえているようだな、ミスター・サイクス？」ファーガスンが訊いた。

「実をいえば、そのとおりです」サイクスは答えた。「こんなことになろうとは」

「ＣＩＡへようこそ」ファーガスンが毒を含んだ口調でいった。

35

ロシア　サンクトペテルブルク
土曜日
十六時二十三分　モスクワ標準時

ヴィクターが着陸したときの気温はマイナス二十五度で、タクシーを待つ短い時間は、耐えがたいものとなった。ヴィクターはタクシーの運転手に、知るかぎりで最高のホテルへ行ってくれと伝え、ヒーターの温度をあげるようにいった。運転手は充分に暑いというようなことをもごもごといったが、ヴィクターが二十ドル札を出し、運転手にバックミラーで見せると、すぐに温度を目いっぱいあげた。

タクシーはヴィクターを街の奥深くへと連れていった。ヴィクターは、サンクトペテルブルクは〝対照の街〟だと思っていた。資本主義を象徴する新しいモダンな摩天楼が、ソビエト時代に建てられたぼろ家と並び、ところどころに、先の戦争を生き延びたロシア史に残る荘厳な建造物が、いささか居心地が悪そうに立っている。天気も同様だった。夏の盛りはマドリード並みに暑くなることもあるが、真冬になると、地球上でこれほど寒い場所はないのではないかと思うほどだった。

ホテルの料金は、サンクトペテルブルクの標準からすれば高かったが、ヴィクターにいわせればごく手ごろだった。一週間分の予約を取ったが、長くても数日で出るつもりだった。いかなる場合も、ホテルの従業員には、計画をできるかぎり伏せておいたほうがいい。彼はまたタクシーで東へ向かった。街の工業地区に埋もれたバーまでの道順を運転手に指示した。バーの名前はこのまえ来たときから変わっていたが、客層は変わっていないことを願った。

ウォッカを注文し、カウンターの端につき、ちびりちびりと物静かに飲んだ。飲み終えると、バーテンダーを呼び寄せ、もう一杯注文した。ヴィクターは、かすかにウクライナ訛《なま》りを感じさせる流暢《りゅうちょう》なロシア語で話した。

「アレクサンドル・ノリモフを探してるんだが」

ちょっと訊いてみただけだから、答えはどうでもいいとでもいうかのような口調でいったが、カウンターの向こうにいる若いバーテンダーは、びくりと身をこわばらせた。「昔の知り合いなんだ」ヴィクターはバーテンダーの反応に気づかないふりをして、付け加えた。

バーテンダーが首を振った。「私には、だれのことかわかりません」

「いまでもこのバーの所有者じゃないのか？」

「さあ」

そういうと、ヴィクターに飲み物をつくり、カウンターの向こう端に行った。そして、ふきんを出すと、ちらちらとヴィクターに目を向けながら、カウンターを拭きはじめた。二分後、有料電話のまえに歩いていき、硬貨を入れた。なにをいっているのか、ヴィクターには聞こえなかった。顔が見えなかったので、唇も読めなかった。通話は四十五秒ほどで終わり、バーテンダーはまたカウンターを拭く作業に戻った。今度はヴィクターを見ることはなかった。

よし。待ち時間はそう長くはない、と思った。

三杯目のウォッカを味わい終えたころ、ふたりの男がバーにはいってきた。ふたりとも身長は六フィートを超え、体格は本格的なウエイトリフターのようだった。ロシア人特有の青白い肌だが、寒さで頬だけが赤らんでいた。彼らのオーバーコートが、サンクトペテルブルクの凍えるような外気から身を守る以上の役割を果たしていることに、ヴィクターは気づいていた。

ヴィクターは目の片隅でふたりをとらえたまま、ポテトチップスを食べた。ふたりはカウンターへと歩いていき、バーテンダーとしばらくひそひそと言葉を交わした。バーテンダーは飲み物を出さず、手振りでヴィクターのほうを示した。不安のかけらも見せず、体軀《たいく》と態度から生まれる傲慢《ごうまん》さだけを漂わせて、ふたりの男が、ゆっくりと近づいてきた。こちらが何者かは、明らかにわかっていないようだった。

ふたりがヴィクターに影を落とすと、ヴィクターは椅子に座ったまま向きを変え、首をまわしてふたりを肩越しに見た。

「貴様、何者だ？」ひとりが訊いた。

どすのきいた声で、強いシベリア訛《なま》りがあった。ヴィクターの経験では、シベリア人は、ただでさえ屈強なロシア人のなかでも、とりわけ屈強な血統だった。

「アレクサンドル・ノリモフの友人だが」

質問したシベリア人は、少し間を空けてから答えた。「そいつはだれだ？」

「このバーの所有者だ」

「もう所有者じゃねえ」

「すると、だれなのかはちゃんと知ってるんだな？」

シベリア人のあごの厚い筋肉が盛りあがった。「ノリモフは去年、死んだ」

ヴィクターは長々とため息をついた。「それじゃ、わざわざここまで来て教えてくれたみたいだから、礼をいっておこう。ほんとうにご親切なことだ」

シベリア人は口をかすかにあけたまま、なにもいわなかった。ヴィクターがまじめにいっているのか、皮肉をいっているのか、わからないようだった。

「ノリモフになんの用だ？」

「死んでるんだから、なんだっていいだろ？」

シベリア人が信じられないといった様子で首を振ったが、その目は威嚇《いかく》していた。「貴様、何様のつもりだ？」

「アレクサンドル・ノリモフの友人だが」

「耳が悪いのか？　その人は死んだといったはずだ。ここにいても時間の無駄だ」

「もうすぐ酒も飲み終わる」ヴィクターは、ほとんど空《から》になったウォッカのグラスを指し示した。

「もうはいってねえぞ」シベリア人がいった。

「私はそうは思わない」

シベリア人は大柄な男にしては意外なほどすばやい動きを見せ、手の甲でグラスを吹き飛ばした。グラスがカウンターの向こう側の壁に当たって砕けた。店内の会話がすぐに止まった。

シベリア人が満足げな笑みを浮かべていた。「これではいってねえ」

「ノリモフに会わせてくれるのか、くれないのか？」

シベリア人が声をあげて笑った。

ヴィクターはため息を漏らした。「会わせないという意味か？」

「かもな」

「それじゃ、帰るとするか」

ヴィクターは立ちあがった。にやついたシベリア人がまえにいて、もうひとりがうしろにいた。ヴィクターが鬼の形相でにらまれて、すぐに目を伏せると、シベリア人がそれを降伏のしるしだと思ったのか、薄い笑みを浮かべつつ、聞こえよがしに息を吐いた。そして、ヴィクターを通そうと、脇にどいた。シベリア人が連れに目を向け、眉をあげた。連れがわかったとうなずいた。

その瞬間、ふたりの視界からヴィクターが消えた。

シベリア人のまえを通り過ぎたとき、ヴィクターは左腕をあげてうしろへ振り、シベリア人の顔へ肘をたたき込んだ。鼻が折れるのがわかった。鼻孔から血が噴き出ると、シベリア人がうなるような声を出した。目に涙が溜まっていた。そして、体の感覚が抜け出てしまったかのように、カウンターにもたれかかった。

ヴィクターは動き続け、すばやく振り向くと、もうひとりがオーバーコートのポケットから重厚なバイカルの拳銃を抜くのが見えた。それだけの巨軀なのだから、背後から羽交い締めにすればよかったのに、この男はそうせず、拳銃に手を伸ばした。まちがいだ。

ヴィクターは男の懐《ふところ》に飛び込んで銃の脅威を消し、そのバイカル銃を片側にはねあげると、中身を保護する筋肉がほとんどついていない男の脇を、掌《てのひら》のつけ根で突いた。肋骨《ろっこつ》が折れた。男は倒れ、あえいでいた。バイカルが音を立てて固い床に落ちた。ヴィクターはシベリア人に目を戻した。よろよろと立ちあがっていた。鼻がつぶれてもまだ動きはすばやく、コートのポケットから飛び出しナイフを取り出した。

刃を出すと、ヴィクターに突進してきた。ヴィクターは相手の手首と肘をつかみ、相手の腕をきめてねじった。シベリア人が絶叫し、ナイフが指から転げ落ちた。ヴィクターは腕を放し、腹を殴った。シベリア人は殴られても、ちょっと身を固めただけだった。

両手が伸びてきてヴィクターのジャケットをつかむと持ちあげて投げ飛ばした。ヴィクターは勢いよく床にたたきつけられたが、横転して衝撃を吸収した。すばやく立ちあがると、シベリア人はすでに襲いかかってきていた。ヴィクターは次々に襲ってくるパンチをかわし、さらりと脇によけた。何発目かのパンチが空を切り、勢い余ってシベリア人がバランスを崩した。ヴィクターはシベリア人のひざの裏を蹴った。シベリア人がつんのめった。ヴィクターが床のバイカルをつかむと、シベリア人も体勢を立て直して振り向いた。

ヴィクターが握っていた二ポンドの鋼鉄の塊が相手のあごにヒットし、シベリア人ががくりとひざをついた。こめかみへの二発目で、確実に相手の動きを奪った。

ヴィクターはシベリア人のオーバーコートのなかに手を入れ、腋《わき》につけたホルスターから銃を抜いた。それをカウンターの向こう側に放り投げ、あたりを見た。バーにいたほかの客は唖然としていた。みな押し黙り、まったく動かなかった。妙なまねはしないようにいう必要もなかった。

ヴィクターはバイカルの銃身でシベリア人の顔をつついた。「立て」

シベリア人が歯を吐き出し、どうにか立ちあがると、血が流れ出る鼻の下に片手をあて、もう一方の掌でこめかみを押さえた。

「うしろを向け」ヴィクターは命じた。「顔をカウンターにつけろ」

シベリア人はためらった。両手をあげた。ヴィクターは髪をつかみ、折れた鼻がまともに当たるように、強引にカウンターに顔をつけた。シベリア人が絶叫した。ヴィクターは銃口をシベリア人の後頭部に押しつけた。

「ノリモフはどこだ？」

返事はない。

ヴィクターはまたシベリア人の顔をカウンターにたたきつけた。シベリア人がまた絶叫した。「どこだ？」

やはり返事はない。

ヴィクターは命じた。「カウンターの奥にいるおまえ、いちばん強いウォッカを一本出せ」

バーテンダーはせいぜい二十歳にしか見えず、おそらくこれまで銃など見たこともなかったのだろう。明らかに、余裕などまったくなさそうだった。怯《おび》えて動くこともできなかった。

ヴィクターはバーテンダーに銃口を向けた。「くれないなら、壁をおまえの脳みそ色に染めて、自分で取ってくるまでだが」

それ以上の〝励まし〟は必要なかった。

ヴィクターは、バイカルの銃口をさっきよりも強くシベリア人の頭蓋《ずがい》に押しつけた。「この銃には十発の弾が装塡《そうてん》できるな。動けば、すべておまえの顔にぶち込む。わかったか？」

ヴィクターは沈黙を肯定の意味と受け取った。ヴィクターはうしろにさがり、床に倒れていた巨軀のロシア人に目を向けた。ロシア人は両手で胸をかきむしり、息を継ぐたびにもだえていた。妙なまねなどしそうもなかった。ヴィクターはシベリア人から目を離さずにひざまずき、左手で飛び出しナイフを拾いあげた。また立ちあがり、片手でナイフの向きを変え、刃を下に向け、シベリア人の片耳を貫いて、カウンターに釘づけにした。

シベリア人の絶叫もかまわず、ヴィクターはバーテンダーからウォッカのボトルを受け取り、度数を確かめてから、カウンターの向こう端へと歩いていった。歯で栓を抜き、カウンターの上に垂らしながら、シベリア人のほうへ歩いていった。シベリア人のまえに戻ると、残りのウォッカをシベリア人の頭にかけた。シベリア人は一瞬はっとしたが、それきり動かなかった。ほんの少し抵抗しただけなのに、ナイフの刃で耳が裂けていた。

ヴィクターはバーテンダーを見た。「ライターをくれ」

シベリア人がようやく声をあげた。「やめろ」

ヴィクターはナイフの柄をつかんでねじった。シベリア人が絶叫した。「黙れ」

バーテンダーがヴィクターに使い捨てライターを差し出した。

「そうじゃない」ヴィクターはいった。「カウンターの向こう端に持っていけ」

バーテンダーはしぶしぶ向こう端に移動した。

「やめろ」シベリア人がまた叫んだ。「頼む」

「せっかく楽な方法でやろうといってやったのにな」ヴィクターは銃口をシベリア人の頭蓋に当てたまま、左手でシベリア人の髪をつかみ、カウンターに押しつけた。「いつものやり方に戻す」

シベリア人はうなり声をあげ、巨大な両手でカウンターの端をつかんでもがいた。血がカウンターの上でウォッカと混じり合っていた。

「ノリモフの確実な居場所をいえ。つまらん嘘などつかないほうがいいぞ」ヴィクターはバーテンダーを見た。「火をつけろ」シベリア人に目を戻した。「十秒もすれば、ローマ花火みたいに燃えあがるぞ」

バーテンダーがライターをつけ、小さな炎をカウンターへとさげていくさまを、シベリア人は目の片隅で見ていた。ウォッカに火がつき、青い炎が燃えあがった。そして、シベリア人の見ひらかれた目に向かって、勢いよく伝わってきた。

「九秒」ヴィクターは抑揚もなくいった。

「わかった、わかった」シベリア人が叫び声をあげた。「いう、いう」

「いまいえ。七秒」

「カラリ車両基地」

「連れていってくれるか？　四秒」

「連れていく」

ヴィクターはシベリア人の髪を放し、耳に突き刺さっていたナイフを抜いた。シベリア人があとずさり、カウンターから顔を放した直後、炎が端に到達した。シベリア人はよろめき、足を取られてテーブルの上に倒れた。体重を支えきれずに、テーブルの脚が折れた。

シベリア人は度肝を抜かれ、しばらく尻餅《しりもち》をついたまま、テーブルの残骸《ざんがい》とともに激しく息をしていた。顔をあげると、ヴィクターが見おろしていた。

「さて」ヴィクターはいった。「なにをぐずぐずしている?」

36

スイス　チューリッヒ
土曜日
十三時十一分　中央ヨーロッパ標準時

　路面電車に乗ったとき、レベッカは冷たい風が気持ちいいと思った。パートナーだか共犯者だか知らないけれど、とにかくあの男に力説されたとおり、用心のため、乗ってくる人が見えるように後部席に座った。路面電車でチューリッヒの金融街へ出ると、不安を心の奥底に押し込めて、きれいな通りを抜けた。レベッカはチューリッヒが好きだった。スイスの効率のいい商取り引きが好きだった。歴史あふれる都市だが、まだ観光客に荒らされてはいなかった。人は観光ではなく、仕事やスキーをしにスイスに来る。

　最後まで静かな路面電車で行くこともできたのだが、パラノイアになってしまったらしく、途中下車して少し引き返し、通りすがりの人たちがよく見えるように、ときどき立ちどまってウインドウを眺めた。これも、あの男にいわれたことだった。まえに見たことのある人はいなかったけれど、こういったことに慣れていないのは、自分でも痛いほどわかっていた。おかしな帽子をかぶってパリからずっとつけてきた人がいたとしても、きっと気づかない。恐怖をなんとか押しとどめ、また路面電車に乗り、ひとつだけ空いていた座席についた。

その席を、バンホーフシュトラーセで乗ってきた悲しげな顔の老人に譲り、三駅先のチューリッヒ繁華街で降りた。ここの人たちはみな彼女と同じような服装だったので、人ごみに紛れて気持ちも安らぎ、さっきより気楽に歩くことができた。

レベッカは、チューリッヒを拠点に活躍する大勢の銀行家ご用達のブティックやカフェのまえを歩いた。いたるところに銀行があり、銀行のないところにも、なにかしらの金融機関はあった。事業内容を公《おおやけ》に宣伝しているところもあれば、通行人から隠れるように営業しているところもあった。

ひんやりした空気で顔の肌が突っ張っていた。レベッカはあの男のことを考えた。名前さえ知らない殺し屋のことを。レベッカは時計を見た。別れてから数時間が過ぎていた。すでに、自分のしていることに疑問が生まれていた。たとえ正しいことをしているにしても、あの男は信用できない。できるわけがない。人を殺してお金をもらっているんだもの。あれほど卑劣な男はいない。

でも、あの男も、わたしに負けないくらい生存本能が強いといいのだけれど。頭がいいのはまちがいないし、頭のいい人間なら、こんな状況ではわたしと力を合わせるしかないこともわかっている。ふたりとも、ひとりじゃどうにもならないのだから。もちろん、あの男がひとりで暗号を解読したら、それまでだけど。そうなったら、わたし抜きで、別の手を考えるかもしれない。そのときはひとりきりで、無防備になってしまう。

レベッカは大きく息をし、理性的に考えようとした。あの男の顔を見たけれど、あの目には、揺るぎない自信と、人の手を借りることに対する大いなる不満があった。いくらかでもひとりでやれる自信があったなら、そもそもわたしのところになど来なかったはず。レベッカはそう願った。

レベッカはパラデプラッツの店でチョコレート・ショートケーキを買った。ケーキが相当な偽薬《プラセボ》効果を生み、おなかも落ち着いたので、レベッカは繁華街を出て、人通りの少ない脇道にはいった。礼儀正しくドアマンにほほ笑み、何気《なにげ》ない足取りで回転ドアをくぐった。

よくある銀行とは様子がちがうが、そこがみそだった。ロビーは高級ホテルのようだった。レベッカは受付に進み、デスクのうしろにいたきっちり身づくろいした男性に用件を伝えた。男性は流れるような手慣れた手つきで電話を取り、受話器に向かって何事かを小声でいった。

「ただいままいります」

「ありがとう」

レベッカは立派だが座り心地の悪い椅子のひとつに座り、掌《てのひら》にあごを載せた。急いでいるようには見えても、そわそわしないように気をつけた。行内は温かかったが、コートは着たままでいた。

数分後、レベッカは、ストーン・ブラウンのスーツを着たほっそりした男性が歩いてきたのに気づき、立ちあがって挨拶《あいさつ》した。ウッドパネルのエレベーターで二階にあがり、その男性のあとについて別の部屋にはいってから、小さな携帯装置に十桁《けた》の口座番号を入力した。男性がスクリーンで照合結果を確認し、いった。「こちらへどうぞ」

レベッカはふたりの警備員のまえを通り、幹部オフィスの入口でコーヒーを断わり、なかに通されたものの、また待たされた。オフィスは古典的なしつらいで、富と権力がにじみ出るような造りだった。レベッカにとっては、古くさくてつまらなかった。とことん現代的な女なのだ。待たされているのにも、むかついてきた。行くと伝えてあったから、なおさらむかついた。

五分ほどして、眼鏡をかけたちびででぶな男が、やっとはいってきた。縦縞のスーツできめていたものの、腹まわりをごまかそうという必死の努力は、むなしく失敗していた。「ミス・バーンスタイン」男がレベッカにいった。「またお会いできてとても光栄です」

三カ月ちょっとまえ、活動資金用の口座を開設したときにも、レベッカはこの男と会っていた。はるか昔のことのように思われるけれど、この太りすぎの男はこちらを覚えているようだった。とにかく、覚えているふりはした。レベッカは握手した。その手は柔らかく、生暖かく、ほんのり湿っていた。

「こちらこそ」

ジョエル・マリアットは巨大な赤い革張りの椅子に腰をおろした。変な感じがした——椅子のせいで異様に小さく見えた。レベッカは最初に会ったときと同じように気づかないふりをし、何人の顧客が同じことを思ったかしらと思った。

レベッカはコートのボタンをはずし、マリアットに自分の正面と横をじっくり見せてやろうと、脱いだコートをゆっくりと椅子にかけた。ワンサイズ小さくて、皮膚のようにぴったりした渋色のセーターを着ていた。その下には、胸を実際より数カップ大きく見せるパッド入りのブラジャーをつけていた。きついセーターを無理やり膨《ふく》らませている胸をはじめて見たときは、衝撃を受けた。マリアットも似たような衝撃を受けてくれることを願った。

現代もまだ男の世界なのかもしれないけれど、女にも異性に対する強力な武器がある。股間に血を向かわせれば、脳みその血が減って考えられなくなるはず。

ふたりはしばらくあたりさわりのない話を交わした。マリアットは〝おもしろくてしかも信頼に足る銀行家〟と思われるためのチェック項目を、ひとつずつ会話で実践していった。レベッカは相手の見え透いた話に口を差し挟むこともなく、マリアットに時間をたっぷり取らせて、訪問の目的の話に移るのを待った。

「あなたもお忙しいでしょう、ミス・バーンスタイン」マリアットがいった。「本日はどういったご用件でしょうか?」

「取り引きのことで、ちょっとした問題があって、お力を貸していただけないかと思いまして」

マリアットが警戒を強めた。「取り引き上の問題でいらっしゃいますか?」

「貴行がなにかしたというようなことではありません。まあ、お恥ずかしいことに、顧客の情報をなくしてしまったようなんです。こちらの元従業員が、なんというか、役立たずで、システムのファイルをいくつかうっかり消去してしまって、回復できていないんです」

「それはお気の毒に」

「そういうことですから」レベッカは続けた。「非常に困った立場に立たされているんです。お客様に――とても重要なお客様なのに――連絡できなくなっています。こちらにあるのは、わたしの口座への入金記録に記されている先方の口座番号だけなんです」

「なるほど」マリアットが事情を呑み込み、そういった。

「そこでですね、ミスター・マリアット。いいえ、ジョエル。その口座番号の持ち主の連絡先を教えていただけたら、とてもうれしいのですけれど」

「ミス・バーンスタイン、たいへん申し訳ありませんが、それは〝秘密情報〟になっておりまして、お教えしたら、銀行業の倫理にそむくことになります」

「お立場はわかりますけれど、知らなかった情報を教えてほしいといってるわけじゃないんですよ。ほんの数日まえまで、その情報は当方のシステムにはいっていたんです。本来なら知っていたことを、ちょっと教えてくださいといってるだけですよ」

マリアットが気の毒そうに苦笑した。「それとこれとは別の話です。教えてはならないことになっているのですから。コンピューターの専門家を雇って、消去したファイルを回復したらいかがですか」

「もうやってみましたが、回復できなかったんです」

「そのうち、きっとお客様のほうからご連絡がはいりますよ」

「貴行の顧客にもたくさんいるでしょうけど、わたしのビジネスでも、企業と顧客間の連絡はあまりないのです」

レベッカは言外の意味がはっきり伝わるように、要《かなめ》の言葉を強調していった。

「なんと申しあげればいいのやら」マリアットがいった。

「わかりましたといってください。すぐにでもお客様と連絡を取らないといけないんです」

「たいへん申し訳ありませんが、それはいたしかねます」

ソフト路線が失敗したことを受け、レベッカは怒りの形相で立ちあがり、窓際へ歩いていった。その際、マリアットにヒップ、脚、それに、脚を痛めつけている三インチ・ヒールがよく見えるように動いた。マリアットにとくと見せつけたあと、振り返った。マリアットの目が上を向き、レベッカの目と合った。

「ひどすぎるわ」レベッカは手を腰にあてていった。「わたしはここに口座を持っていて、その口座に何十万ドルも入金したのはだれか教えてほしいといってるだけですよ。これくらいの便宜を図ってくれないなら、口座を解約して、貴行と競合するところと取り引きするしかありません」

マリアットが頭のなかですばやく計算しているのがわかった。すでにレベッカは、はじき出された数字を知っていた。レベッカの口座には、三カ月弱で二百万ドルが振り込まれていた。この分でいくと、一年で八百万ドル近くになる。名前と住所のような些事《さじ》で失うには、あまりにも痛すぎる金額だ。

しばらくして、マリアットはため息をつき、うなずいた。「わかりました」彼がいいはじめた。「お助けしましょう。ただし、お望みのものをお教えするわけにはいきません」

「それじゃ助けていることにならないわ。もう二度と貴行のお世話にはなりません。いますぐ資金を全額、引き出します。百ユーロ紙幣で」

「待ってください」マリアットがすばやく付け加えた。「口座の開設者に代わって振り込みをした会計士の情報なら、いかがです？　それでもだめですか？」

レベッカは笑みが漏れるのをこらえた。願ってもいない展開だった。

「それなら、なんとか」

37

ロシア　サンクトペテルブルク
土曜日
十六時五十八分　モスクワ標準時

彼らはシベリア人の車を使った。ヴィクターは、運転手を監視できるように、助手席のうしろの後部席に乗った。車は八〇年代製造の黒塗りBMWで、ごてごてと飾りがついていた。車内は饐《す》えたたばこのにおいが立ちこめ、ダーク系統の座席には染みがついていた。

ヴィクターは肋骨《ろっこつ》の折れたロシア人をバーの奥の部屋に閉じ込め、一時間経ってから解放するようバーテンダーにいい残してきた。一時間経たずに解放したりしたら、戻ってきて去勢してやるともいっておいた。バーテンダーのジーンズの股間にできた濡れた染みを見るかぎり、本気にしてくれたようだった。

彼らは無言で走った。シベリア人の目はずっと道路に向けられ、ヴィクターには見覚えのない地区を通り抜けた。どれも似たような工場が並んでいた。工場と工場のあいだには荒れ地が広がり、彼方の高層ビルから蒸気が立ちのぼり、雲と混じり合っていた。

　車は三十分ほどで速度を緩めた。何年も使われておらず、朽ち果てるのを待つばかりのぼろ倉庫が、通りの両側に並んでいた。路面はでこぼこで、路肩にはごみやどす黒い水が溜まっていた。ヴィクターの目が、バックミラーのシベリア人の目と合った。

「着いた」

　前方の金網塀と門のまえで、道路が終わっていた。アストラカンの帽子をかぶった長身の男が門のまえに立ち、たばこを吸っていた。背後に、低くて長い建物がフェンス越しに見えた。汚染ですすけていた。

　シベリア人が門の五ヤード手前で車を停め、運転席のウインドウをあけた。長身の男がたばこを投げ捨て、車へと歩いてきた。かがんで車内をのぞき、シベリア人のつぶれた顔を見て、口笛を吹いた。

「嘘だろ、セルゲイ」長身の男がいった。「また嫉妬しただんなに鉄梃《かなてこ》でやられたのか？」そういって笑いかけたとき、後部席のヴィクターに気づいた。「こいつはだれだ？」

　ヴィクターはシベリア人が答えるまえにいった。「ヴァシーリーが会いに来たとノリモフに伝えろ」

　アストラカン帽の下の顔にしわを寄せて、男がしばらく考えた。その後、車からあとずさり、西側の若者《ティーンエイジャー》なら、だれもが赤面するような携帯電話を取り出した。そして、車に背を向けて、しゃべりだした。十秒ほど話をしてから、携帯電話をしまった。振り向いてヴィクターを見たとき、その目には恐怖が浮かんでいた。

「行け」

長身の男が門をあけると、シベリア人が広々としたでこぼこの舗装面へと走りだした。あちこちに油の混じった汚水だまりがあった。

車はふたつの大きな工場に向かって、ゆっくりと進んだ。錆《さ》びついた客車が遠くの片隅に見えた。車はふたつの工場の隙間にはいって、停まった。ヴィクターの右側のシャッター・ドアがあき、一方の工場への入口が現われた。

シベリア人がその入口を示した。「そこだ」

ヴィクターは車から降りた。頭上の傾斜した屋根でこそこそ動いていたり、背後の工場内に立っていたりする黒い人影には、気づかないふりをしていた。緊張でこちこちのロシア人に不用意に発砲されるようなことはいっさいしないで、ゆっくりした動作を心がけた。

寒かったが、ヴィクターは両手をポケットから出したまま、入口へ歩いていった。なかにはいると、古い電車の客車が見えた。造りかけで錆びつき、場所を取っていた。ヴィクターはあたりを見て、思いをめぐらせた。ソ連時代、この車両基地で製造された車両が何千マイルも離れた友好国に輸出されていたが、ソ連帝国が崩壊すると、ここは閉鎖され、業務がぱたりと止まり、二度と再開されることはなかったのだろう。

ふたりの巨大なロシア人が物陰から現われ、歩いてくるのに気づき、ヴィクターは立ちどまった。分厚い服を着てひげを生やしたその姿は、人間ではなく猿のようだった。ひとりはひげに白いものが混じる四十過ぎの男だった。もうひとりはもっと若く、顔と首にやけどの痕《あと》があった。

若いほうは、かの悪名高きカラシニコフの後継となるアサルトライフルを持っていた。銃口はヴィクターに向けられていないが、やけど痕の男の構え方からすると、すぐさま射撃態勢を取れるのがわかった。軍隊あがりだ。

年上のほうはどちらの手にも武器を持っていなかったが、肋骨だけでは、左脇にあんな異様な影はできない。AKを持ったロシア人はうしろにさがり、年上の男がヴィクターに近づいた。

ヴィクターはゆっくりコートのボタンをはずし、両腕を肩の高さにあげた。ロシア人がヴィクターの体を探った。荒々しい探り方だったが、目は疲れていた。ポケットのバイカルに手が触れたとき、男が眉をひそめた。男が拳銃を取り出した。

「ほかには？」男が訊いた。

ヴィクターは首を振った。それでも、男は探した。ほかにもあれば、見つかっていただろう。

「来い」

男は振り向き、ヴィクターを先導して、工場のなかを歩きはじめた。AKの男が十歩ほどうしろからついてきた。建物のなかも外と変わらず、寒くて湿っていた。屋根にいくつも穴があいており、その下にできた水たまりを、ヴィクターは慎重に避けた。ふたりのロシア人はブーツを履《は》いており、氷点に近い温度の水たまりも気にせず、踏み歩いた。重そうな足跡が響いた。

工場の奥まで行き、そこで足を止めた。鉄の階段が、工場一階を見おろすオフィスへと続いていた。客車のルーフにひとり、オフィスの下の暗がりにもひとり、ノリモフの部下が立っている。ヴィクターは気づいた。ふたりともアサルトライフルで武装している。

ヴィクターの体を探った男が、待っていろといい残し、鉄の階段をのぼって、オフィスにはいっていった。しばらくして出てきたが、降りてはこなかった。階段の上にとどまり、しかも、ほかの連中と同様、AKを持っていた。

これで、アサルトライフルで武装した五人の部下に監視されることになる。それぞれが、仲間を誤射することなく、ヴィクターを銃撃できる場所に陣取っている。いまのところ、この五人が殺そうと思えば、ヴィクターに勝ち目はない。

この連中は慣れている。その点は、ヴィクターも認めなければならない。

オフィスのドアがあき、ノリモフが出てきた。このまえ会ったときも、あまり髪は残っていなかったが、いまではさらに減っていた。残っている髪もとても短く切りそろえていた。背は高く、四角い顔で、肩幅が広く、腕はやたら太かった。動きが鈍そうに見えるが、この体格が人をだますのだった。スピードと敏捷性《びんしょうせい》を隠し持っているから、襲撃しようと思っても、たいていは不意をつかれる。

ノリモフは感情の見えない表情を装っていた。目は深くくぼみ、濃い眉毛の影に隠れていた。かつては黒々としていたあごひげには、いまでは白いものが目立ち、きれいに手入れされていた。黒いスーツをまとった姿は、政府のエージェントを経て業界入りした残酷な男というよりは、お上品な実業家といった風情だった。奇妙な薄い笑みを見せると、ヴィクターと目を合わせた。驚きと警戒が入り交じったまなざしだった。

「ヴァシーリー」ノリモフが呼びかけた。「いささか意表をつかれたよ」

特権階級の育ちにふさわしい、品のあるなめらかな声だった。

ヴィクターも薄い笑みを返した。「私が派手な登場を好むことは、きみも知っているはずだ」

「ああ、知っているとも。だが、五分まえ、きみが来たという電話をもらったときには、嘘だと思った。今度きみに会うのは、ステュクス川（ギリシア神話における冥府の川）を渡ってからだと思っていたからな」

「私に会えても、うれしくないということか？」

「おいおい」ノリモフがいい、笑みが顔に広がった。「そういうことじゃない」

「それなら、どういうことだ？」

「きみのやり方は、いささか度が過ぎるということだ。セルゲイとドミトリーに、そこまできつく当たることはなかった」

「彼らにもわかる言葉を使わなければならなかった」

「ロシア語は使ってみたか？」

「錆びついていたようだ」

ノリモフがうなるような声でいった。「あのふたりは、私の手伝いをしていただけだぞ。よけいな面倒を省いていただけだ。取り次ぐ電話を選んだりな」そういうと、ノリモフが笑った。「近ごろは、用心を心がけないといかんからな。競合他社に狙われなくても、悪臭が漂うほど腐った警官には狙われる。どっちのほうが性質《たち》が悪いのか、私にはわからん」

「発展の代償というやつだな」ヴィクターはいった。

ノリモフがうなずいた。「かつてないほど熾烈な状況だ。そっちは印象が変わったな」

「まあな」

「整形か？」

ヴィクターはうなずいた。ノリモフがにやりとした。「まえのほうが良かったぞ」

「ああ」ヴィクターは同意した。「問題もあるさ」しばらくノリモフと目を合わせていた。

「そこから降りてこないのか？」

ノリモフが両手を手すりに置いた。「ここでいい」

「私がきみを殺しにきたと思っているのか？」

顔つきが急変したところを見ると、まさにそう思っていたのだろう。

「丸腰だぞ」ヴィクターはいい、ジャケットの前身を広げて見せた。

「その言葉は信じる」ノリモフがいった。「だが、丸腰だからといって思いとどまったことがあるのか？」

ヴィクターはうなずいた。皮肉のきいたお世辞ではあるが、そのとおりでもあると思った。「殺したいと思えば」彼は説明した。「こうしてきみのまえに立っていたりしない。話がしたい」

ノリモフはしばらく考えていた。ヴィクターはノリモフから目を離さなかった。あらゆる可能性に備え、護衛に銃撃の合図を送る手振りに備えた。その場合どうなるのか、ヴィクターには見当もつかなかった。おそらく、死ぬことになるのだろう。

「いいだろう」ノリモフがようやくいった。「話をしよう」

38

十七時三十七分　モスクワ標準時

彼らは二階のオフィスにいた。ファイリング・キャビネットがあるところなど、組織犯罪ネットワークの中枢ではなく、どこかの堅気の事業所のようだった。ノリモフは使い込まれた質素な机についた。シルバーのラップトップと書類や封筒の束が、机に載っていた。ヴィクターは向かいの椅子に座った。ひとりのボディーガードが彼の背後にまわり、もうひとりがノリモフのうしろについた。ドアの外にもひとりいた。三人とも、あからさまに武器を持っていた。

これだけの護衛がいては、自分のオフィスに監禁されているようなものだが、いつからこんな状態なのだろうか、とヴィクターは思った。それに、みずから囚《とら》われの身になっていることに、気づいているのだろうか。

「あまり温かくない歓迎については申し訳なかったが、きみならきっと、私の疑念を許してくれることだろう」ノリモフが語りはじめた。「殺し屋の突然の訪問を受けたときには、死ぬ過ちを犯すより、警戒しすぎるほうがいい」「〝殺し屋〟

「その言葉は使うな」

「どの言葉だ？」ノリモフが訊いた。わけがわからないといった様子だった。

か？　嫌いな言葉だということを忘れていたよ」

「忘れてはいないだろう」

ゆがんだ笑みが、ノリモフの顔に浮かんだ。「ええと、三年ぶりか？」

「四年だ」

「久しぶりだ。まだまだ若いな」

「ビタミンを摂《と》ってるからな」ヴィクターの目がノリモフを一瞥《いちべつ》した。「食い物には困って

いないようだな」

「ああ、まったく。腹は厚く、脳天は薄くなった」ノリモフが笑い、肥えた腹をたたいた。

「冷気を遮断するには、これくらいないといかんのだ」

「肩の調子はどうだ？」

ノリモフが鼻から息を吐き出した。「はっ、まだ悩ませてくれる。去年、モスクワの専門

家に診《み》てもらったばかりだ。肩甲骨《けんこうこつ》の裏側に水が溜まっているといわれたよ。嘘じゃないぞ、

こんなにでかい注射で水を抜かれた」ノリモフが両の掌《てのひら》を十二インチほど離して、大きさ

を伝えた。「さっぱり治らん。一週間で鎮痛剤を一本、飲みきってしまうこともある」

「気の毒にな」

「生きる痛みか、痛みのない死かといわれれば、喜んで痛みを選ぶ」

「うまいことをいう」

「これはどうも」ノリモフが会釈した。「そっちはどうなんだ、ヴァシーリー？　その体はまだ〝防弾〟か？」

ヴィクターは、胸の大きな痣《あざ》とその真ん中の小さなかさぶたのことを考えた。「いいたくない」

「死に神を呼びたくないということか？」

「そんなところだ」

ノリモフが指摘した。「昔は自分の運命は自分で決めるといっていたのにな」

「それは変わっていない」

「いくら腕が良くても、いくらすばやくても――」

「弾より速く走ることはできない」ヴィクターが続きをいった。

ノリモフがボディーガードのひとりに合図した。「飲み物を持ってこい」

ボディーガードが戸棚をあけ、スコッチのボトルとタンブラーをふたつ取り出した。そして、ノリモフとヴィクターになみなみと注いだ。ノリモフは待ちきれない様子で、グラスをがっしりつかんでいた。頬に赤みが差した。損傷した毛細血管が皮膚に浮き出ていた。昔はそこまで飲まなかった。

ノリモフがグラスを掲げた。「旧盟《きゅうめい》に」

「旧友に」ヴィクターは正した。

ノリモフがグラスを干し、咽喉《のど》を鳴らした。ヴィクターも飲み干したが、咽喉は鳴らさなかった。

「うれしいかぎりだ」ノリモフがいった。「私を怖がらない相手と酒を飲む機会は、そう多くない」

「きみを怖がる人がいるとは、意外だな」

ノリモフが笑った。「まったくだ。まあ、私ではなく、私がやるかもしれないことに怯《おび》えるのだろう。いま私のもとで働いている虫けらどもだが、こいつらは十年まえの私を知らない。五年まえの私も知らない。私が年老いて、もうろくしたと思っている。ちがう私を覚えているものなど、おそらくいない」

「私は覚えている」

ふたりは長いあいだ互いの目を見ていた。ヴィクターはたばこの箱をあけ、たばこを一本、歯で取り出した。ノリモフの目が少しだけ見ひらいた。

「やめたと思ったが」

ヴィクターはマッチを擦《す》り、口元に近づけた。「やめたことはある」

「そんなもの――」

「わかってるさ」ヴィクターはいった。「いわないでくれ。本数は減らしている」

「ボンドだってもう吸わないというのに」

ヴィクターは親指と人さし指でマッチの火を握りつぶし、たばこを吸った。そして、片眉をあげた。「だれが吸わないって？」

ノリモフはしばらくにやついていた。歯が黄色かった。「いまやってる仕事《スコア》は？」

「数えていない」

「昔は数えていたのにな」

ヴィクターはうなずいた。昔はそういうのが大切だった。

ノリモフが皮肉のこもった笑みを見せた。「まだ教会に行って罪の告白をしてるのか？」

ヴィクターの椅子の革がきしんだ。ヴィクターはグラスに目を落とした。「いつになったらお代わりをくれるんだ？」

ノリモフがボディーガードを呼んだ。すぐさまボディーガードがふたりのグラスに酒を注いだ。ふたりともひとくち飲んだ。「さて、殺人ビジネスはどうだ？」

ヴィクターはしばらく考えた。「もっと信頼できる雇い主を見つけないといけない」

「私もきみを雇いたい。だが、きみを一晩雇うカネがあれば、四人の腕利きを、ほぼ一年間そばに置いておける。数がいれば、技術はさほど必要ではない」

ヴィクターは反論する必要性を見いだせなかった。「どのみち、最近はさらに高い料金設定にしている」

ノリモフがげらげら笑った。「きっとそれだけの値打ちがあるわけだ。しばらくこっちにいるつもりなら、仕事を世話してやれるぞ」

「そうしたいのは山々だが、ずいぶん長いあいだ外にいたからな」

「関係ないさ。名声はまだ残っている。それさえあれば、門戸はすべてひらく」

「もうそういうやり方はしていない。そんな悪名が広まれば、死ぬまで十字線に追われるだけだ」

「万が一、心変わりでもしたときには、私の居場所はわかるな」

ヴィクターはうなずき、いった。「そっちはどうなんだ、アレック？　拡大中の帝国は？」

「この街に残るまっとうな極道は、私ひとりだ。腹が立つのもわかるだろうが？」

ヴィクターはウイスキーをひとくち飲んだ。「麗しのエレナはどうしている？」

ノリモフの顔が険しくなった。「死んだ」彼はためらいもなくいった。

「なにがあった？」

「病気だ」

「病気？」

「医者の連中は重病だと思っていなかった。重病だとわかったときには、手遅れだった」

「気の毒に」

「ありがとう」

「きれいな人だった」

ノリモフが顔をそむけた。「最期はきれいではなかった」

しばらく、沈黙が重々しく立ちこめていた。ヴィクターはなにもいわなかった。気まずかったが、少しばかり気持ちが楽になるからといって、使い古された言葉をかけるのは不謹慎だった。

沈黙を破ったのは、ノリモフだった。「きみもまだ薬をやってるのか？」

「もうやめた」

ノリモフは笑みを浮かべたが、避けられない話をするのがさも残念そうに、ため息をついた。「旧交を温めるために来たわけじゃないんだろうな」

「何者かが私を殺そうとしている」

ノリモフがにやりとした。「役まわりが逆じゃないのか？」

「まさに」ヴィクターは同意した。「敵をつくってしまったらしい」

「そういった危険は、きみの稼業にはつきものだろう」

「今回はもっと複雑な事情だ。きみの力を借りたい」

ノリモフの表情に、驚きのようなものが混じっていた。「きみが私の力を借りたいだと？」ヴィクターはうなずいた。「かなり深刻だな」

「深刻だ」

「なにをすればいい？」

「私の代わりにいくつか問い合わせをしてほしい」

「私はきみより先に連中とは手を切ったんだぞ。だから――」

「だが、まだあの組織とはつながっているんじゃないのか？」

ノリモフがうわの空でうなずいた。意識が飛んでいるかのような動作だった。

「それはよかった」ヴィクターはいった。

「問い合わせの内容は？」

ヴィクターはコートの内側に手を入れた。ふたりのボディーガードが誤解しないように、ゆっくりと手を動かした。そして、コートから手を抜いた。握った手には、フラッシュメモリーがはいっていた。

「これにファイルがはいっている。暗号を解いてもらいたい」

ヴィクターはフラッシュメモリーをテーブルに置いた。ノリモフがそれを手に取り、しげしげと見た。

「どこで手に入れた？」ノリモフが訊いた。

「かつての取り引き先からだ」

ノリモフはなるほどと眉をあげた。「なにがあったのか教えろ」

「月曜日にパリで契約があった。そのフラッシュメモリーの回収と引き渡しも、契約の一部だった。ところが、ホテルに戻ると、暗殺チームが待っていた。だれがその連中を派遣したのかが知りたい」

そいつがヴィクターの雇い主と同一人物で、さらに、CIA局員でもあるらしいという事実は、いわないほうが賢明だと思った。

「パリだと？　新聞で読んだが、きみだったとは思いもしなかった。ヘッドラインを飾るタイプではないからな」

「今回はやむを得なかった」

ノリモフが身を乗り出した。「たしか、八人があのホテルで射殺されたとか。みんな、きみか？」

「私は七人しか殺していない」ヴィクターは訂正した。「そのまえにひとり。あとで、もうひとり」

「数えるのはやめたのかと思っていたが」

ヴィクターはしばらくノリモフを見ていた。「抜けにくい癖もある」

ノリモフが首を振った。「まあ、まだ腕は鈍っていないということか」

ヴィクターはその発言を無視した。「私を殺そうとしたやつは、そのフラッシュメモリーを欲しがっていた。現時点では、こちらの手がかりはそれだけだ。人を殺してでも手に入れたい情報が、それに含まれているようだから、どういうものかぜひとも知りたい」

「それでどうなる？」

「敵の追跡に役立つかもしれない。どうにもならないかもしれないが」

「だが、なぜそんなことをする？　以前なら、復讐などまったく気にしなかったのにな」

「いまでも復讐など気にしていない」ヴィクターはいった。「これからもな」

「それなら、なぜ？」

「彼らが私を見つけたからだ」

ノリモフがヴィクターと目を合わせ、うなずいた。「まだ組織に知っている人間がいる。コンピューター関係の人間だ。手伝ってもらえるかもしれん」

「礼をいう」

「だが、きみの依頼は例外的だ。怪しむものも出てくるだろうし、いろんな疑問も出てくるだろう」

「買収すればいい。経費はすべて支払う」

ノリモフがヴィクターをまじまじと見た。「連中はまだきみの首を狙っている。忘れてはいないだろうな？」

「あまりものを忘れることはない」

「そのリスクを負ってもかまわないんだな？」

「私がどうしてここにいると思うんだ？」

ノリモフはしばらくその答えを吟味していた。「昔から思っていたことだが、きみは細心の注意を払って生き延びてきたわりに、ときどき死の願望でもあるかのような行動を取る」

ヴィクターは顔に感情を出さないように努めた。

ノリモフがあごひげをなでた。「まえに連中がきみのことを尋ねてきたぞ？　将軍、たしかバナロフといったな。そいつが死んだ。自殺だった。自分の拳銃で頭を撃ち抜いていた。連中はきみの仕業《しわざ》だと思っていた。その週のうちに居所を突き止められるといっていた」

「きみはなんと答えた？」

「もう何年も会っていない、と」

「彼らはその言葉を信じたのか？」

「さあな。捜査官は私がお嫌いだった。それははっきりしている。アニスコヴァチというやつだった。その名前だけは忘れないようにしている。若手のホープだった。なんというか、傲慢《ごうまん》だが頭のよさそうな顔つき。実をいうと、その顔を見て、きみのことを思い出した」ノリモフが少し笑みを見せた。「私の一物ぐらいの長さの死者のリストを出して、きみが殺したのはどれだと訊いてきた」

「で、なんと答えた？」

「いわせてもらえば、ぜんぶきみの仕業だとしてもおかしくはないと答えた。だが、きみは死んだと聞いているから、いくらきみでも無理だろうともいってやった。そのときだ。アニスコヴァチにきみの写真を見せられたのは。最近の写真だといっていた」

「撮影場所は？」

「わからん。心配することはない。写りのいいほうから撮っていた」そういって、ノリモフがにやりとした。「ただ、アニスコヴァチはバナロフの件できみをとらえたいといっていた。ほかはどうでもいいとな。ほかの仕事を手がかりにして、きみの行方を追っていた」

「そいつがそういっていたのか？」

「いう必要もなかった」

ヴィクターはうなずいた。

「それで」ノリモフがいった。「バナロフを殺したのは、きみか？」

ヴィクターは無表情を崩さなかった。「記憶にない」

ノリモフが真顔になった。「だが、連中の記憶には残っているぞ、ヴァシーリー」

「それじゃ、連中の記憶を呼び起こさないように気をつけよう」

「こういった状況を踏まえて、私のことを考えてみてくれたか？　それでなくとも、嫌われているのだ。私がきみに力を貸したことがばれたら、どんなことをされると思う？」

「これまで、私がきみに助けを求めたことはあったか？」

「ない」ノリモフが話をやめた。長いあいだヴィクターを見つめてから、話を再開した。

「きみは変わったな」

「痩《や》せた」

「いや、そういうことじゃない」

「老けた」これはいいたくはなかったが。

ノリモフが首を振った。「それもちがう」

ヴィクターは体を揺するのをやめた。

「ひとつ知っていることがある」ノリモフがいった。「われわれのような人間は変わらないということだ。適合するだけだ」

「必然性か」

「きみのどこが特別なのかという話をしたときのことを、覚えているか？」ノリモフはヴィクターの返答を待たなかった。「きみのような人間、私のような人間もだが、ほかの人間が持っていないものを胸の内に持っている。それを武器としてうまく使えずに放っておけば、その武器に滅ぼされてしまう」

「いまでもそう信じている」

「今回、便宜《べんぎ》を図ることで、チェチェンの件は差し引きゼロだ」

「もちろん」ヴィクターはきっぱりと同意した。

ノリモフがゆっくりとうなずいた。「できるところまでやろう」

「ありがたい」

「いいさ」

「フラッシュメモリーのコピーが必要だな」

ノリモフがほほ笑んだ。「なぜだ？　私を信用していないのか？」

「ああ」

ノリモフの笑みが消え、ヴィクターをにらみつけた。

ヴィクターもにらみ返した。

ノリモフがまず顔をそむけ、フラッシュメモリーをコンピューターにセットした。「中身だけをコピーできるのか？」

「暗号化されているのは、フラッシュメモリーそのものではなく、中身の情報だけだ」

ノリモフはものの数秒でデータを自分のコンピューターにコピーした。コピーが終わると、元データのはいったフラッシュメモリーをラップトップから取り出し、ヴィクターに返した。「終わった。別のものにコピーして、知人に渡そう。心配するな。データはあとで、私のラップトップから消去する」

「心配はしていない」ヴィクターはいった。「もうここでは会わないほうが安全だろう。次は、にぎやかな、人の多いところだな」

ノリモフの顔がぱっと明るくなった。「昔のようにか？」

「昔のようにだ」

「段取りはどうする？」

「こちらからバーに電話し、会う時間と場所を伝える。どのくらいかかりそうだ？」

ノリモフはしばらくあごひげをなでた。顔をそむけた。「私の知人にやってもらえるなら、それほど長くはかからんだろう」ヴィクターに視線を戻した。ヴィクターにも読めないまなざしだった。「せいぜい四十八時間だろう」

ヴィクターはグラスを干し、立ちあがった。

「それじゃ、月曜日に会おう」

39

アメリカ合衆国　ヴァージニア州、中央情報局
日曜日
六時五分　東部標準時

チェンバーズの表情は暗かった。椅子に上品に腰かけ、かすかに前傾し、テーブルに肘をついていた。「今日が日曜なのも、まだ早い時間なのも知っています。でも、わたしたちがいかに重要なことをしているかは、各自わかっていることと思います。こうして話しているときにも、軍備を拡張してほしくない人たちが、あのミサイルを回収しているかもしれないのです。この話は兵器の優劣にとどまりません。地球規模の安全保障の話でもあるのです。このテクノロジーがまちがったものの手に渡れば、わが国の利益を守る力はもとより、平和維持活動の範囲も決定的に縮小します。このテーブルについている人たちは、そんな事態は望まないはずですね」

プロクターは同意のしるしにうなずいた。ファーガスンとサイクスも厳粛な面持ちでうな

ずいた。

「わたしがやる気を出させるような話をしなければ、最大限の努力をしない人など、ここにいないのはわかります」チェンバーズが続けた。「ご承知のとおり、時はどんどん過ぎています。オゾルスが殺害され、情報が盗まれてから、ほぼ一週間が経ちました。早急に解決しないといけません」チェンバーズはそこで話を止めて、プロクターを見た。「オゾルスが殺害された件の捜査は、いくらかでも解決に近づいていますか？」

プロクターは首を振った。「アルヴァレズが、スティーヴンスンと殺人チームを雇った人物に関する手がかりをたどっていますが、暗殺者の特定については、残念ながら完全に停滞しています。取っかかりがほとんどなく、暗殺者が政府部門なのか民間部門なのかさえ特定できていません。つかんでいるものといえば、印刷する価値もない目撃者証言と、男であることはわかるものの、顔は映っていない防犯カメラの映像ぐらいで、確たる物的証拠はなにもありません。ドイツでは一日の差で逃《のが》しました。おそらくチェコ共和国にはいったと思われますが、情報はまったくはいっていません」

この件には、全省庁がかかわっています。あらゆる部署に通達が出ています。ヨーロッパじゅうで監視の目を光らせています。それでも、見つからない」

チェンバーズが顔をしかめた。「というと、消えてしまったということですか？」

「われわれの鼻先にいても、見えるとはかぎりません。われわれはだれを捜しているのかさえわからないのです」

「でも、目星ぐらいはついているでしょう」チェンバーズがいった。「こちらが把握している暗殺者でアリバイがないものとか、怪しげな動きを見せている諜報機関とか？」

「証拠はひとつもありませんが、オゾルスを殺した暗殺者が、外国の諜報機関に属する諜報員ではなく、この仕事のために雇われたのだとしても、捜査が大幅に進むわけではありません。そういった連中は、ヨーロッパだけで何百人も、いや、何千人もいます。われわれが知っているのは、そのうちのごく一部であり、そこから絞れるのもごくごくわずかです。つまり、膨大な数の容疑者が残り、その大半について、情報がまったくないということです。しかも、こいつは凄腕だということも、忘れてはいけません。干し草の山のなかから、一本の針を探し出すようなものです」

チェンバーズが眼鏡をはずし、両目をこすった。「いちばん有望な線は？」

「フランス語を母国語のように話していたという受付係がいました。ミュンヘンでは、ドイツ人のような話しぶりだったという人もいました。フランスとドイツに住んだことがあるのか、あるいは、住んだ場所に関係なく言語に堪能なのかもしれません。これまでに二種類の英国パスポートを使っていますから、英国人なのかもしれません」プロクターは背筋を伸ばした。「くたびれるまで推測していてもかまいませんが、ロシアのミサイルを売ろうとした元ロシア・ソ連海軍士官が殺されたわけですから、彼を殺害したのはSVRの可能性が高い」

「そうだとすれば、わたしたちはあのテクノロジーを独力で手に入れることはできないわね」チェンバーズがいった。「モスクワが大喜びしそうだわ」

プロクターはうなずいた。「するでしょうね。ただし、どうもロシアではないような気がしませんか？」

「どういうこと？」

「その殺し屋がSVRだとすれば、筋は通りますが、反面、仕事を終えた殺し屋を殺そうとした七人を雇ったのはだれか、という疑問が残ります。SVRが殺し屋をあの場所に差し向けたことを知るものとは？　さらに、路地でオゾルスを銃殺するという非常に単純な手口を使った。お茶にポロニウムを入れるでもなく、自殺に見せかけるでもない。国賊を痛みも与えずに殺すのは、彼らのスタイルではありません」

チェンバーズが髪を耳にかけた。「あの人たちにスタイルがあるとは知りませんでした」

サイクスが愛想笑いをしていた。プロクターはファーガスンを見た。これまで、この爺《じい》さんはほとんど口をひらいていない。「どう思います？」

眼鏡の奥で、ファーガスンの黒っぽい目がプロクターの目をとらえた。「わからんね、お《バ》若い《ディー》の」

この爺さんはプロクターを名前で呼んだことがなかった。いつも、お若い《バディー》のだの、あんた《パル》だの、きみ《フレンド》だのばかりだった。プロクターは見くだされているような気がして、いやだった。内心ばかにしているから、そういう言葉を使っているのだろうかとも思った。しかし、考えすぎだと自分にいい聞かせた。たとえ考えすぎでなかったにせよ、不満を口に出したり、ファーガスンにミスター・ローランド・プロクターと呼べと押しつけるような間抜けだと、人に思われたくはなかった。

「ロシアはそちらの領域ですよ、ウィル」プロクターはいった。なれなれしい呼び名のお返しができて、気分が晴れた。ファーガスンがファースト・ネームを省略されるのが嫌いだということも、知っていた。「SVRの差し金である疑いが強いんですか？」

ファーガスンがプロクターを見て、しばらく考えていた。「可能性だけにとどまらんことは、確かでしょう。ここで問題になっているのは、ロシア兵器のテクノロジーですからな。モスクワはどんな手を使ってでも、その秘密を守るでしょうな」

「彼らのスタイルだと思いますか？」チェンバーズが訊いた。

「ちがうとお考えか？」

「よくわかりません」

「KGBがオゾルスをあえて殺さないとか、殺害を逡巡《しゅんじゅん》するなどとは思わないことです。オゾルスのたくらみに気づいてもなお、彼らが情報を取り戻さず、災いの元もふさがないなどと、本気でお考えではないでしょうな？　国賊は世界のどこにいても、必ず罰を受ける」

ファーガスンがSVRではなくKGBという名称を使うのは、冷戦時代の名残だと、プロクターは思っていた。ファーガスンにしてみれば、そのふたつはまったく同じものなのだ。二十世紀の暗黒の時代において、ファーガスンは英雄といってもいいほどの存在だったのかもしれないが、思考のアップグレードと現代化をしないできてしまった。世界は変わった。

東も西も理想ではなくなった。もはや単なる方位でしかない。

プロクターはいった。「しかし、いくらロシアでも、火の粉をかぶってまで——」

「火の粉《こ》だと？」ファーガスンは本気で腹を立てているような顔つきだった。「彼らが裏にいるという確たる証拠でもあれば別だが、当然そんなものはないのだから、近ごろのわれわれには火の粉など飛ばせるはずもない。抗議するぐらいがせいぜいだ。現実的に考えて、われわれになにができるというのかね？　それに、率直にいわせてもらえば、抗議ですら、真顔でするのは難しいのではないか。いいかね、われわれが彼らのテクノロジーを盗もうとしていたわけだ。あちらさんのやり方を批判できるだけの健全な倫理的根拠があるとはとうてい思えない。オゾルスが国賊だった点をお忘れなく。サーベルをがちゃがちゃ鳴らして示威行為に出る権威は、われわれにはないし、そんなことをしても、あちらさんは気にせんでしょうな。

しかも、いわせてもらえば、このテクノロジーは、モスクワが一度ならずわれわれへの売却を断わったものだ。グラスノスチのせいで、だれもが〝熊〟の鉤爪《かぎづめ》が取れたと、五十年に及ぶ敵対が友情に変わったと、思っておるようですな。ばかげた考えだ。そんなものを、アメリカがこうも簡単に受け入れてしまうとは信じられん。熊は腐っても熊です。弱っているかもしれんが、だからこそ、ずるくなるしかない」

しばらく、気まずい沈黙が漂っていた。ファーガスンの顔が紅潮していた。プロクターはつかの間、言葉を失った。この爺さんは、やはり世界秩序が変遷し、自分の地位が相対的に低下したことをひがんでいるらしい。あまりに長いあいだ共産主義と戦ってきたから、いまさら水に流せなくなったのだろう。哀れなものだ。残念ですらあるが、早めに引退したほうがいい。

「それで」プロクターはやっといった。「われわれはどうすべきだとお考えですか？」

ファーガスンが息を吸って気を落ち着かせた。「手はじめに、ロシア側が実のところどうなっているのかを探るしかないでしょうな」

40

ロシア　ジューコフカ
土曜日
二十一時四分　モスクワ標準時

アニスコヴァチ大佐はＳＶＲのリムジンから降り、ドアを閉めてくれた運転手に礼をいう代わりにあごを引いた。そして、砂利を踏みならして、三階建てのダーチャの玄関へ歩いていった。革命まえに建てられたきらびやかな巨大建築物で、まだらな雪模様のついた背の高いマツの木によって、好奇の目から守られていた。寝室が十二もある建物なのだから、〝小さい別荘《コテージ》〟を意味するダーチャは、アニスコヴァチにいわせれば、ばかばかしいほど似合わない呼称だった。

ジューコフカの街には、ロシアの実力者や金持ちが所有する、こういった家屋が数多くあった。モスクワのビバリーヒルズともいわれる。アニスコヴァチはビバリーヒルズに行ったことはないが、ジューコフカのほうが味わい深いことぐらいは知っている。雇い人が玄関のドアをあけ、アニスコヴァチは冷気からぬくもりのなかへとはいった。そして、ロング・コートのボタンをはずし、使用人に手渡した。

ダーチャのなかは外観よりもさらに荘厳で、アニスコヴァチはしばし足を止めて、大理石を敷いた床、羽目板張りの壁、そして、額長押《ピクチャー・レール》から吊りさがっているオリジナルの油絵を眺めた。かすかな話し声や笑い声が聞こえ、安らぎの音楽が屋敷のほかの場所から部屋に漂っていた。カクテル・パーティーかディナー・パーティーでもはじまっていて、いつもは堅物の客がアルコールで気持ちがほぐれて、やっと楽しくなりはじめたころのようだった。ある戸口へと促され、書斎にはいった。だれもおらず、アニスコヴァチは中央に立ち、手をうしろで組んで待った。この状況、そして、この機会をまえに、舞いあがらないようには努めたが、自分を売り込むために呼ばれたのだから、とにかくある程度までは、期待どおりの振る舞いをしたほうがいいだろう。

サイドボードに、ブランデーのはいったデカンタと、その隣にふたつのグラスが置いてあった。ここの主《あるじ》とふたりで話しながら飲めるように、銀のトレイに載っていた。待ちながら、ふとグラスをひとつ取り、ブランデーを注いだ。勧められてもいないのに、勝手に酒を注げば、無礼千万だと思われるかもしれないが、ここの主なら、そういう行動を豪気だと思い、度胸に感心するだろう、とアニスコヴァチは踏んだ。

こんな状況に置かれたら、おおかたのものはそわそわするのだろうが、アニスコヴァチはどこまでも落ち着いていた。暖炉の上に掛けてある楕円形の鏡で顔をチェックした。ひげを剃《そ》っていて、顔を切ってしまったのだった。あごについた小さな傷は、残念ながら目立っていたが、反面、人目を引く顔立ちに、いかつい男らしさのようなものが加わっていた。鉄床《かなとこ》のような形のあごをしていて、さらに人の視線を奪う暗い色の瞳のおかげで、部署内でいちばんの男前なのは確かだった——謙遜を交えずにいえば、組織全体でいちばんだ。本部の女性職員の大半が自分に欲情する場面を、よく夢想していた。

部屋の外の廊下から足音が聞こえていたが、背後から声をかけられたとき、アニスコヴァチはびっくりしたふりをした。「遅れてすまん、ゲンナジー」

アニスコヴァチは振り向き、軽く頭をさげた。「お会いできて光栄です、同志プルドニコフ」

戸口に立っていた男は、長身でがっしりした体軀《たいく》で、少なくとも十ポンドは痩《や》せて見える体形に合ったディナー・ジャケットを着ていた。歳は五十代後半だが、何歳か若く見えた。親しげな笑みを浮かべ、だれに訊いてもいい人だという答えが返ってくるが、アニスコヴァチは、この男が非常に残酷だということを知っていた。ロシア対外情報庁《SVR》の長官に会うのは、これがはじめてだった。

アニスコヴァチはブランデーを置き、上司のほうへ歩み寄った。ふたりは握手した。わずかだけだが、プルドニコフに強く握らせてやった。

「もっと早くに会う機会がなくてすまなかったな、アニスコヴァチ大佐」プルドニコフの目がブランデーのグラス、次にデカンタへとすばやく向けられ、アニスコヴァチは一瞬、怒らせてしまったかと思った。しかし、プルドニコフはほほ笑みを浮かべた。「酒を飲むのか、そうか――けっこうなことだ」アニスコヴァチの手を放し、自分のグラスにもなみなみとブランデーを注いだ。「私は酒を飲まないやつを信用しない」

アニスコヴァチは状況をこれほど適切に判断したことに対して、内心にやりとした。「同感です」

プルドニコフがアニスコヴァチのほうへかすかに首をかしげた。「ほんとうにそう思っているから、そういっているのか？　それとも、私がきみの上司だからいっているだけか？」

アニスコヴァチは注視されても表情を変えず、肩をすくめた。「どちらも少しずつあります」

ＳＶＲ長官が完全に正面を向き、ほほ笑んだ。「きみのファイルを読ませてもらった。目覚ましいものだな」

「ありがとうございます」

「私の腹まわりのごとく自明のことをいったまでだから、礼をいわれる筋合いはない」

アニスコヴァチは笑顔を求められていることを悟り、期待を裏切らなかった。

「抜群の経歴だ」プルドニコフが続けた。「われわれの組織の、そして祖国の誇りだ」そこで一息ついた。「野心家だということもわかる」

「はい」

「いつの日か私の地位に就きたいのだな」

アニスコヴァチはうなずいた。「もちろんです」

プルドニコフがにやりとした。「野心は良き特性にもなりうる。成功や勝利に向かって努力する糧《かて》になるからな」そこで間を置いた。「だが、思慮もなく使えば、邪魔や、危険にさえなる」

「SVRの運営を任される機会が訪れるのは、十年も先の話です」アニスコヴァチはいった。

「いまのあなたには脅威になどなりません」

「だが、十年後に私が引退していると、どうしてわかるのかね？」

信頼できる情報筋から、プルドニコフの心臓に穴が空いていることを聞いていた。十年後は生きていない。ましてSVRのトップではいられない。「わかりません」アニスコヴァチは偽った。「ただ、私を脅威だと考えていらっしゃるなら、私を呼び出して、懸念を伝えたりしないだろうと思いました」

「なぜかね？」

「自分が裏にいることを隠して私のキャリアを妨害し、昇進の可能性を消すほうが、手っ取り早いのでは。世故にたけておられるから、きっとそうするはずです」

アニスコヴァチはあからさまにならないように、お世辞を織り込んだ。プルドニコフがゆっくりうなずいた。「なるほど。それで、なぜきみを呼んだと思う？」

「わかりません」

「推測してみなさい」

「推測はしないことにしています」アニスコヴァチはしばらくまわりを見た。「ですが、本部ではなく、ご自宅でお話をうかがうのですから、近い関係の人に任せられないことを私にさせたいのだと愚考します。あるいは、私と親睦《しんぼく》を図りたいだけなのかもしれませんが。私宛のパーティーの招待状が配達途中で紛失したのなら、話は別ですが、おそらく後者の推測は当たっていないでしょう」

「妻のパーティーなのだ」プルドニコフが声をあげて笑った。「私の見立ては正しかったようだ。これではっきりした。きみのいったとおり、極秘裏に遂行してもらいたいことがある。きみにしか任せられない微妙な案件だ」

アニスコヴァチはブランデーをひとくち飲み、プルドニコフが続けるのを待った。

「実は、あることが気になっているのだ。それをどうしてもきみにやってもらいたい」プルドニコフが芝居がかった間を置いた。「バナロフ将軍が亡くなったときの状況は覚えているな？」

アニスコヴァチは脈拍が速まるのを感じた。「覚えております」

「どういう状況だった？」

「泥酔してみずから頭部を撃ったことになっております」

「きみはそうは思っていないのだな」

「暗殺されたと考えておりました」

「考えていた？」

「いまでも考えております」アニスコヴァチはいい直した。

「だが、犯人は逮捕していない」

アニスコヴァチはため息を漏らした。「しておりません」

「なぜだ？」

「当初は自殺だと思われ、だれも疑問を抱いておりませんでした。将軍が亡くなった週に、プロの暗殺者が現場付近で目撃されたことが判明したのは、あとになってからです。その暗殺者がかかわっているという直接証拠はありませんでしたが、将軍は敵をつくる癖がおありで、自殺するような人だとは思われていませんでした。少し調査をしてみましたが、国内の問題でしたから、私には深く探る権限がありませんでした。連邦保安庁《FSB》は私の意見には興味を示しませんでした」

「それでも、探ってみたのではないのか？」

「できるところまでは。周到を心がけておりますので」

「その際に、いろいろと引っかきまわしたようだな」

「だれかにとって暴かれたくない事実に、私が近づいていたということでしょう。われわれか、FSBか、あるいは連邦軍参謀本部情報総局《GRU》といった、わが国の情報機関内の一部のものたちが、その殺し屋を派遣したのではないか。私はずっとそう考えてきました。調査中、数えきれない抵抗を受けたことが、その証《あかし》です」

「たしかに」プルドニコフがなにかを考えながら、いった。「わが国の退役将軍が、わが国の機関のものによって暗殺されたとなれば、多大の反響を呼ぶかもしれない。われわれがあることをしたばかりに、あるいは、いつかするかもしれないために、同僚に殺されるような古き悪しき時代には、だれしも戻りたくはない」

「同感です」

「きみは調査の一環として、この暗殺者のかつての知り合いに話を聞いたな」

「知り合いだとわかった唯一の人物です。アレクサンドル・ノリモフ。元KGBエージェントであり、その後FSBエージェントになったものです。現在はサンクトペテルブルクを拠点とする犯罪組織を率いています。先の暗殺者は死んだものと思っていたといっておりましたが、私が生きていることを伝えました。引っ張ってきて、もっと集中的に尋問したかったのですが、その権限はありませんでしたので」

プルドニコフがうなずいた。「今回、ノリモフの名がまた浮上してきたのだ」

アニスコヴァチは驚いたと同時に、興味をそそられたが、平然とした態度を必死で保った。

「どういった経緯で?」

「机の上に通話記録が置いてある。読んでくれ」

アニスコヴァチは大きなマホガニーの机まで歩いていき、記録を手に取った。高まる興奮を抑えつつ、それを注意深く読んでいった。読み終えると、プルドニコフを見た。口のなかがからからだった。「私はなにをすればよろしいのでしょうか?」

「はじめたことをやり遂げてほしいのだ。バナロフの件を細心の注意を払って、きっちり片づけてほしいのだ」

「なぜ私にやらせるのですか？」

「バナロフにはかなりの敵もいたが、味方がひとりもいなかったわけではない。そのなかには、バナロフが死んでから権力を握り、政府に影響力を及ぼすようになったものもいる。バナロフの弟もGRUの上層部にはいっている」

「聞いております」

プルドニコフが続けた。「最近、しかも、ますます頻繁に、私の仲間内でこのバナロフ事件が話題にのぼるようになっている。単なる運命の偶然によって、間抜けのくせに私より上の地位にいる連中の質問に答えるのは、よくいっても面倒だ。彼らがそうした質問を口にするようになったのは、もとはといえば、きみの調査のせいなのだから、この件に関しては、きみのいうことになら耳を傾けるだろう。バナロフが暗殺されたといいだしたのは、きみだ。きみが、だれも関心がなかったときに、事件を掘りさげた。この事件において、きみにまったく落ち度がないのは確かだ」プルドニコフがブランデーをひとくち飲んだ。「そのきみが、解決したといわないかぎり、この一件は落着しない」

アニスコヴァチはしばらく考えた。SVR長官が頼みごとを持ちかけている。これを首尾よくこなせば、プルドニコフは、その権威がしっかりしているかぎり、非常に有益なうしろ盾になってくれる。それに、権威がなくなっても、さっき話に出たバナロフの友人や弟が、大きな味方になってくれる。

「人的および物的な資産が必要になります」アニスコヴァチはきっぱりいった。熱い口調でいったが、熱すぎないようにも心がけた。「チームが必要です。軍事経験のあるエージェントのチームが」

「人員と装備は好きに選んでかまわん」

アニスコヴァチは背筋を伸ばした。「それから、権限も」

「必要とされる権限はすべて与えよう。だが、ひとつ条件がある」

「なんでしょう？」

「バナロフを殺害したものを逮捕するだけで終わりにしてもらう。尋問はかまわん。殺害も、当然ながらけっこう。だが、調査はその時点で終わりだ」

「しかし、だれがその殺し屋を派遣したのか、だれがバナロフの殺害を命じたのかも突き止められます。その点が重要なのでは」

プルドニコフが首を振った。「私は傷口をふさいでほしいのだ。広げたくはない。条件はそれだけだ。呑むなら、わが組織におけるきみの株価は跳ねあがる。断わるなら、次にこれほどの好機が訪れるのを待っているほかにない」

アニスコヴァチは名をあげる手段として、バナロフの事件を探ったにすぎなかった。したがって、そんな条件を呑むくらいは、造作もなかった。それでも、しばらく熟考するふりをして、無言で立っていた。

「条件を呑みます」アニスコヴァチはいった。

プルドニコフがうなずいた。「よろしい」

「しかし、なぜそこまで波風を立てたくないのか、教えていただけませんか?」

「それは」SVR長官は、答えが透けて見えたあとでいった。「私がバナロフの殺害を命じたからだ」

41

ロシア　メリディアンの森
日曜日
七時四十三分　モスクワ標準時

ヴィクターが踏み出すたび、地面がへこんだ。森の土は冬の大雨でぐっしょり濡れていた。モスクワの十五マイル西、クラスノゴルスクのやや北に位置する、不規則に広がるメリディアンの森に、彼はいた。気温は一、二度で、この時期はいつもそんなものだった。

ヴィクターは戸外に出るため、分厚い綿のズボンとブーツをはき、上も何枚か重ね着したうえに、分厚いコートも着ていた。ウールの黒い帽子で頭と耳をすっぽり覆《おお》い、断熱材入りの革手袋をはめていた。左手にスコップ、右手につるはしを持っていた。

東に一マイル行くと、ロシアで有数のカントリークラブがある。西側諸国によくあるクラブの〝焼き直し〟だった。サウナ、レストラン、ゴルフ・コース、プール、テニス・コートがあり、クロスカントリーやバーニャというロシア式サウナも楽しめる。

ヴィクターは車で敷地にはいり、たくさんある森の小道のひとつを進んだ。夏はたいていぃ込んでいるが、冬はありがたいことにがらがらだった。この時期、客はほとんど来ない。ヴィクターもほかの客の姿はまったく見なかった。

ほかの人々から離れ、ひとりで森にいるのが好きだった。風は湿《しめ》り、澄み、木の自然の甘い香りが漂っていた。ヴィクターは、文明社会のストレスから離れて過ごすひとときを味わった。寒かったが、気にしなかった。

四半世紀まえ、ヴィクターはいまと同じように木々に囲まれたところで、ライフルの床尾を肩に押しつけて、かがんでいた。ライフルの重みで腕が震えていた。かじかんだ両手でライフルを握りしめた。人さし指が引き金にかすかに触れた。

「縮こまるな」おじはそういっていた。

しかし、彼は縮こまっていた。これほど怖い思いははじめてだった。あのキツネを撃ちたくなかった。

「落ち着け」

キツネが下生えから姿を見せ、地面を嗅《か》ぎはじめた。まだおじに話しかけられていたが、耳にはいらなかった。高鳴る鼓動が周囲の音をすべてかき消していた。キツネがゆっくり移動し、鼻を突き出して風を嗅いでいた。こっちのにおいに気づいたのかどうか、ヴィクターにはわからなかった。キツネを逃がしたら、おじになにをされるだろうと思った。

ヴィクターは撃った。

一瞬の赤い閃光が走り、キツネが見えなくなった。

全世界の動きが止まったかのように見えた。ヴィクターは、キツネがいたあたりの木々を見つめた。どれほど見つめていたのかもわからないまま、おじの怒鳴り声が聞こえ、ライフルを落としてしまった。

「たいしたもんだ」

おじの声は銃声よりも大きく聞こえた。「命中とは信じられんな。なぜキツネがもっと近くに来るまで待たなかった？」仕留めた獲物を上から眺めようと、おじが立ちあがった。笑っていた。「おれがそんな撃ち方を教えたのか？　ええ、おい？」自慢げな声だった。

ヴィクターは答えなかった。答えられなかった。心臓があまりに速く鼓動を刻み、爆発しそうだった。掌《てのひら》で背中を勢いよくたたかれた。おじとそんなふうに触れ合うのは、はじめてだった。

ヴィクターは目をなかば閉じ、その記憶を脳裏から押し出した。もうライフルの型も、はめていた手袋の色も思い出せなかった。何年も経て、細かい点がひとつ、またひとつと消えていった。いつの日か、あの恐ろしい赤い閃光も忘れることができればいい。

二十分ほど歩いたあと、狭い橋を渡り、北側の杭から精確に十五歩北へ進み、森のなかにはいった。すぐに倒れた木の幹が見つかり、切り株から十歩東へ移動した。シダの茂みにはいった。樹冠の下は暗く、弱々しい朝日はカバの木やマツの木をほとんどすり抜けられなかった。ヴィクターは掘りはじめた。

重労働だったが、雨のおかげで、この時期はふつうかちかちに凍っている土が、柔らかい泥になっていた。ヴィクターは泥の下の固い土をつるはしでほぐしてから、スコップで掘りはじめた。深さ二フィートぐらいから慎重に掘っていくと、スコップが金属に当たった。土をどけていくと、青いシートが見えた。

端を出し、土をどけると、縦二フィート、横三フィートの四角い形があらわになった。キャンバス地のシートに包まれたものは、ナイロン・ロープで真ん中を縛ってあった。ヴィクターはロープをほどき、シートをはずした。つや消しアルミニウムのブリーフケースは、掘ったときに多少の傷がついたものの、まだ新品同様だった。

まあいい。ケースはどうでもいい。問題は中身だ。ヴィクターは穴からケースを出し、穴の横に置いた。ポケットに入れておいたポケットナイフとライターを取り出し、使い捨てライターでナイフを熱した。そして、ケースの合わせ目の狭い隙間をふさいでいた防水ワックスに、切れ目を入れた。

ヴィクターはケースをあけた。湿気がなかに染み込んでいないとわかり、安堵《あんど》した。武器はひんやりと冷たいが、その場で組み立てて引き金を引けば、しっかり撃てる。

気泡ゴムをくりぬいた内装に、スナイペルスカヤ・ヴィントフカ・ドラグノーヴァがはいっていた。西側ではドラグノフ（SVD）として知られる。スナイパー・ライフル。初期のドラグノフは、一九六三年に赤軍に制式採用され、噂では、ベトナム戦争時に、特殊部隊スペツナズが米兵に対して試用したとされていた。老兵の作り話にちがいない、とヴィクターは思っていた。だが、あとで、そのスナイパーのひとりに会った。

ライフルは標準サイズのブリーフケースに納まるように、銃床、銃身、機関部、スコープに分解されていた。長いサプレッサーもあった。ヴィクターのライフルはSVDの最新モデルの改良型で、銃床とハンド・ガードが、もともとの木製ではなく、軽量化のために高密度ポリマーでできていた。

西側諸国のスナイパー・ライフルほどの高性能も、長距離での精確性もないが、あらゆる状況下での信頼性と、よけいなものを省いた機構という点で、ヴィクターはドラグノフを気に入っていた。

ドラグノフは、セミオートマチック・ライフルだから、よくあるボルトアクションのスナイパー・ライフルより速射がきく。ただし、セミオートマチックであるために可動部がはるかに多く、したがって、ボルトアクションより精確性の点では劣る。しかし、SVDはアサルトライフルにもなり、その際には、よくある金属製の照準器や銃剣を取りつけることもできる。

ソ連の兵器製造哲学は、精確性より使いやすさと信頼性を重視していた。ヴィクターは、その考え方には多くの利点があると思っていた。射程距離で他を圧倒していても、戦場という状況に耐えなければ、あまり役に立たないのだ。

ドラグノフの弾倉はふたつあった。どちらにも、七・六二ミリ×五四R弾を十発込められる。運悪くこの弾をくらえば、相当な損傷を被《こうむ》ることになる。ヴィクターは二種類の弾薬を用意していた。ひとつは、弾丸を銅被甲した標準的な弾薬、もうひとつは徹甲焼夷弾《API》だった。APIは硬質な金属製だが、弾芯《だんしん》部が空洞になっている。その空洞部分には、少量の焼夷《しょうい》剤《ざい》がはいっており、銃弾が的に——よく狙われるのは、車両の燃料タンクだ——当たると、発火する。

ヴィクターはブリーフケースを閉じ、ケースの下に埋めておいた大きな革のスポーツバッグを取り出そうと、穴に戻った。そして、歯を食いしばり、穴からバッグを引きあげた。

バッグの中身は、防水袋に入れた必需品や装備で、その大半には手をつけなかった。ヴィクターが取り出したのは、グロックの拳銃、サプレッサー、厚さ三インチの米ドルの束、ライフルと拳銃の予備弾薬、そして、ロシアのパスポートだった。それらをすべて、ジャケットのポケットに入れた。

防水袋を閉じてスポーツバッグを密封すると、ヴィクターはバッグを地中に戻した。穴を埋め、土を平らに均《なら》してから、その上に、枯れたシダの枝を散らした。カントリークラブの駐車場まで戻ると、金属のブリーフケースをトランクに入れ、トランクを閉めた。

無駄手間になることを祈った。

42

イタリア　ミラノ
日曜日
二十一時三十三分

セバスチャン・ホイトはものすごい勢いでカネを使うから、会社が毎年かなりの儲《もう》けを出してくれるのは運が良かった。規模はそこそこだが、非常に儲かるコンサルティング会社の単独所有者として、ホイトは多岐にわたる分野で事業を展開していた。その際ほぼ必ず、顧問、仲介者、口利きの役割を果たしてきた。たいていの場合は、情報を取り引きしてきた。ある地域で得た情報を、別の地域に売ってきた。ずいぶんまえにわかったことだが、情報は世界でもっとも貴重な産品のひとつであると同時に、もっともやり取りしやすい産品のひとつでもある。

マフィアに対する、最大の利益を生む個人投資の助言。東欧の汚職判事が報酬用銀行口座を開設する際の手伝い。兵器ディーラーとアフリカの民兵との引き合わせ。中東系ビジネスマンに対する娼婦、アルコール、麻薬の入手先の提供。殺し屋と依頼主との仲立ち。そういったことを、ホイトは手がけていた。情報を必要としている人々と、その情報を提供できる人々を知っているかぎり、銀行の預金残高を健全に保っていられる。

いま手がけている提案は退屈きわまりなかった。そこで、息抜きに机に載っていたイタリア紙に目を向けた。二日ばかりまえの新聞で、気になっていたのは、パリでの銃撃戦に関する小さな記事だった。警察は事件発生からほとんど情報を得られていないという内容で、死者の名前がいくつか出ていた。そのなかに、ジェイムズ・スティーヴンスンというアメリカ人がいた。ブリュッセルに拠点を置く殺し屋で、ホイトも何度か仕事を依頼したことがあった。

最近、手がけたプロジェクトのひとつとして、ホイトは、匿名《とくめい》の依頼人とそのアメリカ人傭兵との仲介者を務めていた。スティーヴンスンには、それまでにも何度か契約を持ちかけたが、仕事ぶりに苦情をいってきた依頼主はなかった。だから、チームを集められる殺し屋を紹介するという依頼を受けたとき、ホイトは何度も依頼実績のあるところへ話を持っていった。自分の紹介した殺し屋がパリのどまんなかで起きた集団殺人事件で殺され、ヘッドラインに載ってイタリアまで届いてくるとは、思いもしなかった。

スティーヴンスンが死んだのは残念だった。もっとも、手間のかからない収入源がひとつ減ったからにすぎなかった。念のため、数人の部下に事件を追わせ、なにがあったのかを調べさせていた。スティーヴンスンがへまをしたとなれば、評判に傷がつく。いまのところ、ホイトのもとで動いている、才能もないくせにカネばかり食うばかどもから、新聞に書かれていない情報ははいっていなかった。この場合、便りがないのは良い知らせなのだろう。

それでも、ここ二日、腹を立てた依頼主から正式な抗議があるものと思っていたが、そういったものはまだ届いていなかった。それほど心配はしていなかった。こういうビジネスの性質からして、まずい事態に発展することはある。公《おおやけ》の場でそうなることもある。依頼主もどうやらそれをわかっているのか、あるいは、仕事を完了したあとで殺し屋が殺されたから、気にしていないのかもしれない。ホイトにしてみれば、どちらでもかまわなかった。仕事の中身は知らなかったし、知らなくてよかったと思っていた。違法な取り引きが厄介な事態に陥ったなどと気を揉《も》まなくていいのだから、夜の寝つきもいい。収入源を失ったのは痛いが、評判に傷がつかなかった点はよしとしよう。

このまえの手配は笑ってしまうほど儲かった。依頼主は二十万ドルの予算を出すといってきた。そのうち、ホイトがアメリカ人傭兵に渡したのは十二万八千ドル。何通か電子メールを出して、ブリュッセルで楽しい午後を過ごしただけで、七万二千ドルがポケットにはいった。仮に週七日勤務したと甘く見積もったとしても、勤務時間で割ると、時給一万二百八十五ドルになる。ホイトでさえも、めったにないほどいい給料だ。仕事の中身にも、給料ほどのやりがいを感じられるといいのだが。

ホイトはいちばん下の引き出しをあけ、小さな黒い箱を取り出して机に載せた。箱から紙を折ってつくった包みを出した。なかのコカインを天板に出し、かみそりの刃で粉末を一本の線にした。極上のニカラグア産。カネで買える最高の逸品――非常に細かい粉末になっているから、それ以上細かくする必要はない。これだけのためにわざわざつくらせた銀の管を使い、ホイトはコカインを鼻から吸い込んだ。

椅子に深く座り、目を閉じ、鼻をつまんだ。おお、極楽だ。もう一服やりたい気持ちを抑え、コカインの箱をしまった。ホイトはこの自己抑制を得意がった。家に帰る時間だ。オフィスには、ほかにだれもおらず、薄暗がりのなか、エレベーターへ向かった。彼の会社は、収益率こそいいものの、規模は小さく、ホイト自身と、個人秘書ひとり、分析係五人、受付係ひとりしかいなかった。みなホイトのミラノ中心部の豪華なオフィスで仕事をしていた。

ホイトはイタリア暮らしが長いから、何十年も地中海の日差しを浴びて、小麦色の日焼けが定着しているうえに、イタリア語も流暢《りゅうちょう》だった。生まれつき黒っぽい髪と目の色も、その錯覚を助長していた。どこの生まれかと訊かれたら、ミラノだと答えることにしていた。ホイトはイタリアが大好きだった――土地、文化、言葉、人々。この国は彼の好みにぴったり合っていた。ビジネス展開という意味では、最高の場所とはいえないかもしれないが、何年も経て、この地にもいいことが数多くあることがわかった。東西ヨーロッパ、アフリカ、中東など、さまざまな顧客がやってくるイタリアは、事業展開の中心拠点となっていた。

自宅のタウンハウスは、車でちょっとの距離にあった。ひとり暮らしで、結婚したことはなかった。女は好きだったが、いつか全所有物の半分を持っていかれると思うと、労働意欲が削《そ》がれるのだった。ホイトはなかにはいり、マティーニをたっぷりつくり、風呂に湯を張った。大好きな舌技をしてくれる特定の娼婦を呼ぼうかとも思ったが、くたくたで、そこまでの余力はおそらく残っていなかった。少々の酒、風呂、ベッド。必要なのはそれだけだ。明日も忙しくなる。

二杯目のマティーニに移り、風呂にはいったころには、大きなあくびが出ていた。口のなかが気持ち悪かったが、夜になってからコカインをたっぷり吸い込んだせいだと思って、気にしなかった。バスタブに浸かり、たたんだタオルに頭を載せて目を閉じ、どうしてこんなに疲れているのかと思った。たしかに、この一週間は毎晩、遅くまで起きていたが、睡眠もたっぷり取っていた。歳だな、と思った。

マティーニと一緒に知らぬ間に睡眠薬を摂取したホイトは、十五分後には深い眠りに落ち、バスルームのドアがあいた音も、迫り来る小さな足音も、聞こえなかった。

意識を失った顔に、影が落ちた。

リードはバスタブの脇でかがみ、スーツ・ジャケットの内ポケットから大きな革の財布を出して、ひざに載せた。財布のジッパーをあけ、小さな医療用水薬瓶《バイアル》と皮下注射器を出した。キャップをはずし、バイアルを床に置き、注射器のビニール袋をはずした。ホイトの体重が百八十ポンドはありそうだと思い、またバイアルを手に取り、注射針を被膜に刺して、八センチリットルの塩化カリウム溶液をプランジャーに入れた。

リードは注射器を持っていないほうの手で、ホイトのあごをそっとつかみ、口をあけた。注射針をホイトの舌の裏側にあて、舌動脈に挿入した。そして、ゆっくり、なめらかな動きで、溶液をホイトの血流に注射した。

時計を確認した。午後十一時五分。リードは器具を出したときと同じ要領で、手早く冷静にしまい、立ちあがった。ホイトのカクテル・シェーカーを洗って、睡眠薬の痕跡を消し、半分に減ったバイアルをホイトのグラスの横に置いた。その後、ものをいっさい動かさず、だれにも姿を見られずに、はいってきたときと同じ経路で家を出た。

塩化カリウムは、約三分以内に心停止を誘発し、さらに二分後、ホイトは死ぬ。体内でカリウムと塩素に分解される。いずれの物質も、死後の体内にもとから存在するから、検死官がホイトの体内に毒素の痕跡を認めることはない。詳細な検死解剖が行なわれれば、針の痕《あと》が発見される可能性はあるが、変死を示すものがなければ、検死解剖が行なわれることはまずない。

ホイトが心臓麻痺《まひ》でも死なない可能性も、わずかながら残る。だが、たとえそのときは死ななくても、結局は死ぬ。心臓麻痺によって、非常に衰弱した容態になるから、バスタブでおぼれそうになっても、どうすることもできない。この場合、ホイトの体調の悪さを考えれば、あと二分もあれば済む。

リードはレンタカーのグローブボックスからスマートフォンを取り出し、作戦成功を報告するメッセージを作成した。時計を見て、時計の針が午後十一時十二分になるまで待ってから、送信ボタンを押した。
リードは精確な言動を心がけていた。

ポロック＆バー＝ゾウハー

樹海戦線
J・C・ポロック／沢川　進訳
カナダの森林地帯で元グリーンベレー隊員とソ連の特殊部隊が対決。傑作アクション巨篇

終極の標的
J・C・ポロック／広瀬順弘訳
墜落した飛行機で発見した大金をめぐり、元デルタ・フォース隊員のベンは命を狙われる

エニグマ奇襲指令
マイケル・バー＝ゾウハー／田村義進訳
ナチの極秘暗号機を奪取せよ——英国情報部から密命を受けた男は単身、敵地に潜入する

パンドラ抹殺文書
マイケル・バー＝ゾウハー／広瀬順弘訳
KGB内部に潜むCIAの大物スパイ。その正体を暴く古文書をめぐって展開する謀略。

ベルリン・コンスピラシー
マイケル・バー＝ゾウハー／横山啓明訳
ネオ・ナチが台頭するドイツで密かに進行する驚くべき国際的陰謀。ひねりの効いた傑作

ハヤカワ文庫

冒険小説

シャドー81
ルシアン・ネイハム／中野圭二訳

戦闘機に乗る謎の男が旅客機をハイジャックした！　冒険小説の新たな地平を拓いた傑作

鷲は舞い降りた〔完全版〕
ジャック・ヒギンズ／菊池　光訳

チャーチルを誘拐せよ。シュタイナ中佐率いるドイツ軍精鋭は英国の片田舎に降り立った

鷲は飛び立った
ジャック・ヒギンズ／菊池　光訳

IRAのデヴリンらは捕虜となったドイツ落下傘部隊の勇士シュタイナの救出に向かう。

女王陛下のユリシーズ号
アリステア・マクリーン／村上博基訳

荒れ狂う厳寒の北極海。英国巡洋艦ユリシーズ号は輸送船団を護衛して死闘を繰り広げる

高い砦
デズモンド・バグリイ／矢野　徹訳

不時着機の生存者を襲う謎の一団――アンデス山中に繰り広げられる究極のサバイバル。

話題作

深海のYrr《イール》上中下
フランク・シェッツィング／北川和代訳
海難事故が続発し、海の生物が牙をむく。異常現象の衝撃の真相を描くベストセラー大作

黒のトイフェル上下
フランク・シェッツィング／北川和代訳
13世紀半ばのドイツ、ケルン。殺人を目撃した若者は殺し屋に追われ、巨大な陰謀の中へ

砂漠のゲシュペンスト上下
フランク・シェッツィング／北川和代訳
砂漠に置き去りにした傭兵仲間たちに復讐を開始した男。女性探偵が強敵に立ち向かう。

LIMIT《リミット》全四巻
フランク・シェッツィング／北川和代訳
二〇二五年の月と地球を舞台に展開する巨大な陰謀。最新情報を駆使して描いた超大作。

MORSE―モールス―上下
ヨン・アイヴィデ・リンドクヴィスト／富永和子訳
スウェーデンのスティーヴン・キングの異名をとる俊英が放つ青春ヴァンパイア・ホラー

ハヤカワ文庫

話題作

テンプル騎士団の古文書 上下
レイモンド・クーリー／澁谷正子訳
中世ヨーロッパで栄華を誇ったテンプル騎士団。その秘宝を記した古文書をめぐる争奪戦

ウロボロスの古写本 上下
レイモンド・クーリー／澁谷正子訳
表紙に蛇の図が刻印された古い写本。写本の内容が解明された時、人類の未来が変わる！

神の球体 上下
レイモンド・クーリー／澁谷正子訳
世界各地で、空中に浮かぶ巨大な謎の球体が出現。その裏で、恐るべき陰謀が進行する。

傭兵チーム、極寒の地へ 上下
ジェイムズ・スティール／公手成幸訳
ロシアの独裁政権を打倒すべく、精鋭の傭兵チームが繰り広げる死闘。注目の冒険巨篇。

メディチ家の暗号
マイケル・ホワイト／横山啓明訳
ミイラから発見された石板。そこに刻まれた暗号が導くメディチ家の驚くべき遺産とは？

ハヤカワ文庫

訳者略歴　1968年生，東京外国語大学外国語学部英米語学科卒，英米文学翻訳家　訳書『私が終わる場所』クノップ，『死者覚醒』ジェンキンズ（以上早川書房刊）他多数

HM=Hayakawa Mystery
SF=Science Fiction
JA=Japanese Author
NV=Novel
NF=Nonfiction
FT=Fantasy

パーフェクト・ハンター
〔上〕

〈NV1249〉

二〇一二年一月二十五日　発行
二〇一三年六月　十五日　三刷
（定価はカバーに表示してあります）

著者　トム・ウッド
訳者　熊《くま》谷《がい》千《ち》寿《とし》
発行者　早川浩
発行所　株式会社 早川書房
郵便番号　一〇一 - 〇〇四六
東京都千代田区神田多町二ノ二
電話　〇三 - 三二五二 - 三一一一（大代表）
振替　〇〇一六〇 - 三 - 四七七九九
http://www.hayakawa-online.co.jp

乱丁・落丁本は小社制作部宛お送り下さい。
送料小社負担にてお取りかえいたします。

印刷・株式会社精興社　製本・株式会社明光社
Printed and bound in Japan
ISBN978-4-15-041249-4 C0197

本書のコピー、スキャン、デジタル化等の無断複製は著作権法上の例外を除き禁じられています。

本書は活字が大きく読みやすい〈トールサイズ〉です。